信長は西へ行く

永峯清成
Kiyonari Nagamine

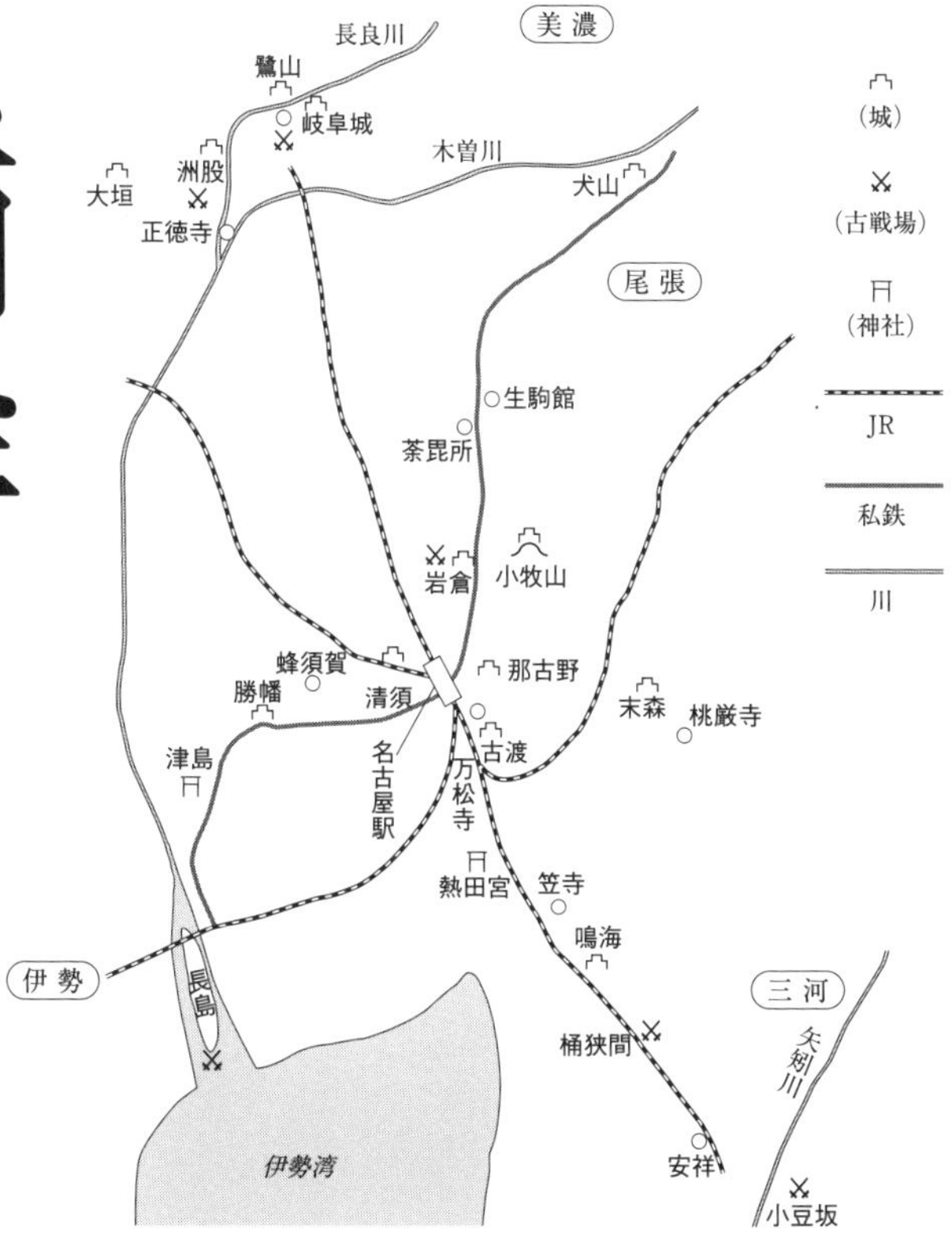

信長関係図

アルファベータブックス

目次／信長は西へ行く

第一章　信長元服す

津島の宮《みや》で相撲をとる

ある夏の日の朝、尾張の国、織田の勝幡館《しょばたやかた》の中は慌ただしかった。この日京都から、公家の某《なにがし》がやってくるという。その公家は、前にも一度そこへ来たことがある。朝には美濃の国を発ち、午《ひる》すぎにはこの館に着くという。賓客《ひんきゃく》を迎えるにあたって、当主の織田信秀も自らその仕度を指図した。機嫌はよかった。

とそのとき、慌ただしく館を跳びだして行った人影があった。大人ではない。子供でもない。それは十幾つかの若者の姿だった。若者は裏の馬小屋へ行って自分の愛馬を引きだすと素早くそれに跨り、ひと声叫んだ。

「来いっ」

そう言われるまでもなく、四、五人の若者がそれに続いて走りだした。みんな素足の徒歩《かち》である。

一人だけ馬に跨った若者は、館から西に向かった。目指すは津島の宮。その間一里《いちり》（約四キロ）ばかりの道のり。若者主従の一団は、ひた走りに走った。彼らに不安や戸惑いの表情はない。それはいつものことだ。

道の周りに拡がる田園風景は、夏の陽に照らされて暑く輝いている。田や畠の生《な》り物の葉はしおたれているが、黄色い実をつけているのもある。稲は間もなく刈り入れどきになるのか、穂がすでに垂れている。

宮の前のみすぼらしい門の前に立つと、若者はそこで馬を降り、走って境内に跳びこんでいった。従ってきた若い家来たちも、同じようにその中になだれこんでいく。

「俺も、とらせろっ!」

若者はそう叫ぶと、素早く両肌《もろはだ》脱ぎになり、そこに集っている同じような村の若者たちの群に入った。彼らは相撲をとっていたのだ。

津島の宮は尾張の西部にあり、大河木曽川の左岸に位置し、南に向かっては伊勢の海に広がる湊《みなと》をもち、この地方の要《かなめ》の地にあった。境内は広く、そこには土俵らしきものもないが、若者たちは二つの群に分かれて組み合っていた。

新しく闖入《ちんにゅう》した件《くだん》の若者は、家来どもをけしかけると、自分も一人の若者の腕を掴んだ。服装《なり》は百姓の小倅《こせがれ》らしい。しかし侍の息子に挑みかかられて、その若者も臆することはない。やにわに相手の腰のあたりにしがみつくと、力いっぱいその体を捻《ねじ》った。侍の息子はたまらず膝を地に着きそうになったが、それをこらえると、渾身《こんしん》の力を振りしぼって体を持ちこたえた。

そのあと若者たちは、投げたり投げとばされたり、勝ったり負けたりの相撲をとった。そこでは侍の息子と、百姓の小倅との区別もなかった。強い者が勝ち、弱い者が負けたりして、そのつど彼らは大きな喚声をあげて笑いころげた。彼らの体はみな逞しく、その笑い声はどこか大人びてた。

やがていっ時《とき》ほどが過ぎ、侍の息子が叫んだ。

「帰るぞっ！」

家来の若者たちが、素早くそれに従った。一団は、やってきたときと同じように、勝幡の館へとひた走った。太陽があくまでも燦々《さんさん》と輝き、館へ帰り着いたときには、若者たちの体には、大粒の汗が一度に吹きだしていた。

若者が館の庇《ひさし》の下にかかる頃、中から怒鳴り声が響いてきた。

「吉法師《きっぽうし》かっ、馬鹿もの！　どこに行っておったのだっ！」

父の信秀である。そう言われて、吉法師と言われた若者は、憤然としてものも言わずに館の中に入っていった。すべては承知している。今朝《けさ》父から、今日は都からさるお方がおみえになる。そのさい前にも会わせるから、挨拶をするようにと言われていたのだ。しかしそれを、無視しようとしていた。

さして広くない会見の場所のその上段には、すでに客人が座っていた。公家の道中用の衣服を着た男だった。年は四十近く、頭には立て烏《え》帽子を被っている。

吉法師は、広間の入口に突っ立った。そして軽く会釈をすると、その場にどっかりと胡床《あぐら》をかいて座った。

「無礼だぞっ！」

信秀がまた怒鳴った。

「まあ、よいよい」

公家は右手に扇を持ち、左手で信秀を宥《なだ》めるとお愛想笑いをした。その顔がいかにも公家らしく柔和に見えたが、それが本心からのものでないと、吉法師は思った。

上段の間の前に信秀が座り、広間の両側には家来たちが五、六人ずつ控え、入口附近までにそれが並ぶことはなかった。そのため吉法師はもっと前に進むべきだったが、彼はそうしなかった。そして公家を睨みつけるように、目を剥《む》いていたのだ。その表情は、怒りとも蔑《さげす》みともつかぬ険しいものだった。

吉法師は、この公家のことを知っていた。その昔まだ彼が生れる前のこと、公家はやはり、東国への下向の折に、この勝幡の織田の館に立ち寄ったのだ。その時のことを、かつて父から聞いたことがある。公家には何人かの供の者が従ってきた。そして津島の宮に詣でたあと、勝幡にやってきて、ここで何日間か逗留したのだ。信秀はそれを鄭重《ていちょう》に遇した。よほど居心地がよかったのか。その公家の一行は信秀の勧めもあって、都ふうの風雅な遊びや歌舞などを披露したり、時にはそこに集ってきた近隣の名士たちを交えて、共に興したというのだ。

往時を回想して、それをやや自慢げに語る父の顔を見て、吉法師は子供心にもしかめっ面をしていた。父親のそういう態度に、屈辱的な恥かしさを感じたのである。

公家というものが、どんな人間なのかということを、彼はまだ識らなかった。京の都に住み、帝《みかど》の傍近くにいるという漠とした考えしかなかった。ただそれは、世に言う高貴な人間たちのことを指して言っているのだろうと思っていただけだ。しかし彼は、そこに強く反撥する気持ちを持っていた。反撥というかもっと強い、何物かに向かって反抗するという大人びた感じ方だった。

武勇をもって知られている父が、都から来たという公家の前にへり下《くだ》って、その男たちと一緒になって蹴鞠《けまり》などをしている姿を想い浮べると、いたたまれないほどに胸くそが悪くなるのだ。その時は織田の一族や近在の武士たちが集まって、和歌を詠《よ》んだり、はては太鼓だのつづみを打ったり、揚句のはてには舞などを踊ったりしての騒ぎになったという。その中には父の姿もあったのだ。

つね日頃、猛々《たけだけ》しく他人に恐れられている父が、その公家の前では卑屈なほどの態度をとり、しかもたわい無い蹴鞠や踊りに興じていたのかと思うと、腹立たしく情ない思いにかられたのだ。そしてその公家が、今またこの場所にいるとは。

この日は蹴鞠などの余興はないと思うものの、彼はこの場で、その公家に挨拶することなど、絶対に出来ることではないと思った。それどころか、隙を見つけて一喝してやりたいぐらいに、感情が昂ぶっていた。そのあと彼は黙って立ち上がると、もう一度その公家を睨みつけて、部屋の外に出ていった。

やがて公家の一行は、陽が落ちる前には熱田《あつた》あたりの宿舎に着くようにと、織田の館を出ていった。何事も起こらなかったのだ。信秀は安堵の胸をなでおろした。吉法師の無礼な振る舞いに、腹の中は煮えくりかえるようだったが、そのあと館の中で顔を見合わせたときには、何も言わなかった。

（ふん、俺の子だわい）

そう心の内に呟くしかなかった。


夕暮れ近く、吉法師は館を出て近くを流れる川の岸辺に立った。そして西の方角に拡がる空を見やった。その下に夕日を背にした養老山脈が左右に長ながと、まるで屏風を拡げたように横たわっていた。陽が後ろにあるだけに、山脈の前面は黒ぐろとして、それは何か圧倒的な勢いで、周囲の風景を包みこんでいるように見えた。その一瞬の、この世のものとは思えぬほどの大気に、彼は思わず激しい感動に震えていた。

（あの向こうに何があるのか）

吉法師はふと、さきほど館を出ていった公家のことを思い出していた。

(あの男は、京の都から来たと言った)

彼はいまいましげに、公家の姿を想い浮べた。公家とはいったい、どんな人間たちなのか。帝の周りに仕えている者たち、ということぐらいは分かる。しかしあのようになよなよとした仕種《しぐさ》から思うと、とても人の上に立つことなど出来ることではない人間としか思えないのだ。

(都にはこの辺りの武将たちよりも、もっと強く大きな軍勢を率いる武将たちがいる筈なのに、その者たちはどうしておるのか。公家とそういう武将たちとは、どちらが偉いのか。公家は武将たちより上なのか下なのか)

吉法師は、父とあの公家を比べてみた。

(父があれほどへり下っているのを見れば、公家のほうが上なのか。それともあの公家が都から来たというだけで、父を見くだしていたのか。やはりあの公家のほうが、身分が上なのかもしれない)

彼はいまいましげに、父の姿を想った。

(俺はその都を一度見たい。あの山の向こう側は近江だ。都はさらにその向こう側にあるという。しかしそんなに遠くはない。だからあの公家もここへやってきたのだ)

いままさに夕日が沈み、その上に横たわる雲を赤あかと染め上げている空を見上げながら、吉法師はこの時、夢見るような感慨にひたっていたのである。若き日の信長の姿である。

尾張は下剋上

今は、戦国の世と言われる時代のなか頃。あの応仁の乱という大乱が終ったあと、その余波は弱まるどころか、さらに大きなうねりとなって、国の隅ずみにまで拡がっていたのだ。

関東の雄太田道灌はすでに亡く、伊豆の北条早雲もこの世を去っていたが、西国の毛利元就《もとなり》はこの頃さかんに動いて、周辺の諸族を攻めたてていた。そして京の都においては、このとき後奈良天皇が位《くらい》に就き、室町幕府では、十二代足利義晴が将軍の地位にあった。さらに言うと、ポルトガルの船が九州の種子島に漂着して、日本に初めて鉄砲を伝えたのは、天文十二年（一五四三）のことだった。そういう時代だった。

応仁の乱の結果は、諸国に下剋上の風潮をもたらし、上からの権威は次第に崩壊しつつあった。それを武家社会だけで見ても、鎌倉幕府から室町幕府へと受け継がれた守護制度が、各地において次第になし崩しにされ、守護大名自体が、在地の守護代などによって放逐される事態となっていたのである。下剋上の始まりだった。そしてその守護代さえもが、もっと下の階級の実力者から、その地位をとって代わられるということにもなったのだ。そして尾張ではどうだったか。

尾張の国はその昔、東北部の丘陵地帯の一郭にある高みに登った地元の豪族が、南の方角に、海に突き出た陸地が、動物の尾を張ったような地形を見て、それ以来この国の名を尾張としたという言い伝えがある。その高みから西側に拡がる一帯は、見渡すかぎり平坦な地形で、陽当たりもよく、農作物も豊かな実りをもたらしていた。人間が住む場所としては、恵まれた地といえる。

この頃、尾張の国の守護職には、永い間斯波《しば》一族が就いていた。斯波氏は足利氏の一族である。その中でも、名族と言われるほどの家柄である。このため幕府でも、彼らには地方のうちでも重要な場所にその一族を配した。これにより一族は、越前を始めとして尾張や遠江までの守護職を占めるようになったのだ。そしてこの頃、尾張の守護には斯波義統《よしむね》がなっていた。

しかしこの時になって、斯波一族の尾張での守護としての力は、著しく弱いものになっていた。彼らは尾張という恵まれた土地を幕府から与えられながら、その地でより大きな勢力をもつこともできずに、その領地は、この頃になって抬頭してきた織田一族によって支配されつつあったのだ。義統はこの時、ともかくも清須《きよす》の砦にいたのだった。それも織田一族の支族に擁護されてのことである。ではその一族とは、いったいどんな氏族だったのか。

世に「織田系図」なるものが残っている。源平藤橘《げんぺいとうきつ》といって、数ある氏族のうちで、古く奈良、平安時代から始まる日本の代表的な氏族がこの源氏と平氏、それに藤原氏と橘氏ということになるのだが、これらの氏名《うじな》は後世に至っても、あるいは後世に至るほど威厳をもって伝えられることになる。そして中には、はなはだ疑わしいものも出てくるのである。

織田氏は、平重盛を祖としている。重盛とは、あの清盛の長男である。平家が壇の浦の合戦で滅びたあと、その末裔たちは、厳しく苦難の道を辿らなければならなかった。山岳地帯の奥深い、人家もないような僻地に。または数個の人家はあっても、その身分を隠すために名を偽って、人びとの間に交わらなければならない。そうなれば、家名は断絶したことになる。滅びゆく者が辿った道である。南北朝時代が終ったあとの、楠木一族がそうだった。

織田一族の先祖が重盛だとしても、そこでは平家の一門であることを名のることなどできない。重盛の子はあの維盛《これもり》。そしてその子は資盛《すけもり》。このあたりから彼らは越前に下ったのか。そこは山奥の僻地ではなく、北国から日本海の海に出る少し手前にある小さな盆地。その中心にあったのが剣《つるぎ》の社《やしろ》。

そしてそこにあった集落を織田《おた》の庄といった。平家の末裔は、運よくそこに住みついたのだろう。もちろん氏名を隠して。皮肉なことに室町時代になって、そこに越前の守護として着任したのが、尾張の守護も兼ねていた源氏方の斯波一族だった。

当時すでに織田の庄の荘官になっていたであろう織田一族の誰かが、そこで新たに着任した守護と関係をもった。というと聞こえはよいが、うまく取り入ったと言うべきか。そしてその縁から一族は、常昌の時代になって、斯波氏の推めもあって、尾張の国の守護代に任じられるという幸運に恵まれて、この国にやってきたというのである。信長の七、八代前の話である。

織田一族はたしかに平重盛の末裔だったのか、あるいはもともと越前織田の庄の地侍だったのか、どちらを信じればよいのか。それにしても常昌は、よほど有能な人物だったのだろう。

ともかくも、尾張の国に居ついてからの織田一族は、旺盛に動き回った。それに動物のような繁殖力で、その一族は次第に大きくなっていった。尾張の国は平地が広い。東部の三河の国に接した処にだけ、低い丘陵地が南北に走っている。その広い平地に力を蓄えていった織田一族は、次つぎと幾つかの支族にと分かれていったのである。

この頃尾張の国は、守護の斯波氏の許に、領土を大きく南北二つに分けて、北半分は岩倉に砦を置き伊勢守を称する織田氏と、南半分は清須の砦に拠るもう一つの織田氏が守護代に就いていた。つまり織田一族は、越前織田の庄から尾張に移ってきたからは、守護の斯波氏よりも強い勢いで尾張の国を支配していたのだ。そして二つに分かれた一族は、次には同族同士の争いにと突き進んでいく。

平坦な領内に、彼らはいたる処に砦を築いて、自分の縄張りを拡げようとした。その争いには本家も分家もなかった。強い者が勝つのだ。幕府から遣わされた守護のような、家の格式も家柄の良し悪しもない。時によると親兄弟も伯父も従兄弟も容赦しないほどの、争いとなって戦さもする。そして城や砦などというものも、尾張の領内には十も二十もと築かれていたのだ。そういう中で、吉法師の父信秀はどう戦っていたのか。

この頃信秀は、尾張の西の辺地勝幡に砦を構えていた。尾張の国全体から見れば、そこは決して良い場所ではない。そのうえこの辺りは、南の伊勢の海から潮が満ちてきたり、時によると、北方の木曽川から分かれて下ってきた河川の氾濫により、大きな水害をもたらすこともあったのだ。

このため館を中においた砦は、外敵の来襲を防ぐのと、水の勢いを防ぐためにと、また近くを流れる川の堤防とで、土塁を二重に巡らして砦としたのだ。平地に造られた砦の構えはそれほど大きくはなく、侍屋敷は南側の広がりの中に造らせた。しかし尾張の国の西の辺地といったが、その利点もあった。一つは辺地なるがゆえに、目立った敵の来襲が、殆どなかったということである。そしてもう一つが、近くに津島の宮があるということだ。

津島の宮の歴史は古い。遠く欽明天皇の頃の鎮座というから、聖徳太子の時代から百年近くも前のことになる。その後一条天皇の時に天王社という号を賜って、天皇家を始めとして、公家や武家たちから篤く敬《うやま》われている社なのだ。ところがここに至って信秀が、この津島の宮と深い関わりをもつようになっていたのだ。

津島の宮は、大河木曽川の川口近くの東側にある。そこは伊勢の海の入口にあるといってよい。木曽川の川幅は広い。そのうえ東側を流れる佐屋川や、西側を流れる長良川や揖斐《いび》川との間の堤防も、その時の水量《かさ》や水勢《すいせい》によっては、殆ど用をなさないこともある。ところがその川の中には干潟《ひがた》があったり、小島のような陸地があったりとして、人びとが住んでいるのだ。そんな厳しい条件のもとで、彼らを何がそうさせるのか。一口で言えばそこには、東西を繋ぐ街道の要衝《ようしょう》にあったからだ。

京都から東国を見指すとき、琵琶湖の南からは、湖に沿って伊吹山の麓を通って美濃へ出る道がある。しかし甲賀から東へ、鈴鹿山脈の南端にある山中の隘路《あいろ》を通って、伊勢の海沿いの道を行くのが、東国へ下るにはいちばん早い。そしてその川口の尾張側にあるのが津島だった。

そこに開けた宿場は、次第に大きくなっていった。そして多くの人びとが往き来した。それにしたがって市《いち》がたち、品物も動く。また木曽川の上流からは、木材を始めとするもろもろの財貨が運ばれてくる。品物は財産だ。したがって銭《ぜに》が多く集まる。そこを支配する津島の宮と織田信秀にとって、これほど旨《うま》い話はない。何もない処で、互いを攻め合っているだけでは、他に抜きんでることなどできないのだ。

信秀は徐々に財を蓄えると、尾張の国の中央に勢力を拡げていった。勝幡の砦は祖父の良信が築き、父信定がその辺りを平定して、数十年の間そこに居たが、今ではいかにも手狭な砦だった。信秀には、織田一族なら誰もがもつ野望があった。一族を代表して、自分が守護斯波氏の守護代になるという。それどころか、その斯波氏に代って自らが尾張を支配するという大望があったのだ。しかもそれは、必ずしも夢ではない。

とはいえこの頃の信秀は、尾張の国の中で、有象無象《うぞうむぞう》の如くの縄張り争いをしている織田一族の中では、まだ名も実力も低く見られていた。財は十分に蓄えた。いよいよ軍勢を率いて、中原《ちゅうげん》に駒を進める時だ。信秀は意を決して立ち上がったのだ。

手はじめに、彼は清須の向こう側、庄内川のさらに東にある那古屋《なごや》台地を目指した。そこは南北に一里余りの、さほど広くはない台地だったが、北の端からは、遠く小牧山が望まれるほどの高台にあった。また南の端からは、熱田の先の、伊勢の海までを見晴らすことができたのだ。どんな敵とでも、戦さをするときにはぜひとも手に入れておきたい場所である。ところがその北側の台地には、この時思わぬものがあったのだ。

じつはこの頃、その場所にはさほど大きくはないが、砦が築かれていたのだ。しかもその城主は、こともあろうに今川の一族だったのだ。今川氏は代々駿河の国の守護であり、この頃は今川義元がその任に就いていた。その今川一族の者が、なにゆえに尾張の領地の中に砦を築いているのか。それには次のような訳があったのだ。

今川一族は斯波氏と同じように、室町幕府の中にあったは、足利氏の流れをくむ名門の出だった。このため斯波氏が尾張と遠江の国を与えられたように、今川一族もまた駿河の国の守護となっていたのである。しかもこの頃では、その遠江の守護職は、斯波一族を追い出した今川一族にと移っていたのである。そしてこの時、今川一族の当主は義元だったのだ。彼は駿河と遠江の国を統《す》べる太守《たいしゅ》となっていたのだ。

また尾張と遠江の国の間には、三河の国がある。幕府はかつて、そこにもしかるべき守護を置いた。しかし今は守護不在となっている。その隙を突いて、東方から今川義元が侵攻してきたのである。そして三河を勢力下におくことによって、ついに尾張の国とその国境《くにざかい》を接することになったのだ。

しかし両国は、三河の領内ではそれほど激しく敵対することはなかった。またその境界も確たることもないままに、互いの領土は複雑に入りくんでいた。いま那古野の砦に今川一族の者があったとしても、尾張の守護斯波義統にとっては、さほど咎めることのほどでもなかったのかもしれない。とはいえ、周りの地侍たちはそうはいかない。自分たちの縄張りの中に、よそ者が大きな顔をして砦を構えていることは、我慢のならないことだったのだ。

信秀は立ち上がった。ほかの織田一族が、守護の義統に遠慮して黙っている手はないと思った。このとき那古野の砦にいて城主面《づら》をしていたのは、今川義元の弟氏豊《うじとよ》だった。しかもその男のことを信秀は知っていた。顔見知りだったのだ。

というのは、かつて彼が息子の吉法師に向かって話したことのある、以前京都から勝幡館にやってきた公家、それは山科言継《やましなときつぐ》という名の公家だったが、彼らが津島の宮などで催した蹴鞠などの遊興の場に、この氏豊も参加していたのである。当時は竹王丸と名のっていたが、この時もすでに那古野砦に、城主として留まっていたのだ。その頃は尾張の地侍たちも、相手が今川一族ということで、手が出せなかったのだ。

しかしその後の情勢は急変した。信秀には那古野砦に立て籠る今川勢と、一戦を交えるだけの兵力と自信があった。そこでついに、軍勢を率いて砦に迫ったのである。それを見た城主の氏豊はどうしたか。迫り来る織田の軍勢に恐れをなしたのか、早ばやと決心した。さほど大勢ではない手兵をまとめると、織田勢と戦うこともなく砦から去っていったのである。あっけない結末だった。

氏豊とは、もともとそういう人物だった。武将の柄ではない。兄義元には、まだ駿河と遠江の国の太守としての威厳と野心もあった。遠江の次には三河を、そしてその次は尾張へ攻め入るつもりでいる。尾張の国のただ中の砦に弟を入れたのも、そのための布石だった。しかしその弟はというと、太刀を佩《は》き馬に乗ることよりも、和歌《うたよ》を詠み蹴鞠に興ずるほうに人生の楽しみを感じていたのである。

兄義元の期待は、空しく裏切られた。

信秀、三河を攻める

少年吉法師の目にも、父信秀の姿はよく働いているように見えた。勝幡の館にいても、度たびそこを空け、軍勢を引き連れては外に出ていった。少し癇癪《かんしゃく》持ちのところがあって、よく大声で怒鳴った。吉法師はそういう父を内心怖れた。しかし父はそれだけではない。家来を心服させるのに、十分な度量と気魄《きはく》を具《そな》えているとも思った。いずれにしても彼は、そういう父には頭が上がらなかった。

那古野の砦から今川氏豊を追い払った信秀の勢いは、休むことはなかった。そこで今川勢の跡を追うように、隣国三河の国に侵攻して、その中心部にある安祥《あんじょう》の砦を今川方から奪い取った。彼の思いきった行動だった。というのは、那古野の丘に新しく砦を築いたとはいえ、清須には、一族の織田信友が守護代として斯波義統をを擁していたからである。

近ごろ力を蓄えてきたとはいえ、信秀よりも信友のほうが身分が上だった。そしてそこに守護の義統が居るとなれば、信秀の所業は少し出過ぎているということになる。しかしここに至って、信秀は憶することも遠慮することもなかった。今の世は、力のある者がそこを支配する。彼はそう思った。

父とともに、勝幡の砦から那古野の砦に移っていた吉法師は、すでに九歳になっていた。しかしまだ、合戦の場に出ることはない。それにまた、津島の宮に相撲をとりに行くこともない。だがかわりに、彼は自分なりに体を鍛えた。

彼が特に好んだのは乗馬だった。それは並なみならぬものだった。太刀や槍もやったが、馬に跨がるということには、ある想いがあったのだ。それは、大きな軍勢を率いて合戦に赴くときには、その先頭に、颯爽として馬に乗っている自分の姿を想い描いていたからである。それは彼の心の中では、頑なものになっていたのだ。父信秀が、合戦のために三河の国に向かって出陣していったとき、その後ろ姿は、吉法師にとっては自分自身の後ろ姿でもあったのだ。

（いつか俺も、あのように――）と。

三河の国は、尾張と遠江《とおとうみ》の国に挟まれて、身動きがとれないという位置にある。二つの国の勢いが大きかったからだ。

室町幕府により守護職が定められたとき、三河の国にも守護大名を置いた。髙《こう》氏や一色氏や細川氏と。しかしそれは、尾張の国の斯波氏のように同じ一族が代々そこに居たわけではない。そして最後の守護となった一色氏の一族をもって、そのあとは守護不在のありさまとなったのだ。それが寛正年間（一四六〇～）のことである。

このあとここには、守護に代る守護代となるべき有力な地侍もなかったのだ。まったくということではなく、三河の国を二分する矢矧《やはぎ》川の川沿い一帯には、松平姓を名乗る一族や、小さな地侍がいた。しかし彼らは今川、織田の二つの勢力の間にあって、それに対抗して一国を支配するほどの力はなかった。

信秀の率いる織田勢が、三河の国の只中《ただなか》まで進出してきたのを見て、今川義元も心中穏やかではなかった。もともと三河の国の殆どは、自分の勢力範囲の中にあると思っていたのが、思いもかけずの織田方の来攻である。

安祥の砦は、古く室町時代の中頃に築かれたものだが、この頃には松平一族がそこに入っていた。それを織田勢が苦もなく陥《おとし》いれたのである。義元にしてみれば、それは許しがたいことであったが、また手強い相手だと思った。なにしろ弟の氏豊が、那古野の砦から追い出されている。

天文十一年（一五四二）八月、今川義元はついに動きだした。総勢万余の軍勢は鎌倉街道を西に進み、途中三河の海にまで連なる山の中を、藤川の辺りに辿りついた。そしてそこで駒を止めて休息した。

矢矧川の西側の堤防の上から、信秀はそれを見た。今川勢の旗竿の動きが止まったことで、彼らがそこで一息入れていることが分かったのだ。それを見て、信秀は下知した。

「今だっ、かかれっ」

尾張は殆ど平野の中にあった。そこではそこの戦さの仕方があった。森や山のない戦場では、騎馬にしても徒歩《かち》にしても、尾張の侍や足軽たちの足は早かった。その織田勢が今川勢の目前にまで迫り、あとは乱戦になった。乱戦になれば、武将格の騎馬武者は動きがとれない。馬自体が、もう右往左往するばかりだった。

もうもうと砂煙をあげる中で、両軍の足軽たちが入り乱れて戦った。怒号が飛びかい、太刀や刀が打ち合う音が、激しく耳をつんざいた。戦いは攻めかかったほうに、勢いと分《ぶ》がある。今川勢は織田勢に終始押しまくられて、防戦一方だった。「織田の長槍」には今川方の足軽は突かれるばかりで、戦さにもならない。完全な負け戦さだった。これが世に謂う、「小豆坂《あづきざか》の合戦」である。

ここで繰り拡げられた戦いでは、織田一族の中では織田信康なども参陣しているから、この頃では信秀だけが突出した動きをしていたわけではない。信康は信秀の弟で、当時は犬山城主だった。信秀は着々と、織田一族を纏めるための地歩を固めつつあった。戦いの結果は、織田方の勝ち戦さだった。

吉法師の元服

天文十五年（一五四六）、この年、十三歳の吉法師は元服して、名を信長と改めた。いよいよ織田信長の登場である。

信秀は、このときを見計らっていた。自分の後継者としての吉法師を、いつどこで元服させるかということは、たえず彼の頭の中にはあったのだ。

信秀にとって、吉法師は三番目の息子だった。しかし長男の信広やもう一人の二男の母親は、いわゆる彼の側室だった。ところが信長の母は、清須砦に近い土田《どた》の地侍の娘で、土田御前《どたごぜん》と呼ばれた女性だった。父の名を土田政久という。地侍といってもこれは有力な武将で、信秀がそれを味方につけるだけの、才覚と実力をもっていた。それに田舎侍の娘にしては、土田御前は美貌の持ち主だったのだろう。後年の、端整な表情で描かれている信長の肖像画を見れば、それをうかがい知ることができるのだ。

信秀は吉法師を、兄たちとは違った扱いをした。兄の信広はすでに、さきの小豆坂の合戦の場に出陣させている。しかし彼は、吉法師をそうさせることはなかった。もちろん、まだ青年というには年が若かったということもある。だが彼は、事実上惣領《そうりょう》といわれる吉法師については、いずれ別の機会にと考えていたのだ。そして元服の時がきたのである。

元服の式場は、かつて信秀が築いておいた、古渡《ふるわたり》の砦でと決めていた。そこは那古野の砦から南に約一里、那古野台地の南端にある。その砦の下、南側の東西に鎌倉街道が通っている。東に行けば笠寺から鳴海に、さらに三河の安祥にと通じている。また西へは、稲葉地から北に転じると清須、そして美濃街道へと合流することができる。いずれにしても要衝の地にある。そこからの眺望は西にも東にも、そして南には熱田の宮の頭越しに、伊勢の内海《うちうみ》までが見渡たせるのだ。戦略上逼塞した地にある清須の砦よりも、ここのほうがよほどよい。

元服にあたっては、信秀は、吉法師にはしかるべき人物を添え役として配した。平手政秀や林通勝らである。政秀はこのときすでに五十半ばの武将だったが、信秀の許にあって他国との接衝にもあたり、交渉をよく纏めるなどの知将でもあった。そして吉法師に対しては、その人格作りの任にあたったのである。適材というべきか。

儀式は政秀が後見となり、通勝がもろもろのことを取りしきって無事終了した。信秀は上機嫌で盃をとったというから、これほど目出度いことはなかった。なお信長にはこのとき兄が二人いたので、三郎信長と名のることになった。

明けて天文十六年（一五四七）、いよいよ信長初陣《ういじん》の時がきた。三河の国には地侍として松平一族がいたが、この頃になって今川勢の進出が目立つようになった。義元にとって織田信秀の三河への進攻は、近年なんとも目ざわりなものになっていた。それに自らが、いずれ大軍を率いて上洛しようとする考えは、次第に現実味をおびたものになっていた。

一方信秀にしても、その動きを食い止めようと、より具体的な戦さの仕方を考えるようになった。幾たびか三河に兵を出していたのは、そのためだった。そしてその拠点の一つが安祥砦だったのだ。そこでこのたび、元服した信長に兵を持たせて、三河への進攻を計ったのである。というのもこの頃、今川勢が、三河の内海沿いに徐々に兵を繰り出してきたからである。

信長の初陣とあって、信秀も気を遣った。息子の初陣を、まかり間違っても負け戦さなどにしたくない。そこで平手政秀らには策を授けると、今川勢に対するだけの軍勢をもって出陣させたのだ。だがそれほど多くはなかった。信秀はその模様を、古渡砦の館の中から眺めた。我が子ながらその姿の凛々しさに、思わず見とれたのである。

尾張勢の足は早く、三河との国境を越えるとすぐに右に折れ、やがて三河の内海に出て、大川の川沿いを南に進んだ。そして大浜の部落を経て、一色《いっしき》、吉良《きら》などという室町幕府の有力氏族ゆかりの荘を席捲して、その前方に構えていた今川勢と対峙した。しかし勢いは尾張勢の方にあった。やがて今川勢は、戦うほどのこともなく幡豆《はず》の方に撤退していったのである。

そのあと織田勢は、諸処に火を放って勝鬨《かちどき》の声をあげた。火攻めにしては、いささか間の抜けた戦いの終りだった。しかしともかくも、信長の初陣は勝ち戦さで締めくくることができた。その模様はいち早く、古渡砦の信秀の許に届いた。物見の報らせによってそのことを知ると、彼は信長の帰還を待ちわびた。

信長が古渡砦に帰ってきたとき、信秀はそこに従っていた平手政秀や林通勝らを犒《ねぎ》らった。そのあとは、信長の初陣と戦勝の祝宴になるのだったが、彼は信長一人を呼んで己《おのれ》の前に座らせた。そして物見の侍から聞いていた、戦いの模様を復誦させた。信長も気まじめにそれに答えた。

「火攻めをしたそうだな」

「はい」

と答えて、信長は意外な言葉と思いながら、父の顔を見つめた。

「それは戦いのどのあたりで、そうしたのだ」

「どのあたりと申されると、大浜か一色か吉良ということで――」

「いや、戦さの始まりか終りか、それともその半ばでかということだ」

「はい。それならそれは、戦いの終りでということです」

信長はなんの疚《やま》しさもなく、そう答えた。そして百姓どもの家や小屋に火がつけられ、それがまたたくまに、濛々《もうもう》たる火焔と白煙をあげて燃えさかる光景に思わず見とれ、次には抑えがたい気持ちの昂まりを感じていたのを想いだしていた。馬に乗った軽輩の侍や足軽たちの持つ松明《たいまつ》の火が、自分の目の前を走って動いていく様は、どう言い表わしてよいのかと思うほどである。

「無益なことをした」

信長がはっきりとした言葉で断じた。

「無益なことと？」

「そうだ」

その顔に厳しさはなかったが、父信秀の言葉は、力をこめた確かなものだった。信長は呆気にとられた。

「よいか。火攻め水攻めなどは、昔からどんな戦さでも行われてきたものなのだ。必要があれば誰でもどこでも、そのやり方を使うことができる。しかしそれは戦さの始めにやってこそ効果があるのだ。相手の構えを崩すとか、相手の度胆を抜くとかで、味方の戦いを有利にすることができるのだ。分かるな」

「――はい」

信長は不満げだった。

「しかし、お前のやったことは違う。戦さの終りに火をかけたということは、勝敗が決まったあとのことで、無益なことだったのだ。それどころか焼いたのは百姓どもの家や小屋などの、戦さとは関係のないものだったということではないのか。それはたんに無益だったというのではなく、もっと悪いことなのだ。というのは、百姓どもには敵も味方もないということなのだ。この尾張でもそうだが、彼らは、我らのようにいつも合戦に明け暮れている者などに興味はないのだ。それどころか、そういう合戦の場に巻きこまれることを怖れてもいるし、迷惑がっているのだ。ましてや火攻めの煽りで、自分たちが蓄えた財を失うことになれば、それはもう敵なのだ。尾張に住もうが三河に住んでいようが、自分たちの財を奪うものは、みんな敵なのだ。そしてそういう百姓どもは、いつかは我らに向かってくる。刃向かってくるということなのだ。だからそちがやったことは、無益なことをしたということだ」

「――」

「分かったな」

しばらくの沈黙ののちに、信秀は、はっきりと断言した。それは決して険しくはなく、我が子を諭す言葉だったのだ。不満はあったが、信長はそれを肝に銘じて立ち上がった。その教えが、いつか役にたつのか。

しかし信秀にとっては、幸先のよい息子信長の門出だった。数ある子供たちの内では、信長こそが自分の跡取りだとするに、十分の手応えがあったのだ。

第二章　信秀、美濃との戦い

道三現わる

織田信秀には、今川義元のほかに難敵がもう一人いた。美濃の斎藤道三《どうさん》である。その出自はよく分からない。もとは京都の油売り商人だったという。幼名は峰丸。商《あきな》いの都合上美濃の国を度たび訪れていたが、そこで美濃の国の守護土岐《とき》氏の家臣長井長弘の家来となった。その間に何回も名を変えて、峰丸から庄五郎、それから西村勘九郎正利と名のった。

主人が変るたびに、その養子のように取り入って改名していたのだ。これが彼の身についた、主家乗っ取りの手法である。いわゆる、どこの馬の骨とも分からぬ人物である。家柄も何もないから押しは強い。

その後勘九郎は、美濃の国の守護土岐氏のお家騒動にも介入し、その曲者振りが周囲の者を怖れさせる。そして彼が美濃へ来たときの主人であった長井長弘夫妻を殺害すると、その家名を継いで、今度は長井新九郎規秀《のりひで》と改名して、とうとう稲葉山に砦を築いて、そこの城主におさまってしまうのである。いくら下剋上の世といえ、これほどのことを誰ができるのか。

さらに彼は、天文七年（一五三八）に美濃の守護代斎藤利隆が没すると、その家督を横領して、斎藤新九郎利政と称するに至った。そしてついには、守護家の土岐一族と全面的に対決して、土岐頼純《よりずみ》、頼芸《よりあき》兄弟を美濃から追い落として、自分が事実上の守護としての実権を握ったのである。恐るべき怪物だった。信秀はその道三と、尾張、美濃の国境を流れる、木曽川挟んで対峙することになったのだ。手強い相手だった。

その国境では、度たび小さな戦さがあった。互いが相手の強さを知っていたので、大きな動きはとれなかった。信秀にとっては、背後の今川勢よりも、目前の道三の方がよほど目障りだった。京都に上《のぼ》るというはっきりとした意志はないにしても、やはり前途を遮ぎる邪魔者だったのだ。

天文十六年（一五四七）九月、信秀は美濃の国侵攻への兵を動かした。この時にはすでに、尾張の国の大勢を指揮するほどになっていたので、率いるのは大軍といってもよい。それに木曽川を渡って敵地に入るには、それだけの軍勢を必要とした。川幅は広く水量も多い。しかし所々に浅瀬もある。信秀はそこを、川並衆に先導させた。

尾張勢の足はここでも早い。道三の立て籠る稲葉山の砦に向かって、一気に走りだした。砦は長良川の左岸の、山全体が切り立った崖によって周囲が固められた岩の上にある。一見して難攻不落を思わせるような、要害の地にあるのだ。しかも仰ぎ見るほどの、途方もない高さにある。

しかし尾張勢は怯《ひる》まない。砦の麓にある侍屋敷や町家に火をかけると、いっせいに喚声をあげた。砦に立て籠った斎藤方の軍勢の何倍もの数の軍勢だ。兵糧攻めにでもあったら、落城は免れない。ところが尾張勢にしても、ここに長い間留まることもできない。遠征軍ではないのだ。そこまでの準備はしていない。信秀は一応の勝ち戦さを確めると、やがて兵を纏め、木曽川を渡って尾張へ戻ろうとした。しかしそこに油断があった。

織田方に、美濃の国の内にまで攻め込まれた斎藤方は、稲葉山の砦にだけ兵を置いていたわけではなかった。土地不案内な織田方に対して、彼らはそこここに兵を隠しておいたのだ。そして織田方が、敵に背を向けて去っていこうとしたときに、背後からいっせいに襲いかかったのだ。その瞬間に、織田方はそこに踏み留まることも、陣形を立て直すこともできなかった。斎藤方の追撃は激しく、織田方はさんざんな目に遭って、多くの武将たちもが討たれてしまったのだ。なんという体《てい》たらくだ。勝ち戦さが、とんでもない負け戦さになってしまったのだ。

この戦いでは、織田方は多くの武将を失った。信秀の弟の織田信康を始め一族の何人かと、重臣や侍や足軽など五千人が討ちとられたのだ。織田方の惨敗だった。信秀ともあろうものが、下手な戦さをしたものだ。さきの三河への出兵といい、今度の美濃攻めといい、彼の戦さのやり方には少し無謀な面が見られる。どこか焦りが感じられるのだ。何ゆえにか。


尾張の織田と美濃の斎藤方による対決は、いずれ今度のようなに合戦になることは、誰もが予想するところだった。戦いの結果は織田方の負け戦さになったが、斎藤方はそれをどう捉えたか。最後は尾張勢を追い落としたといっても、決してそれを手放しで喜んでいられる状況ではなかったのだ。そしてそのことをいちばんよく知っていたのは、当の斎藤道三本人だった。戦いの初めに、織田勢が稲葉山の麓にまで攻めこんできたとき、道三は自分の非力をつくづく思い知らされたのだ。このときすでに、かっての勢いがないことを、自ら悟ったのだろう。

じつはこの両者の勢力図を、冷静に見つめていた一人の男がいた。それは、尾張の平手政秀だった。

彼はかねてより、尾張と美濃は、互いに鎬《しのぎ》を削って争うほどの仲ではないと思っていた。美濃は、駿河の今川とは違う相手だと思っていたのだ。また道三は、決して非情の人間ではないと思い、それに尾張と美濃の国内の状況が、必ずしも一つに纏まっていない現状なら、ここでは双方が和を結ぶことの方が得策だと考えるようになったのだ。

ところがこのとき政秀は、もう一つ重大なことに思いをめぐらしていた。それはいま、自分が補佐している信長に、早くしかるべき女子を娶《めと》らせるという考えだった。そしてその女子こそ、斎藤道三の娘濃姫、別名帰蝶《きちょう》を選んだのだ。はからずも美濃攻めの失敗が、このように好転するとは、政秀も思ってもみなかった。

斎藤方との交渉にあたっては、信秀は平手政秀に任せた。和睦を前提としながらも、美濃という敵地に乗り込む政秀は緊張したが、その反面楽観もしていた。道三といえども人の子、娘の良縁をつねに願うものである。成り上がり者の彼には、他国の守護や守護代なら誰もがもつ姻戚関係にある一族が、殆どなかったといってよい。ところが織田一族にはそれがある。

道三は考えた。信長のことは殆ど知らなかった。しかし彼は、我が子義竜《よしたつ》よりも、信長の方が上手《うわて》だと思った。それは直感だった。彼のことは知らないと思いながら、その多少の素行は聞いていた。素行というのか、奇行というのか。この乱世を生きるのに、まともな人間ではその望みを遂げることはできない。道三自身がそういう生き方をしてきたのだ。その直感が、信長の本性を見抜いていたのだ。そこに危惧を感じることはなかった。

天文十七年の秋、信長と濃姫の婚約のことはととのい、翌天文十八年の二月に二人は結婚した。この頃は実力者同士の政略結婚という、家と家によって、若い二人が結ばれることが多かった。そこには両家の勢力の違いによって、必ずしも対等の関係によらないものも多かった。しかしこの度の織田と斎藤、そして尾張と美濃の関係は、ほぼ対等の力関係によるものであって、両家にとっては、思いがけなくも満足のいくものであった。信長は十六歳、濃姫も同じ年頃。若い夫婦の誕生だった。

信秀の死

この頃信秀は、四十に届くか届かないかの年頃だった。まだ男としては働きざかりだった。美濃との戦いに大敗したものの、その相手と和睦したことは上首尾だったし、息子の信長が道三の娘と結ばれたことは、思いがけない喜びだった。

小さな合戦はなおもあった。少し前の天文十七年には、またもや三河に兵を出して今川方と小豆坂《あづさざか》で戦ったが、このときは織田方の負けだった。そのうえ、信長の兄の信広の戦いのやり方がまずく、自らが敵方に生け取りにされたり、出城《でじろ》の安祥砦を奪われたりして、さんざんの体たらくだった。

そんなこともあって、信秀の心労は高まるばかりだった。そして或る日、ついに彼は倒れた。場所は、古渡の砦からさらに東に一里半の、末森《すえもり》の砦に造った館だった。

合戦による切り疵《きず》がもとでではない。また落馬によって、背中や腰を打ったということでもない。急に頭に血がのぼったのか、胸のあたりが急にさしこんだのかのどちらかだった。かすかな意識はあったが、それが途切れることはない。だが口はきけなかった。体の動きもままならず、手や足は引きつることもなく、ぐったりとしていた。周りの者たちによって、やっと布団の上に体を起こすこともあった。

その状態が長く続いた。信長は古渡《ふるわたり》の砦からやってきて、時どき父の枕もとに、一人座った。信秀はその顔を、たまには見上げることもあった。しかし言葉は出ない。

あるとき、

「お前に――、お前に――」

と呟いた。信長が顔を近づけて、次の言葉を聞こうとしても、あとがなかった。

信長が帰っていくと、控えの間にいた重臣たちの何人かが、信秀の周りに集った。二、三人のときもあれば、五、六人のときもあった。

この頃は合戦もなく、それが幸いだった。信秀が古渡からここに砦を移したのは、今川方の来襲に備えてのものだった。場所は東側の丘陵地を背景として、南方、鳴海の方角からの敵方に対しては守りやすかった。しかし、信秀倒るの報らせは厳しく秘めていたので、それが今川方に報《し》れることはなかったのだ。それでも重臣たちは、信秀亡きあとのことを案じた。

信秀自身も兄弟が多かったが、彼はそれにも増して自分の子を多くもうけた。何人かの妻や妾の子は二十人近くもいた。それはこの世では、自らの一族を守るための一つの方策だった。他の部族との戦さのたびに、その内の何人かは、必ずといってよいほどに合戦の場に屍《しかばね》を晒すことになる。そうでなくても、敵対する相手と和睦が成った場合には、人質として自分の息子を差し出すこともある。子供は何人あってもよいのだ。厳しい世の中だ。

このとき信秀の近いところには、信長とその弟の信行（初名信勝）がいた。年は近かった。信長の周りに、信秀が定めた平手などの重臣がいたように、信行にもそれに従う有力武将の何人かがいた。林秀貞や柴田勝家などという、尾張の東部に勢力をもっていた連中だった。二つの勢力が戦いを交えるということはないにしても、互いに赦し合えるということでもない。双方の顔ぶれを見ても、凄腕の連中ばかりだ。

天文二十年（一五五一）三月、織田信秀がついて死去した。場所は末森砦の中で、四十二歳の生涯の終りだった。亡骸は砦の中の二の丸の裏手の木立の間で焼かれた。信長はそれに一人で立ち合った。自分のほかには、母や弟の信行も寄せつけなかった。焚き木の上に載せられた父の棺の周りに、炎《ほのお》が赤く包み、音をあげるその火の勢いを、微動だにせず、目を大きく見開いて睨んだ。

（あの時の火とは違う――）

彼の脳裡には一瞬、あの三河の海辺の村里を襲ったときに放った火焔が写った。しかしそんなものはすぐに消えた。いま自分の目の前にある火の勢いは、もっと赤く、もっと激しい劫火《ごうか》だった。

（いま父上は、その劫火によって焼かれているのだ）

彼の脳裡には、その父の姿が走馬燈のように走っていた。

勝幡《しょばた》の砦にいた頃には、快活で元気な姿があった。猛々しく、子供心にも近寄りがたいその勢いを彼は怖れた。しかしその一方では、自分の我儘を赦してくれる父でもあったのだ。そして、元服して成人になってからの自分に対しては、その扱いが明らかに変ってきたのを感じていたのである。

（その父上が、いま劫火によって焼かれている――）

かつてのその生き様《ざま》を、誰が責めておるのか。彼には想像もつかなかったが、それは今の世に、戦いに明け暮れている侍たちの姿そのもののようにも思えた。

（いずれ、この俺も――）

それは逃れえぬような、自分の行く先の姿でもあったのか。

（しかし、この俺が父上の跡を継ぐ――）

燃えさかる劫火を前にして、そういう怖れよりも、さらに激しい気持ちを奮いたたせて、彼はそう叫んだのだった。

それから一年余りが経ってか、信秀の遺言でもあり、残された重臣たちの思惑でもあった、彼の死を秘めた事実が公《おおやけ》にされた。そして改めてその葬儀が行われることになった。場所は古渡の砦の近くにある万松寺《ばんしょうじ》。

信長はその日のことを知っていた。もちろん葬儀には出席することになっている。だが葬儀そのものを営なむのは彼の指図ではない。信秀に仕えた重臣や、織田の一族たちがそれを行った。信長はあえてそこに口を出さなかった。しかし彼には彼の考えがあった。式は盛大に行われることになる。彼は前の日に、万松寺の辺りを馬で通って、その様子を見てきたのだ。予想外に多くの人びとが、そこに出入りしていたのだ。

その日信長は、若い侍のうちから屈強の者を五、六人選んで言い放った。

「俺と同じ服装《なり》でついて来い。みんな槍を持て。笠はいらぬ。鉢巻のままでよい」

それだけ命ずると、すぐに馬に乗った。侍たちは徒歩《かち》だったが、万松寺は近かった。主人の信長の言いつけどおり、その服装は腹巻だけは当てて、槍と刀を差している。小手先の戦さならいつでもできる出で立ちである。そして信長はというと、つねのごとく袴もはかず着物もだらしなく着て、手には野武士のような長刀を鷲掴みにしてという服装である。とても領主やなみの武士とは思えぬ、その様《ざま》である。

万松寺に着いたとき、葬儀はすでに始まっていた。信長の到着が遅いので、しびれをきらした一族や重臣たちが、そう決めたのだろう。本堂に入りきらぬ侍や僧侶たちが、境内にも溢れていた。その中に信長たちが乗り込んできたのだ。どこから集めてきたのか、薄汚れた衣を着た乞食坊主の群れを見て、信長は思わず顔をしかめた。それは寺や坊主たちが、大仰《おうぎょう》なものを見せつけるためのものだった。しかし彼は、委細かまわず、それを押しのけて本堂に上がった。

本堂の中は、すでに線香の煙がもうもうとして薄暗いほどだった。その周りには、金銀を散りばめた、長く重そうな衣を着た僧侶が、居並んだ武将や侍たちの上座に座っていた。この日ばかりは、自分たちの方が位が上だとばかりの態度が、ありありと見てとれる。僧侶たちの読経の声が、打ち鳴らす鐘の音とともに、耳をつんざくほどである。

信長は祭壇の前に進み出ると、太刀を掴んだまま仁王立ちの姿で辺りを見回わした。と次には、正面を向いて座布団の上にいた坊主を後ろから押し倒し、焼香台の前に立った。そして傍らにあった器から抹香を大掴みにすると、それを父の位牌に向け、

「かっ!」

と大声で叫んで投げつけたのだ。その瞬間、本堂の奥一面にその煙が立ちこめ、経を読んでいた坊主たちの何人かも、たまらず咳こんだ。そのあと会場は大騒ぎとなった。そして気がついたときには、信長の姿はもうそこにはなかったのだ。

信長が興奮さめやらぬ顔つきで帰ってきたとき、残っていた家来たちが色めきたったが、彼はそれを押しとどめた。そして一人にしてくれと言って、自分の部屋に閉じこもった。まだ気持ちが昂ぶっていたので、それを鎮めようとしたのだ。と、さまざまな想いが脳裡をかけめぐった。

（俺は本当に、父上を弔うことができたのか）

先ず始めに、自らにそう問うた。しかしなんら疚《やま》しい気持ちはない。

（俺は本気だった。本気でああやったのだ）

言い訳ではない。それどころか、その利き目も確かなものと思った。始めからああなることを考えてのことだった。そういう意味では、彼の作戦はまんまと成功したのだ。小さかったけれど、戦さに勝ったようなものだ。それはたしかに、あれは合戦の場だった。そうなれば合戦の相手は誰だ。まぎれもなく、それはだいいちに、自分の弟の信行とそれに従う侍たちだった。

信長はつねづねそれを意識していた。信行は自分とは母を同じくする弟だった。ほかの数ある兄弟たちと違って、自分とはもっとも血の濃い兄弟だったのだ。しかも父信秀も、はっきりとは言わないが、自分と同じように信行にも期待を寄せていたのだ。この厳しい戦国の世に、跡とりが一人というのは心もとなかったのだ。

それに信行と自分とでは、性格がまるで違っている、と信長は思った。まだ成人しきったとはいえないが、彼は仕種も落ちついていて、きっと風格のある大人、つまり立派な領主になるだろうとは、世間の評判だった。それは信長自身もそう思っていることだ。そのうえ彼は気性も優しい。それは母親似《に》だからと思われる。そのことが信長には面白くない。彼は自分が、母親から疎《うと》んじられていることを知っていた。それは幼ない時からの彼の思いだった。それだけに自分は、猛々《たけだけ》しい父親に似ているとも思っていたのだ。

信行とそれを取り巻くその重臣たちが敵なら、自分はそれに対抗しなければならないと信長は思った。しかしあからさまに、しかも事を荒らだててそれを行うことはできない。ところが父の葬儀の場。

それは彼にとって願ってもない恰好の場所だった。そしてそこへ彼は乗り込んだのだ。結果はあの様《ざま》だ。信行が見ている前での、あの騒動だったのだ。作戦はまんまと成功したのだ。

大方の人間どもが、うろたえ立ち騒ぐ中では、信長の所業を咎め、そして声を大にして罵《ののし》る者が殆どだっただろう。

(それでよい。それでよいのだ)

かれはほくそ笑んだ。

(しかしあの時、俺の所業を、怖れをもって見つめていた人間どもが、必ずやいた筈である。これは自分たちが敵《かな》う相手ではないと、きっと心の奥底では思っていた筈だ)

信長はここで強く頷いた。

(俺は勝った。俺は勝ったのだ)

これは大きな自信の現れだった。

ところが信長には、さらにもう一つの敵があった。それはあの場に居並んだ数多くの僧侶たち、坊主どもだ。彼は幼少の頃から、その坊主が嫌いだった。衣で身を隠し、威厳ぶった顔で、誰彼とはなしに説教するあの態度。その姿を見るだけでも、彼は坊主を毛嫌いして見ていた。

彼らは、武士に対しては法話という手を使う。しかし百姓に対しては、そんな高尚な手は使わない。もっと易しく、分かりやすい言葉を使ってその心に訴えるのだった。挙げ句のはてに、閻魔《えんま》大王などという恐ろしい世界に住む、仏の化け物か何か分からぬものを引っ張りだして、その幼稚な考えの百姓たちを脅えさせ、最後には貧しい彼らの懐からでも、喜捨をさせるのだ。なんという悪辣《あくらつ》なやり方だろう。

しかし信長が一部の仏教や僧侶に対して激しい憎悪をいだき、またそれを内心怖れるようになるのは、もっとあとのことになる。しかしその芽生えが、この時の父の法要の場に居並んだ僧侶たちの姿にあったことは、否定することはできない。

平手政秀と道三

信長の、見た目の放埓《ほうらつ》な所業は、地《じ》のものかそれとも見せかけのものか。その出て立ちは、相変らずたしかに人目をひいた。元服したというのに、馬上にあって髪は茶筅髷《ちゃせんまげ》。着物はというと、夏は浴衣のようなものから腕をまくり上げ、さらに腰帯の周りには、火打ち袋や瓢箪などをぶら下げて、いかにも崩れた服装《なり》だ。そしてそこには、十人ぐらいの家来が、いつも従っているのだ。

彼は気が向くと馬を降り、畠で鍬《くわ》で土を耕している百姓男に声をかけて、近寄っていく。若者は被り物をとっただけで、信長の顔を見つめる。そのようなことは、前にもあったことだ。土下座などすることはない。さらに信長は、屈託のない口調でその若者に話しかける。若者は笑顔を見せながら、白い歯を出してそれに答える。彼にとってこの時ばかりは、領主さまでも若殿さまでもないのだ。帰りぎわに信長は、傍らに生《な》っている赤い実のものをちぎっては、いきなり口に頬張る。

また町なかを、歩いてぶらつくこともある。屋台に並んだ食い物に手を出し、それを歩きながら口にもっていって、むしゃむしゃと食べる。そして店の者に向かっては、気易く声をかける。また時には、大声で奇声を発することもある。周りの者はそれを、うつけ者か呆《ほう》けた者のそれと見るか。

ところがその信長が、町なかから外へ出ると、突然馬に鞭を当てて走り出すときがある。彼は馬に乗るのが好きだ。乗馬の練習はいつもやっている。畠や田んぼが広がる、野の中を勢いよく走る。慌てた家来たちが一心に追いつこうと走るが、かなうわけがない。尾張は平野が広い。少しぐらい走っても、山に突き当たることはない。

　馬に乗っているとはいえ、信長もはあはあと息を切らしている。後ろを振り返ると、家来たちが走っている姿は、はるかに遠い。そこで馬を止め、彼は草むらの上に、どさりと腰を下ろして仰むけに寝ころんだ。やがて追いついてきた家来どもが、あえぎあえぎながら、「殿っ、殿っ」と言いながら、その周りにへたりこんだ。そして主従ともども、大声で笑い合うのだ。

　信長は、百姓といわず町人といわず、その中に入って、彼らの暮らし振りを見るのが好きだった。それは領主としての勤めという、大袈裟なものではないが、やはり彼らの暮らし振りのじつの姿を見るということは、大切なことだと自分に言い聞かせた。それにその中に屈強な若者を見つけると、彼には自分の家来になれと勧めるのだ。そこに上下の身分の差はない。とにかく彼は、自分の身の周りに、そういう心強い家来を持ちたかった。もちろんその男には、それなりの扶持《ふち》を与えた。

　ところがここに、思いがけないことが起こった。それは父の信秀に命じられ、自分の補佐役になっていた平手政秀が、突然自害をしたという報らせが信長の許に届いたのだ。

（あの爺《じい》が？）

　咄嗟にはその意味が分からなかった。つねづね自分の所業について、小言めいて諭されることはあった。しかし信長はそれに殆ど耳をかすことはなかった。というか、そうする振りを見せなかった。政秀の言っていることが、彼には分かっていたからだ。政秀もそれを承知していると思っていたのだ。だから政秀の自害は、そのことが原因ではないと思ったのだ。

ところが早馬により政秀から届いた手紙は、やはり信長への諫言《かんげん》の書だった。すなわち、今に至るまで続いている信長の所業に対する諫めの言葉が、憂いをもって書かれていたのである。信長は絶句した。そして自分が行っている所業や奇態が本心からのものではなく、或るものを欺くための手だてだったということを、なぜ分かってくれなかったという、無念さと腹立たしさを感じた。

（爺ほどの者が、なぜ分かってくれなかったのか）

信長は知っていた。彼が領内を徘徊している途中、今川方らしい透波《すっぱ》の姿があったのを。それは一人や二人ではない。遠くや近くで、彼らは何げなく信長の行動を見張っていたのだ。武器を持って襲うということではない。場所は尾張の領内だ。そこまで無謀なことをするわけではないが、透波はその一つ一つを本国に報らせていたのだ。信長の立ち寄り先や誰と会うかということは、尾張の国内がいまだに一つに纏っていないという実情からすれば、今川方としては是非とも知っておきたいところである。

（それを爺は、なぜ分かってくれなかったのか）

実直で学識があり、父信秀によく仕えていた頃の政秀の姿を想い浮かべながら、信長にはやはり、自分は取り返しのつかないことをしてしまったのだという慚愧《ざんぎ》の念に、思わず顔を歪めたのだった。政秀はこの時六十二歳、信長は後日、彼のために政秀寺を建てて、その霊を弔うことになる。

忠臣ともいうべき政秀の諫言によっても、信長の素行がすぐに改まるということでもなかった。彼には彼の考えがあったからである。そして今度は、いよいよ美濃の斎藤道三と会うことになったのだ。政秀が自害して間もなくの、天文二十二年（一五五三）四月のことである。信長はこの時、ちょうど二十歳。

道三の娘濃姫が、信長に娶《めと》られてからすでに五年が過ぎていた。その間道三は、まだ一度も信長に会ったこともない。その顔も見たこともないのだ。ただ彼については、噂さには聞いた。評判はよくなかった。呆けたようなその様子は、美濃の侍たちの間でも知られていたのだ。しかし道三は、そんな噂さは信じなかった。評判の悪い信長の素行が、見せかけのものであることを、とうに見抜いていたのだ。

（ただ奴《やつ》の顔を、奴の人柄をこの目で見たい）

それは可愛いい娘の相手を想う、親の思いでもあったのだ。

二人の会見の場所は、尾張と美濃との国境近くにある正徳寺という寺である。このことは道三の側からの申し出によるものであったので、場所の用意などのもろもろのことは、すべて美濃側で行われた。

この日信長は、濃姫の父、つまり自分にとっても二人目の父にあたる道三に会うことを、非常に楽しみにしていた。季節もよし。春の盛りとなった街道から外《そ》れた田舎道を、彼は悠然として馬上にあった。それに従う侍や足軽はおよそ七、八百人という多さ。

（今に、見ておれ）

信長は、つい沸きあがってくる笑いをこらえた。道三が自分を出迎えるのにどんな顔をするのか。それを思うだけでも、また笑いが込みあげてくるのだった。

道三は信長に会う前に、一度その服装《なり》なり、率いてくるであろう軍勢を確めておきたいと、寺の先きまで出向いて、そこで信長の行列を見ることにした。一行からは見られないようにと、道端の粗末な家とも小屋ともつかぬ建物の中に、三、四人の供の者と入ったのだ。田舎道の土堤《どて》の下である。

やがてその田舎道に、信長の率いる尾張勢が差しかかった。その先頭附近に馬上姿であったのは、たしかに信長だった。体は痩《や》せて細立ちで、しかし遠目にも見るからに敏捷そうに見える。ところが道三の目の前に次第に近寄ってきたときには、その服装は噂さに聞いたとおりの、呆けたような奇態だった。

（ふん。わしを騙せると思ってか）

今日もその服装で来ることを、彼は承知していた。しかしその後《あと》に続く行列を見て、道三は一瞬顔色が変るぐらいに驚いた。信長の後ろには、三、四人の武将が馬上姿で従っていたが、そのあとからの足軽たちの行列は、いったいどこまで続くのか、後ろが見えないほどの長さだった。

目立つのは、先頭を行く槍隊だった。柄を朱色に塗ったその様は、遠くからでもいやでも目につく。しかもその槍は際立って長く、三間半（六メートル余）に揃えた槍隊が延々と続く。それだけでも壮観である。そしてさらに続くのが弓隊であり、鉄砲隊だった。鉄砲は新しい武器だった。その黒ぐろとした武器を持つ足軽たちの集団は、見るものになんとも異様な、不気味なものに見えたのだ。

隊列はやっと通り過ぎていった。道三は思わず唸って、声も出なかった。

（ここまで、やるのか）

このあと信長の一行は正徳寺に入った。足軽たちは余りの多さに、境内にも入りきれずに、塀の外にまで溢れてそこここに腰を下ろした。

寺の控えの間に入ると、信長は身形《みなり》りを一変させた。呆《あっ》気《け》を装っていた浴衣のような着物を脱ぎ捨てると、用意してきた対面用の着物を着《ちゃく》し、長袴を履き髷《まげ》も整え、武士としての正装した姿になった。

そして道三の前に出たのだ。

それを見た道三は、その変りように目を剝《む》いたが表情を変えず、それにひきかえ傍らにいた家来たちが、「おう」と言って驚きの声をあげた。対面の儀は初めだけで、あとは雑談になった。そこには道三の息子義竜の姿はなかった。

道三と信長の間は言葉少なく、必ずしも寛いだものではなかった。道三はなおも、織田勢の長槍隊と鉄砲隊のことを考えていた。鉄砲は新しい武器のため、それを使いこなした戦さはしたことがない。織田方がそれを、どこまで使いこなしているだろうという疑念が頭をよぎり、しかしそれを信長に尋ねることもできなかった。

（裸一貫で、この美濃の国を盗った俺だ。俺には俺のやり方がある）

たしかにそのとおりだ。しかし道三の脳裡には、いつまでも織田の長槍隊と鉄砲隊のことがあった。

道三が信長の父信秀の軍勢と戦ったのは、五年ほど前のことだった。あの時は信秀にも勢いがあり、遮二無二に木曽川を渡ってきたのだ。だがその勢いの虚を突いた美濃方の反撃により、尾張勢は大敗した。今となって、それは遠い昔の出来事のように道三は思えた。この日間近かに見た尾張勢の隊列は、あのときの尾張勢とは見違えるほどの変りようをしていた。それを信長が率いていたのだ。しかもその信長は、自分の娘婿だった。

（よもやこの先、わしに弓を引くなどということはないだろう。それにしても、見事にわしを騙しおった）

道三はその信長の変りようを、驚きもし、また頼もしくも思ったのだ。

このあと信長は、道三の一行が去っていくのをしばらく見送って、そこで最後の挨拶を交して別れたのだ。二人にとっては、それぞれに思いのこもった出合いと、その別れだった。

生駒館《いこまやかた》は極楽屋敷か

この頃織田の一族は、依然として尾張の各地に砦を築いて、その辺りを勢力下においていた。北から順に、木曽川沿いにある犬山砦。そして少し下って岩倉砦。さらにもう少し下って那古野《なごや》砦と、その地続きにある古渡の砦。この頃信長は、この二つの砦の間を行ったり来たりしていた。尾張全体を見渡すと、ここは地域の重要な場所にありほぼ中央にあったから、尾張の国を支配しようとするなら、是非押えておきたい所だった。

そしてそこから東に目をやると、その山添いにあるのが、信秀の終焉の地、末森の砦ということになる。そこで最後に残ったのが、尾張の西部にある清須の砦である。ここにはいまだに斯波《しば》の一族が居を構えている。彼らはなんといっても、幕府によって任じられた守護である。守護代役の織田一族の者が、決して粗末にはできない相手である。

斎藤道三と会見して、晴ればれとした気持ちにあった信長だが、古渡の砦に帰って辺りを見回わしても、そこにあるのは決して油断のならない連中ばかりだった。ことに末森砦には弟の信行がいて、それに従っている地侍たちも結構多いのだ。中でも柴田勝家などという男は、その猛勇さが評判なのだから、信長はその噂さを聞くたびに苦々しく思うのだ。

そのほかにも、尾張には地侍《じざむらい》が多くいた。そしてそれぞれに縄張りを持っている。彼らの多くは、各地に割拠する織田の一族に属していた。その織田一族はまた互いに睨み合っているものの、この頃はあえて戦さを仕かけるというほどのことはない。彼らはこの時、少しは平穏さを保っていたのである。

父が逝って平手政秀が自害したあと、信長の気持ちは、どこか重《おも》しがとれた、身軽さのようなものがあった。それはたしかに、自分が自らの考えで、自在に動き回ることができるという、旺盛な活力が漲っていたからでもあるのだ。ただそれでもなお、父亡き跡の後継者が、はっきりと自分であると世の中がなかなか認めていないことには、或るもどかしさと不満があるのもたしかだった。その彼は、この頃上総介《かずさのすけ》と自ら称して己れを権威づけようとしていた。そして最近では、少し口髭ものばし始めた。

犬山砦の南、そして岩倉砦の北寄り一里半ばかりの地に、丹羽郡稲木荘という里がある。岩倉の織田の一族、織田信安の砦の近くにありながら、そこには彼らとは縁のない氏族がいたのだ。その氏族の当主の名を生駒家長という。生駒とは、あの大和の国の、生駒一族を出自としているのだ。彼らはいったい、いつ頃からこの尾張の地に住むようになったのか。

その発端は、この頃から二百年ほど前、すなわち南北朝時代の内乱期に、大和と河内の国の国境にある生駒郷に住んでいた彼らは、北朝方と南朝方の軍勢によって、飽くことなく繰り拡げられる合戦の場から逃れるために、国を離れてこの地にやってきたのだ。

彼らはもともとは、藤原氏の末裔を名のっていた。そういう一族としての矜持《きょうじ》と、また才覚もあったのだろう。尾張へ来てからは、灰と油を売買する商いを始めたのだ。ところがこれがこの辺りでは珍しい商売だったのか、大儲けに儲けたのだ。金の力は大きい。彼らは屋敷を拡げ人を雇い、さらに多種多様な仕事を始めたのだ。その中でも大きな仕事といえば、運送や土木という、百姓たちにはできないものがあった。

ある日、信長の率いる一行がここへやってきた。通りがかりに偶然、ということではないだろう。やはり何かの思惑があってのことだろう。それに通りがかりにしては、遠方の、今までに来たこともない場所である。ではどういう、魂胆か算段があったのだろう。

生駒一族が手広く商いを行い財を蓄めていることは、その筋ではすでに知られているところだった。近くに砦を築いている織田の一党や周りの地侍などは、そういう彼らを是非とも自分の配下にとり込みたいところだった。しかしそうはいっても、その一族をおいそれとそうすることはできなかった。なぜか。

生駒一族はその財によって、大きな屋敷、それは武士の館とでもいうようなもので、周りに塀を巡らし、そこを土塀で囲って、さながら砦のように固く造ってあったのだ。そしてそれよりも驚くことに、そこに出入りする者たちの姿が、尋常な者のようには見えなかったのだ。いかがわしいというようなものではなく、もう少し凄味のある者や、それを武士というなら屈強な、ひと癖もふた癖もある、そんな輩《やから》が出入りしているのだ。そのへんの地侍など、容易に手が出せる相手ではない。ただ信長は、そのへんのことは承知していた。

思いがけない一行の来訪を、生駒家では厚く遇した。信長は屋敷へ通されると、早速茶を馳走になった。その扱いは鄭重《ていちょう》なものだった。近くに織田一族の者が砦を構えているというのに、この日の生駒一族の信長に対する遇し方は、特別のものだっただろうか。それもわざわざ遠くから来た客人をである。

それはたしかに、特別のものだった。前野家長にしてみれば、戦国の世の荒くれた世相の中に生きながら、しかも財を蓄え屋敷を大きく構えているからには、己れの周辺のみならず、つねに尾張一国の情勢を見渡し見極めることぐらいは、当主としての勤めだと思っている。そういう考えで、彼は信長を選んだのだ。

信長もまた、生駒一族を選んだ。というよりも、目をつけたといったほうがよいのかもしれない。彼らのことを取り巻きの家来の口から聞いたのか、それともあの奇態でもって徘徊していたときに、自分自身がそれとなく地元の住人の口から聞いたのか。とにかく信長は生駒一族のことを知っていたのだろう。そして目当てはその財力か、あるいはその背後にうごめく得体の知れない徒党たちのことか。この日双方にとっては、ある程度得心のいくものであったことだけは、間違いない。

その後の信長は、戦いに明け暮れた。合戦の場に自ら赴くということではなくても、小さな戦さや争いごとを裁断したり、その措置を命じたりした。この頃にはまたぞろ、駿河の今川勢が執拗に兵を出してきたからだ。そこには大がかりなものでないにしろ、今川義元の魂胆が見えていた。いずれ大軍でもって、尾張や美濃を通って、京に上《のぼ》ろうとする気配がありありと見えてくるのだ。そしてまず狙われたのが、尾張の南部、鎌倉街道の辺りに勢力をもっていた、山口左馬助とその子の九郎二郎が立て籠る、鳴海や善照寺の砦だった。この辺りは、今川勢が京を目指すには、どうしても通らなければならない場所だった。

今川方の誘いにのって、山口父子がそれに靡《なび》くには、それほどの手間はいらなかった。彼らにしてみれば今川勢というのは、隣国の三河の国までのことをいう。そして鳴海や善照寺砦などは、その目の前にあったのだ。山口父子が、やがて何万という軍勢でもって押し寄せてくる今川勢を想えば、織田方よりも今川方に従《っ》くと決めたことは、ごく自然の成り行きだったのかもしれない。

しかし信長が、それを黙って見過ごすことはなかった。山口父子の今川方への寝返りにしても、それが本心かどうかという疑念もあった。そこで信長は、僅か千人足らずの軍勢を率いて鳴海に向かった。合戦は元主人と元家来による、身内同士による戦いとなった。しかも山口父子の軍勢は、信長のそれに倍する人数だった。しかし織田方の足軽勢は猛り狂っていた。その結果、激しい戦いののちにこれを撃ち破ったのだ。久かた振りに、信長が自ら出陣しての戦いだった。


次にはもっと大きなことが起ころうとしていた。事の発端は、清須の砦で起こった些細な出来事が始まりだった。この日砦の中にいた守護斯波義統《よしむね》の嫡子岩竜丸が、大勢の家来を連れて近所に川遊びに出かけた留守に、坂井大膳なる者が、主人織田信友の意向をくんで、清須砦に押し入ったのだ。多勢に無勢、その虚を突かれた義統主従は、殆どが討ち取られてしまった。義統もこの時に殺害されたのだ。守護としては、あっけない最期だった。

危うく難をまぬがれた岩竜丸は、那古野砦にいた信長を頼って落ちのびた。彼はともかく、岩竜丸を手許に置いた。そのあとの成り行きはめまぐるしかった。しかし結局は信長が清須砦の主人公に収まったのだが、それは決して筋書きどおりに決まったわけでもなく、またその地位もいまだに磐石ではなかった。織田一族といっても、犬山や岩倉には隠然とした勢力をもって砦を構えている者もいる。また今度の騒ぎでは、どこから出てきたのか、叔父と称する一族の者も顔を出すのだ。

しかしともあれ、信長が清須砦の主人《あるじ》となったことは、永年の彼の夢が叶ったということでもあるのだ。清須は尾張の中心、すなわち守護の斯波一族が、代々拠点としていた処だ。しかしその斯波氏の当主義統も、今度の騒ぎでは討ち死にしてしまったのだ。足利氏による室町幕府を支えてきた名門斯波一族も、ついにここに事実上滅びたのである。これが下剋上の風土の中での、一つの結末である。

信長にとって、清須の砦は必ずしも居心地のよい処ではない。だいいちにその場所は、尾張といってもやや西寄りに位置している。それと砦そのものが、五条川の川添いの低地にあって、もし籠城戦となった場合、守るに不利な場所にある。それに時により、五条川の洪水にも見舞われることにもなるのだ。信長の性格からいっても、低地というのは気にくわない。

とはいえ清須は、永い間守護家斯波氏が拠《よ》った所である。尾張の西寄りといったが、そこは鎌倉街道が通り、美濃への道でもあるのだ。それに町造りもよくできて商家も多い。となれば町人といわず百姓といわず、また街道を往き来する旅人《たびびと》も多く足を留める。昔なら国府といってもよい所だった。

地形的には不満がある信長だったが、やはり清須という場所とその呼び名には、捨てがたいものがあった。今さら守護ということもないが、今後尾張の国を領するにあたっては、ここに実在するという感じは、十分に彼を満足させるものがあったのだ。

さる女人に母を想う

こうして少し落ちついたとき、彼の足は、待ちかねていた稲木荘に向かった。あの生駒屋敷のある稲木荘前野村である。多くの軍勢を引きつれていくわけではない。戦いに明け暮れた信長にとって、生駒屋敷を囲んでいる塀や門の周りのたたずまいには、妙な懐しささえあった。それはいかにも、のんびりとした穏かな空気の中にあった。

当主の生駒家長は、この日もにこやかに信長を迎えた。信長が新しく清須砦の城主になったといっても、ことさら世辞を言うわけでもなかった。すでにそのことを予見していたとでもいう、悠然とした態度のようにも見えた。だが信長は、少し憮然とした表情を隠すことができなかった。まだ若い。この日は信長も奥の部屋に通されて、寛いだ。まだ生駒一族の正体を見きわめていなかった信長は、そのことを急《せ》いたように尋ねた。そして家長にしても、もはや信長に隠すことは何もなかった。その正体は。

彼らが灰や油などの売買によって儲けていることは、すでに聞いていた。また得体のしれない輩が、そこに出入りしていることも感じていた。その連中は、馬借《ばしゃく》の仕事に就いていたのだろう。それらのことは、家来の報らせによって知っていたことだ。その商いのおおまかについて、家長は時どき笑みを浮かべながら信長に説明した。

油を商《あきな》うというのは分かるが、灰を商うというのは、何をどうするのだろう。じつはその一つのわけは、この地方、つまり尾張や美濃の国の土地柄《がら》に由来する、或ることがあるのだ。すなわちこの地方には陶器、別名瀬戸物を焼くのに適した、良質の土が辺り一帯にあるということがあげられる。尾張の東北部から美濃の南東部にかけては、昔から陶器作りが盛んなところだった。そしてこの製作の過程で、灰を必要とするのである。灰はそれだけではなく、農作物の肥料としても必要なものだった。

油のことはここで言うまでもない。かつて斎藤道三が、油売りの商人から身を立てたことは、よく知られているところである。油は貴族から百姓たちに至るまでが、日頃生活するうえでは、もっとも必要とするものだったのである。

油にしろ灰にしろ、もろもろの商品を扱いそれを運ぶには、陸上なら荷車が、川の上なら舟を用意しなければならない。しかもそれをただ揃えるだけでは何も出来ない。物を一つ運ぶのには人手がいる。しかも大儲けをしようとするなら、十人や二十人の人足《にんそく》では間に合わない。

そこで生駒屋敷には大勢の、それは千人をゆうに越えるぐらいの人数を必要とした。その千人を越える人間たちが、すべて生駒屋敷の門を潜ることではなく、仕事は各地の現場にいて、それを指図する男たちの命令によって動けばよいのだ。そういう仕組になっている。だからその中には、胡散臭《うさんくさ》い輩《やから》がいることにもなるのだ。

信長はその話を、正直なところこれほどのものとは思わず、感心して聞いていた。そしてこの時にはすでに、この先自分の率いる軍勢の中に、こうした輩を組み入れたいと考えをめぐらしていたのだ。これからは、いつまでも古くさい戦さの方法だけではすまされないという、強い衝撃さえ心の内に受けていたのである。

彼の心の内では、なおも大きく拡がっていくものがあったが、そのとき、隣の部屋の襖が開いて、一人の女人《にょにん》が顔を出した。手には茶碗を乗せた盆を持っていた。そして顔を上げたその女人の面《おもて》を見て、信長ははっとして驚いた。

(母上が、この場に――)

彼は咄嗟にそう思った。いや、自分の母がなぜここにいるのかという驚きに、目を見張ったのだ。そんな筈はない。いま彼の母は、末森砦の、弟信行の許にいる。だからこの、生駒館に居るはずがないのだ。そうだろう。襖を開けて信長の前に顔を出したのは、母であろう筈がなかったのだ。

家長が傍らから言った。

「これは妹の、吉乃《きつの》と申す女です」と。

それで合点《がてん》がいった。しかしそう言われながらも、信長はつくづくとその吉乃という女人の顔を見つめた、年は自分よりも四つ五つ上か。しかしそれにしても、母上とよく似ている。ちょっとした仕種までもが。

このあと吉乃は去っていったが、家長が、彼女がどうしてこの館にいるかということを信長に語った。話はこうだった。

生駒氏はこの頃から前野の姓を称している。その一族は、美濃の国にも縁者があった。場所は近い。そこに土田《どた》弥平次という男がいた。そして吉乃はそこに嫁《とつ》いだのだ。ところがその弥平次は、間もなく美濃の明智砦の合戦で討ち死をしてしまったのだ。二人の結婚とその戦いのことも、ほんの数年前のことだった。吉乃にとっては、喜びも束の間の出来事になった。そのあと兄としての家長は、彼女を後家としていつまでも美濃の地に留めおくこともできずに、思いあまって吉乃を、この生駒屋敷に呼んだということになったのだ。

信長はその話を聞くと、さきほど去っていった吉乃を、余計にいとおしく思った。だがそれにしても、彼女の顔にそれほどの憂いがないのを見て、そのにこやかな明るさには、生まれついたものがあると思った。彼はそこに母の面影を見たのか。

彼の母は、土田《どた》御前と呼ばれた人で美人だった。そのうえ優しい女性でもあったのだ。しか信長は、その母とは長く一緒にいることはなかった。その分父と同じ砦の中に住むことが多かったのだ。戦乱の世にあっては、武将、それも砦の主人《あるじ》ともなると、同じ家族が一つとこに住むことができなかったのだ。不幸といえば不幸なことだった。

父の信秀が、信長を自分の手許に置いたのには、弟の信行よりも、信長の方に自分の跡とりとしての期待をしていたからである。信長は子供の時から、粗暴で手に負えないところがあった。しかし信秀は、乱世にあっては、男は優しいよりも荒々しい方が頼もしく思えたのだ。

しかし信長は、幼時から少年時代になった頃でも、母親の優さを求めた。母親に優しく手を添えてほしいと思ったことが、何度もあったのだ。しかし母の姿はそこにはない。母は信行の処に一緒にいるのだ。信長はそれが悔しかった。しかし彼は、そういう母を恨むことは決してなかった。ただ淋しいと思って、溢れ出る涙をこらえていたのである。母の姿は、ただ彼の夢の中にだけあったのだ。

ここで吉乃の姿を見たとき、信長はその頬笑んだ表情に、母の優しさと同時にいとおしさも思った。そしてそれがいま目の前にあることに、たとえようもない喜びを感じたのである。

（吉乃か――）

信長は思わず呟いて、笑みを洩らした。


このあと彼は、しばしば生駒屋敷を訪ねることになる。もちろん、大勢の軍勢を率いてということではない。近くに岩倉の砦がある。また犬山にも近い。織田の一族といっても、彼らはともに反目し合っている。大勢の軍勢を率いることもないが、油断はできない。ただ生駒屋敷の中に這入ってしまえば、安全はたしかだ。屋敷は厳重に守られている。いずれにしても目立たぬ方がよい。

もう一つ信長には、大きな声では言えないことがある。できればなるだけ知られたくないこと、秘密にしておきたいことがあったのだ。それはこの屋敷で、吉乃と知り合ったことを、今は清須の砦にいる濃姫には、絶対に知られたくなかったのだ。彼女との間に、まだ子はなかった。

一方の前野家長は、信長と吉乃が懇《ねんご》ろな仲になったのを見て、二人のために新しい御殿を造ってやった。御殿というほどのものではないが、屋敷の中には本丸や二の丸と称する処にそれぞれの建物があったが、それとは別の処に、離れを造ったのだ。近くには塀もあり堀もあるから心配することはない。

　信長は、ここでは大いに寛いだ。吉乃の傍にいて屈託のない会話に時を過ごし、両足を投げだして仰むけになって寝ころび、部屋の外の青空を見上げながらの一《ひと》ときは、この世のものではないような空間にいるような気持ちだった。時により吉乃と信長の笑いこける声が、外にまで大きく聞こえてくることがある。

　こうしている間《うち》に、吉乃は信長の子をもうけた。そして生まれてきたのが、元気な男の子だった。二人にとっては初めての子である。信長の喜びはひとしおで、彼はその子に奇妙《きみょう》という名をつけた。奇妙――。何を意味するのか。まことに奇妙な話である。信長の長男、のちの信忠である。

　次に生まれたのがこれまた男の子で、名を茶筅《ちゃせん》とつけた。奇妙同様これも奇妙な名である。そして三番目に生まれたのが女の子だった。これにはあまり奇妙な名もつけられず、信長は考えた。そこでこれを於徳とした。読みようによってはご徳と言い、またごとくとも読める。ごとくとは、火鉢の中、炭火の上に置く鉄製の三脚のことで、彼は兄妹三人が揃ったところでそうつけたのか。もちろん五徳とは儒教でいうところの五徳で、学問的な高邁な考えを教えるものであることは、言うまでもない。

　信長には悪い癖があって、他人、つまり家来に向かって、平気でその悪口を言ったり、からかったりする。そのからかいが通じる相手ならよいが、それが通じない相手には、後のちまで深い怨みをかうことにもなるのだ。彼はこのあと、別の女人に生ませた子供に対しても、次だの坊だの人だの長だのと、ただ一字の幼名をつけた。これにはどんな真意があるのか、それともからかいなのか。しかしからかいにしても、彼にはきっと深い意図があったのかもしれない。そう見るべきだろう。

この頃の信長にとって、生駒屋敷はまさに楽園だった。乱世、それもいつ死に見舞われるかも分からないという世にあって、それはたしかに、彼をひととき、そういう憂さを忘れさせる境地に誘いこむ楽園だったのだ。これは、のちの日まで続く。

信長の度重なる生駒屋敷への訪れには、もう一つの目的があった。それは前野家長の持つ財力もさることながら、屋敷の周りを取り囲み、一つの大きな勢力を誇示している一味、それは得体の知れない一味かもしれないが、その勢力を、自分の配下に組み入れたいという考えがあったからだ。

これからは、戦さのやり方はどんどん変っていく。双方の合戦にしても、大軍だから必ず勝てるというものでもない。小さな軍勢でも、戦い方によっては相手を討ち破ることができるということを、信長は今までの自らの合戦で経験してきた。それには、相手方と同じやり方でやっては勝てない。

「尾張の長槍」にしても、もう古い。これからは、もっと変ったやり方がある、と彼は思った。その一つは、まず足軽隊をつねに備えておくこと。その時どきの合戦の初めに足軽を募るのではなく、いつでも出陣できるように、砦の周りに置いておくこと。そうしなければ、敵の来襲に対して素早く動けないし、反対に敵の隙を突いて攻撃することもできないと思う。しかしそういう仕組みを作るのは、容易ではない。だがそれは必ず断行しなければならない。信長は強い決心でもってそう思った。

(それには、あの川並衆を使えばよい)

ある日信長は、その心の内を率直に家長に打ち明けた。すると家長は、困惑した表情を顔に浮べた。しかし、

「そこまでお考えでしたか」

と言って、強く頷いたのだ。

ここに、途方もなく大きな話が纏まろうとしていたのだ。しかし肝心の当事者は、いま別の処にいる。

数日後、また信長が生駒屋敷を訪れたとき、その男はすでに来ていた。やがて家長の紹介により信長の前に出ると、男は平伏した。しかし顔を上げ、信長と目が合ったとき、その態度には恭順さは見られなかった。信長よりは十ぐらい年上か。しかも顔はどことなく暗く、また服装《みなり》も地味だった。

「こちらは、蜂須賀小六どのです」

と家長が改めて紹介すると、信長は、今度はまじまじとその顔を見つめた。

（はて、どこかで聞いた名だ。それにどこかで会ったことがある――）

その戸惑いを察して、家長がすかさず言葉を継いだ。

「こちらは以前、蜂須賀村におみえになったことがあるとか、勝幡《しょばた》の近くの――」

それで分かった。信長はたしかにその名を耳にしたこともあるし、どこかでその姿を見たこともあったのだろう。ただし彼の少年時代のことだ。

家長は、蜂須賀小六がなぜ蜂須賀村からここに来て、しかもこの辺りに永く住んでいるかということを説明した。それは信長にとっても、意外な事の成り行きだった。

蜂須賀一族はもともと、織田一族が砦を築いていた勝幡の隣り村に勢力をもっていた。その辺り

の名主というか、豪族でもあったのだ。その勢力が大きければ、当然のように織田一族、すなわち当時の信長の父信秀とは対立することになる。そこまでいかなくても、互いに反目し合うことになったのだ。そうなれば、多くの軍勢をもち砦を構えているほどの相手には勝ち目はない。ここでは、自分の我を折るより致し方なかったのだ。こうして小六は、ここへやってきたのだ。蜂須賀村からは東北に六里余り、言葉の訛りも殆ど変らず、彼はすぐにこの地に馴染んだ。

信長を前にして、小六にはたしかにわだかまりの気持ちがあった。信長にしても、それを感じないわけにはいかない、だが彼は、すぐにそれを振り払った。

（父上がやったことだ）

そんなことよりも、彼は先へと気持ちはせいている。そして目で傍らの家長を促した。

このことはすでに小六には話してある。だから彼もここへ来ているのだ。であれば、あとはもろもろの取り決め、つまり両者の間の取り決めをつめることだった。小六とその一味が、ただちに信長の家来になることはできない。彼らは今までに、犬山の織田信清や岩倉の織田信賢の許でも働いたことがあるのだ。だから今度信長と誼《よし》みを通じるとしても、ただちにその家来になるなどということはできないのだ。いくら信長でも、そこまでは言い出せなかった。それに前野家長にしても、このときは自らの一族としての思惑もあった。

蜂須賀小六が犬山や岩倉に構える織田一族の中にあって、いずれへも深入りすることなく勢力を保っているのと同じように、家長にしても、たとえ今は信長とは深い結びつきにあるとはいえ、ここでその立場を鮮明にする危うさも感じていたのである。小六が信長にどう返事をするか。家長もまた、そのことを我が身に置き換えて考えていたのだ。

「今すぐに、ということでなくてもよい。考えてくれぬか」

「はい。出来ればなるべくご期待に沿うようにと――」

話はこれで決まった。

藤吉郎を召しかかえる

別の日、生駒屋敷にもう一人の男が現われた。前庭で、信長がその縁先《えんさき》にいつ姿を見せるかと待っていたのだ。傍らに当主の家長ではなく、用人が一人、同じように控えていた。男は小男で、百姓とも侍ともつかぬ粗末な服装《なり》をしていた。

やがて信長が現われたが、この日は彼も磊落《らいらく》な様子で、素足で畳の表に音をたてながら、縁先にどっかりと腰を下ろした。目の前には、件《くだん》の男が、地面の砂を両手で握りしめながら平伏していた。

「その方か、わしに会いたいというのは」

信長は大声で、乱暴に言い放った。

男は咄嗟に頭を上げると、いきなりの信長の言葉に声も出ずに、うろたえたようにその顔を見つめるばかりだった。

用人が言った。

「これなる男が、かねてよりぜひとも殿さまのご家来になりたいと申してきかぬのでございます。そこで今日は、それほどに申すならと、ここに連れて参ったのでご在います」

と言いながら信長の顔色をうかがいつつ、自分も頭を下げた。信長はまじまじとその顔を見つめた。

すると急に押えかねたような笑いがこみあげてきた。そしてたまらずに、

「わっはは、わっはっは」

と大声をあげたのだ。その男も用人も、訝《いぶかし》げに信長を見た。

（これはなんだ。この卦体《けたい》な顔付きはなんだ。そうだ猿だ。あの能面の猿に似とる）

その言葉を口に出すことはない。いくらなんでも、相手を蔑むことになる。身分が低いとはいえ初対面だ。

信長はやっと笑いをこらえると、面白がって男に尋ねた。

「して、わしの家来になりたいと言っておるが、その方は何が出来る？　家来といっても、ただ槍を担いでおるだけでは勤まらんのだぞ」

「はい、それは分かっております」

「ふむ。ならば、何が出来るというのだ、その方は」

「はい、わたくしは殿さまのご家来にしていただけるなら、何でも致します」

「何でも、致すと？」

「はい。殿さまのためなら、何んでもできると思います」

「こら、大法螺《ぼら》を吹くな。この世に、何んでもできるなどという人間がおるかっ」

「はい。それはいないと思います。しかしわたくしは、殿さまのためなら、出来ないことは出来ませんが、出来ることなら何でも致しますと申し上げておるのです」

「こいつ」

信長は、顔を上げ一生懸命に訴えている男の顔を見つめながら、次第に気分が柔らいでくるのを覚

えた。それに、初対面の自分に向かって、臆面も見せない男の態度には、つい笑いを誘われるのだ。

「して、その方の名は何と申すのか」

「はい、藤吉郎と申します」

「生まれは？」

「はい、庄内川の東にある中村の庄です。しかもわたくしの親父《おやじ》さんは、殿さまのお父君信秀さまの足軽だったのでございます。そんなこともありまして、ぜひともご家来の一人に――」

このあと信長は、珍らしく男の話に乗せられてゆっくりと構えていた。男は信長の問いに答えて喋り続けた。

「わたくしは今まで、諸国をいろいろと巡り歩いておりました。そのうちでも、三河から遠江、駿河の国へは何度も行ったことがあります」

「駿河へと？」

「はい、さようでございます」

「駿河では、何か面白いものでも見たのか」

「はい。面白いかどうかは分かりませぬが、わたくしは、今川義元公の行列を見たことがあります」

「なに、今川義元の？」

信長の問いが、どこか催促じみていたので、男もそれに応えて言ったのだ。

「どこへ行った時の、そこではどんな様子だったのか」

「はい。その時はどこかの寺にご参詣されるとかで、供の者もそれほど多くはなく、せいぜい百人ほどのご家来衆が従っていたと思います」

「して義元は、そのときどんな面《つら》をしておったか」

「はい。わたくしは思いがけなくも、お近くで義元公のお顔を拝見したのですが、さすが大大名と申しますか、立派なお武家と申しますか、いかにもゆったりとした物腰で、輿《こし》の上にお座りになっておられました」

「こし？」

「はい。輿の上、つまり馬ではなく、輿の上に座っておいでになったのです」

「ふむ――」

信長はそう聞いて、思わず手を顎に持っていき、考えこんだ。

「義元はいつも、馬ではなく輿に乗っておるのか」

「さあ、わたくしが義元公のお顔を見たのはそのときが初めてで、そのあともありませぬ」

しばらく考えたすえに、信長は明るく快活な顔に戻った。そして、

「よし、分かった。もうよい、行け」

と言って、手で追い振うようにして、立ち上がった。

「それでわたくしは、ご家来に――」

男は慌てて手を上げ、膝立ちになって信長の顔を見上げた。信長はそれを見て、縁先まで出て、

「これは褒美だ。わしの家来にしてやる」

と言うと、すぐさま隣の部屋に去っていった。その途端男は、頓狂な声をあげて飛び上がった。

「うへえ、やったぞ、やったぞ。わしは殿さまの家来になったぞ」

と叫びながら、用人への挨拶もそこそこに、生駒屋敷を飛び出していった。おかしな男だ。

平手政秀が信長に対して諫死《かんし》をしたあと、彼は或る意味で、その就縛から解かれた思いにあったときに、稲木庄の生駒屋敷を訪れた。そこで思いがけなくも、母に似た女人吉乃に逢った。というよりも見染めたのだ。清須に居る正室濃姫の目を盗んでの彼女との逢瀬《おうせ》は、このうえもなく楽しいものだった。おまけに三人の子供までもうけたのだ。その何年かは、青年という年頃を通りこした、彼の青春時代の輝きだった。

そこではまた、大和からやってきたという生駒一族の面々にも会った。たしかにそれが、初めの目的だった。彼らは信長が思っていた以上のものをもっていた。その財力もさることながら、その周囲にいる勢力、それはまさに、勢力といえるほどの大きな集団だったのだが、生駒一族はその中にあって、隠然とした構えをもって在ったのだ。信長はその一党を、自分の配下に組み入れることに腐心した。そしてそこへやってきたのが、蜂須賀小六という男だった。

小六は曲者《くせもの》だと思った。勝幡村における父信秀との争いについてはともかくとして、敵に回したら厄介なものになるだろうと、感じさせるほどのものをもっている男だった。しかし信長は、彼を抑えることができた、と思ったのだ。そしてそれもこれも、傍らに前野家長という人物がいたからのことだった。万事うまくいったのだ。

最後にやってきたのが、藤吉郎という小者だった。信長はその男の顔を初めに見たとき、つい笑ってしまった。しかし二言三言のやりとりのうちに、この男はただ者ではないと思った。頭や機転の早い行動力には、並の者にはないものがある。それに肝心なことは、この自分をどれだけ思っているか。家来にしたときに、どれだけの真心《まごころ》をもって自分に仕えるかということを、彼は早くも感じたのだ。またその男も、その真心を率直に示そうとした懸命に訴えたのだ。互いのそういう心の内のものが、不思議と通じあったのだ。

（これは使える）と。

信長にとって生駒館は、極楽屋敷だったのか。

第三章　一族の相剋と桶狭間合戦

道三敗死

信長の父信秀には、四人の弟と二人の妹があった。この頃の領主格の武将にしては少ない方かもしれない。ただ系図上には出てこない人物もあると思われるので、あと何人かはいただろう。父は織田信定である。

一方その信秀の子はというと、信長を始め十八人もの多さだ。男が十二人、女が六人ということになる。昔の系図には、特別な場合を除いて女性の名は出てこないので、このへんは不公平と言わざるをえない。その人数にしても、もう何人かの子供もいたのではないかと思うのが普通である。

しかしこれだけ多くいても、並の人生を全うできるのが何人いるだろう。男の場合には、若くして戦場に出て討ち死するのや、何かの咎《とが》により切腹させられたのも少なからずいたのだ。それに、敵対する相手側に、人質として出される例もある。信長の兄弟のうち長生きできたのは、信包《のぶかね》と、のちに茶人として名をあげた有楽斉《うらくさい》こと長益《ながます》ぐらいではないだろうか。

一方系図に載っている大人の女性のうち、五女のお市の方の名はよく知られているところである。

そのほかの女性も、さすが信長の妹たちとあって有力氏族の者に娶《めと》られてはいるが、彼女たちのうち、はたしてどれだけのものが幸せにその生涯を送ったといえるだろうか。

父信秀にならって、信長も多くの子をもうけた。系図に残っているだけでも、男女併せて二十三人というから、大したものである。しかし信長自身が志《こころざし》半《なか》ばで自害してしまうので、その子らの運命も厳しいものがあった。信長がその将来を嘱望していた長男の信忠ですら、父と運命を共にしたのだから、ほかの兄弟たちの前途は多難だったが、これらはこのあとのことになる。

信長のすぐ下の弟に信行というのがいる。彼とは母を同じくしていて年も近い。二つぐらい下だった。父信秀が死んだあと、この二人は、何かにつけて比較されることになった。信長の放埓《ほうらつ》な性格に対して、信行の方は温厚で行いもわきまえているというのだ。このため世間の目から見ると、どうしても信行の人柄の方が好まれる。そして信秀が亡くなったとき、彼はその後継者を誰にと、はっきりとは遺言しなかったのだ。

信長は当然、自分が父の後継者だと思っている。しかし信行も、口には出さないが、自分もその一人だと思っている。そのうえ彼は、父が亡くなった末森の砦に、母と一緒に住んでいる。また彼を取り巻く周りの地侍《じざむらい》にしても、信行こそが信秀の後継者だと信じて集まってくるのだ。

これに対して信長は、これまた自分こそが父の後継者だと、頑として思っている。彼には、信行のこの頃の所業には、我慢のならないものがあった。彼は父信秀が生前、各地の寺社などに出していた禁制に倣って、自分も同じようなものを出して権威ぶっている。また父を弔うと称して、末森砦の近くに桃巌寺《とうがんじ》という寺を建立して、そこを菩提寺としている。これなどは、信長がもっとも癪に障るところだった。

また信行は、ときどき名を変えていた。初めは信勝と名のっていたが、次には達成《みちなり》としている。そしてそのあとには、信成《のぶしげ》としているのだ。また最後は信行となったが、これはその時どきの権力者、つまり守護や守護代からの偏諱《へんき》からとったもので、外目《そとめ》には節操を欠いたものだった。

信長はそれらのことを見て、たんに怒りや嘲《あざけ》りを感じていただけではない。これらのことが、信行一人の考えで行われたとは思えない。そこには明らかに、周りの武将たちの助言があったものと思われるのだ。信長は苦虫をかみつぶした。父の菩提寺のことなどは、（きっと、母上もそう申されたのだろう）と、いたたまれない思いに、苛立つのだった。

次にはもっと重大なことが起こった。それは信行が、周りの側近から唆かされて、領内の地侍や寺社に対して、所領安堵の判物《はんもつ》や禁制を出しているだけではなく、事もあろうに、信長を亡きものにしようとする企てがあるということが、分かったのである。しかもそこには、隣国美濃の一党も加わっているというのだから、ことは尋常ではない。

その美濃の国では、斎藤道三《どうさん》がその子義竜《よしたつ》と対立しての小競り合いが続いていた。この頃では、道三にはすでにかっての勢いはなかった。年は六十を越していた。一方息子の義竜は、今は二十七、八歳の血気盛んの年頃だった。道三は自ら築いた井ノ口の砦を義竜に譲って、自分は長良川の右岸にある鷺山《さぎやま》に砦を築いて隠居の身となった。井ノ口の砦とは川を挟んで反対側にある。

ところが数年を経て、義竜がその砦に襲いかかったのだ。なぜ子が父に。これにはいささか、言うに言われぬ訳があったのだ。それは義竜が、じっさいには道三の息子ではなかったからだ。その真偽は分からぬ。しかし義竜自身はそう思っていた。

天文二年（一五三三）、道三は美濃明智砦の城主明智光継《みつつぐ》の娘を正室として迎えた。小見《おみ》のお方といわれる。ところがそのとき、彼女はすでに土岐頼芸《ときよりあき》の子を身籠っていたというのだ。土岐氏は南北朝時代以来の名族である。頼芸は美濃の国の守護だったが道三によって追われ、一時は尾張に逃げこんだといういきさつがある。

義竜は長じてその噂さを耳にした。そして自分の父は道三ではなく、土岐頼芸だと思った。その母は、この年から四年前の天文二十年に病いによりすでに亡くなっている。薄幸の女人だったのか。

義竜の父に対する憎しみは、慕っていた母を亡くしたことによって、一層激しいものになった。彼には腹違いの濃姫があったが、もう一人弟の孫四郎がいた。のちの長竜《ながたつ》である。彼は父道三に従っている。

弘治二年（一五五六）四月、義竜はついに、道三の居る鷺山の砦を攻めたてた。山とは名ばかりのそこは、長良川河畔に近い低く小さな砦だった。義竜の率いる軍勢は攻め手だったので勢いがある。そして砦を取り囲んで、激しい戦いとなった。道三はたまらずそこから逃れ川原に向かったが、そこで討ち取られた。彼にしては、あっけない最期だった。年は六十を少しこえていたか。波瀾万丈の人生だった。


道三討ち死にの報らせは、すぐに清須の信長の許に届いた。信じられない思いだったが、それを認めるしかない。そのことを濃姫にどう言うべきか。彼は悩んだ末に口を開いた。

「親父《おやじ》どのが死んだ」

濃姫は驚いて、信長の顔を見上げた。

「義竜どのが討ったのだ」

そこまで言った。隠していても、いつかは知れることだった。濃姫は黙ってうつ向くと、一言も発しなかった。

「この仇《あだ》はきっと討つ」

信長は身を震わせて、力強く言うと部屋を出た。

あとに残った濃姫は、悲しみよりも茫然とした。父とはしばらく会ってもいない。彼女が美濃からここ尾張へ嫁いできたときに、自分を見送ってくれた父の姿は、いかにも頑丈そうに見えた。その父が殺された。しかも子の義竜によって殺されたなどと、どう想っても信じられなかったのだ。

彼女は信長の許に来たあと、たしかに夫の動静を時により美濃に報らせていた。それが父の言いつけだったのだ。それに夫も、薄うすは感づいていただろうと、思ってはいた。だがそれが父のため、ひいては夫信長のためにもなることだろうと思っていたのだ。そのことによって、二人の間に争いごとが起こらぬようにと、自分なりに願っていたからだ。

いま聞いたばかりの夫の、この仇はきっと討つという言葉に、彼女は強く打たれた。そして父のために、きっとそうしてくれるようにと、そう感じたのだ。それが何よりも父を弔うことになるのだと、いま激しく起こりつつある胸の内の痛みに耐えながらそう思ったのだ。

弟信行の切腹

美濃のことは思いがけない結果になったものの、その騒動が尾張に及ぶということはなかった。ところが信長の周辺では、またもや面倒なことが起こりつつあったのだ。末森砦にいる弟の信行の手下どもが、凝りもせず信長側に敵対する行動に出ているのだ。信行もすでに二十を過ぎている。家来たちの唆《そその》かしだけではない。そこにははっきりと、自分の意志も現われていると思う。彼は、自分が父の後継者だと、たしかに信じているのか。

この年の夏に、信行の家来林通勝《みちかつ》や柴田勝家の率いる軍勢が、那古野砦の北方に位置する稲生《いのう》辺りに出撃してきたのだ。清須から一里半ばかりの近い所だ。信長も直ちに反撃した。林、柴田の軍勢の多さに比べると、信長方はそれよりも少なかったが、彼は自ら馬を駆って柴田勢に突っ込んでいく。その勢いに、怖れをなして退いた武将もいた。なにしろ信長本人が、大声をあげて襲いかかってくるのだ。

結局この合戦は、清須方の勝利に終った。負け方の逃げ足は早く、信行の手兵は一気に末森の砦にまで退いて、あとは固く門を閉じてしまったのだ。信行が受けた疵《きず》は大きかった。兄弟といっても信長は兄である。その兄に刃向かったのだから、この先どんな制裁を受けるかもしれないという怖れに、彼はおののいた。それでここでは、とりあえず兄に対して、恭順の姿勢を見せるしかないと思ったのだ。

信行はそのことを家来の武将たちに話しかけ、さらにここでは、自分の母親にもその一つの役を担ってもらいたいと頼んだのだ。母、すなわち信長の生母でもある土田《どた》御前は、兄弟の仲違《なかたが》いをいつまでもそのままにしておくこともできずに、進んでその頼みを聞き入れたのだ。こうして信行母子と主従一同は、しぶしぶ信長に詫びの申し入れをしたのである。

信行の頼みを受け入れる前に、二人の母である土田御前の気持ちにも決するものがあった。信行が一人で清須へ行ったところで、あの気性の激しい信長が、簡単に弟を赦すとは思えなかったのだ。少年の頃の兄弟喧嘩とは話が違う。信行のこの度の行動は、母としても納得できないところがある。非は弟の方にあると思ったのだ。

その日信行は、柴田勝家と津々木蔵人と、それに母にも同行を頼んで清須の信長の許を訪れた。主従三人は、よほど信長の成敗を怖れたのか、揃って墨染めの衣に身を包んでいたというのだから、無《ぶ》様《ざま》な恰好を晒すことになったのだ。情けない話である。

四人が広間に控えているのを見て、信長も開いた口が塞がらないぐらいに驚いた、というよりも呆気にとられた。そして久し振りに見る母の姿に、思わず顔をしかめた。

（年をとられた。お労《いたわ》しい）

急にこみ上げてくるものがあったが、この場ではそれをこらえた。だが始めにその母が口を開いた。

「この度のこと、信長どのにはさぞお怒りのことと思いますが、この母に免じてどうかお赦し下さい」

手を畳に突かないまでも、母親は我が子を前にして頭を垂れた。

そのあとは、信行がくどくどと弁解した。また時折、柴田勝家と津々木蔵人が口を添えた。信長は終始黙ってそれを聞いていたが、ときどき頷いていた。そして最後に一喝した。

「今日のところは赦す。それも母上に免じてのことだ。左様心得ろ」

これで信行とその家来どもによる、信長に敵対した騒動のことは終った。

一行が帰っていくとき、信長は誰もいない部屋に母を呼び止め、立ったまま改めて対面した。

「母うえ、お久しゅう」

と、そっと母の肩に手を添えたものの、あとは声にならなかった。そして新たに込みあげてくるものに耐えきれず、ふたたび声にした。

「母うえ――」

信長は思わず、自分の肩辺りにまで小さくなった母の体を両腕で抱きしめると、熱い涙が止めどもなく流れ出て、どうすることもできなかった。誰はばかることもなく、母子《おやこ》は、互いに相手の体を抱きしめていたのだ。

それから一年ほどの間、信長の周辺では珍しく平穏な日々が過ぎていった。しかし彼は、決してあの日のことを忘れたわけではなかった。信行たちが詫びを入れたあと、信長は改めて、柴田勝家たちを自分の家来にと赦したのだ。それは彼にとっても都合のよいことだった。信行の周りには、もうこれといった侍どももいなかった。しかしそれでもなお、全く心を許すことはなかったのだ。さきの騒動のさいには、信行方が密かに美濃の勢力とも連絡をとり合っていたことが分かったからだ。今後また、どういうことが起きるかも分からない。信長は意を決した。

或る秋の日、信長は清須の砦の中にあって、床に臥せっていた。風邪をひいたというのである。そのことは末森砦にも、それとなく伝えられた。そこで信行が、母の勧めもあって、清須に兄の病気見舞いにと行くことになったのだ。僅かな供の者を従えただけだった。

信長はたしかに床に就いていた。そこで信行は、兄に対して二言三言の見舞いの言葉を述べた。ところがその部屋を出たところで、彼は外にいた信長の家来数人に、腕を掴まえられたのだ。その中には彼の顔見知りの侍もいる。父信秀の頃からその傍らに仕えていた、河尻秀隆というのだ。

信行はその屈強な侍どもに取り押えられ、砦の中の一室に閉じ込められてしまった。そして強い言葉で、弟でありながら兄信長に刃向かった今までの行状を詰《なじ》られ、本気で詫びるつもりがあるなら、今ここで切腹しろと告げられたのだ。信行はその余りの言葉の激しさに呆気にとられ、茫然とした。

彼はそれがすべて信長の意向であることを、直ちに悟った。もはや逃れる術《すべ》はなかった。過ぎ去った日に自分がやってきたこと、そのことごとくが兄に逆って軍勢を率いてきたときの情景が、ふと彼の脳裡に写ったが、いまになって思うと、それはいかにもあやふやな舞台の上に立っていたような儚《はかな》いものだった。ここまできて、彼は従容として自ら腹を切った。二十二歳頃だったか。若い生涯の終りだった。

信行の亡骸は棺に入れ、輿に乗せられ末森砦の母の許に送られた。信長はそのときの母の姿を、想いたくもなかった。弘治三年（一五五七）十一月の出来事だった。

このあとの信長の動きは早かった。親子二代にわたって、尾張一国を制するという野望は、信秀によって叶えられることなく、また信長としてもその仕事は容易なことではなかった。しかしここに至って、ようやくその前途は明るいものになりつつあったのである。弟信行を亡きものにしたことに対する自責の念にかられつつも、自分たち一族の内憂を取り除いたという安堵の気持も、またたしかにあったのだ。残るは岩倉と犬山だった。

尾張の国の東北部に位置する犬山砦と岩倉の辺りは、ともに織田の一族が支配していた。中でも岩倉の織田には、自分たちこそが尾張の織田一族の本家だという矜持《きょうじ》があった。勝幡《しょばた》の信秀や、この頃になって抬頭してきた清須の信長など何事ぞという思いには、強いものがあった。二人とも、彼らからは下に見られていたのだ。信長はそれが面白くなかった。事あるごとに、それが癪の種だった。

尾張の国統一の仕上げとして、信長はこの二つの砦を潰さなければならないという考えを、次第に強くもつようになった。しかし二つを同時にというわけにはいかない。主たる敵は、あくまでも岩倉である。そこで信長が目をつけたのが、あの前野一族である。彼らは犬山にも岩倉にも近い処に勢力をもっている。そのうえ両者に従っているわけでもない。しかし彼らには、一面両者に対する口利きが出来る間柄にある。

信長はまず、犬山の織田信清の許に前野家長を向かわせ、岩倉砦を攻めるにあたって、信長に加勢するようにと約束させた。これは成功した。もともと犬山と岩倉は、反信長ということで連携している筈だった。しかし両者は、日頃はともに反目し合ってもいたのだ。そのうえ信清の父は、信長の父信秀の弟ということで、信長と信清は従兄弟同士でもあったのだ。事はうまくいった。こうなれば岩倉攻めは早い方がよい。

岩倉の砦は平地《ひらち》の上にあったが、規模は大きく、その構えは清須の砦の比ではない。近くを流れる川の水を引き、掘割を二重にした。そして砦の中には本丸や二の丸のほかに、馬場や御殿と呼べる館などがあって、壮大な造りだった。また周囲には広い町屋を配して、商人や百姓たちの往き来も盛んだった。

ただ信長は、岩倉攻めの始めに、いきなりここを襲うことはなかった。まずは遠巻きにして、相手方の出方を見守った。これに対して砦の中では、重臣たちの評定があったが、それが纏まらずに、しびれを切らした一部の重臣たちが砦の外に討って出た。そこを西からの清須勢と、北から南下してきた犬山勢に挟み討ちにあって、散々に討ち取られてしまったのだ。その場所を浮野と言う。

砦に逃げ込んだ岩倉勢を見届けると、信長は清須に引き上げた。ところが跡に残った柴田勝家らの軍勢は、砦を取り囲み、そのうえ周りの町家に火をかけて砦の外を焼け野原にしてしまったのだ。外からの援軍もなく、織田信賢《のぶたか》主従は、今さら信長に降参することもできずに、しばらくは籠城を決めこんだ。しかし一日一日と兵粮が細り始めると、信賢は信長に対して、伝手《つて》を求めて降参を申し入れてきた。しかし信長は、それをきっぱりと拒んだのだ。

信賢はやむなく、一人、前野一族の者の手を借りて砦から脱出した。そのあと残ったものは、扉を開いて降参した。このあと砦の建物は、柴田らの手の者によってすべて破壊され、そして柱一本までが焼却されたのだ。また堀を造っていた土塁も、まったく姿をとどめないほどに埋め戻されたのである。これが信長のやりようだった。

ここに、信長による尾張統一の戦いは、すべて終ったといってよい。父信秀の悲願を、息子がやり遂げたのだ。信長にはその感慨があった。しかし総てを、彼一人の力でやったわけではない。そこには彼を助けた運もあったのだ。天が彼に味方したのだ。

尾張の地はもともと平《たい》らで、農作物の出来がよい肥沃の地だった。百姓も働きがいがある。獲れるのは米や稗《ひえ》だけではない。野菜のほかには生《な》り物まで多く獲れるのだ。だから百姓たちは普段の生活をしている限り、飢えることはないのだ。

あの生駒屋敷で、藤吉郎なる者が、信長の家来になりたいと願い出たとき、彼はその生い立ちについて、くどくどと申し立てた。そのさい自分の父親は、先代の信秀公に足軽として仕えていたと。それも百姓をしながらのお勤めだった。ところが住んでいたのが、庄内川の近くの中村荘だったため、そこは度たび合戦の場にもなったのだ。清須の砦から東へ向かう道端である。合戦になれば百姓仕事など、おちおちとやってておれない。そこで仕方なく、少し南へ行った松葉砦の近くに逃げていったというのだ。

藤吉郎はそのいきさつを、信長に向かって、恨めしくぶつぶつと言った。勇気があるというのか、剽軽《ひょうきん》なのか、そこはこの男の一つの才覚なのか。信長は仕方なく、しかし面白そうに、にやにや笑いながら聞いていたのだから、父信秀のそういう所業には、多少後ろめたさがあったのだろう。

百姓仕事もできないから、他所の土地へ逃げていった藤吉郎の父のような男は、ほかにもいる。しかしそこには、彼らを唆《そその》かす人物の影は、この尾張の国にはない。だが他国ではそれがあった。土地が狭く山が険しく、寒さが厳しく日当たりも悪ければ、作物も育たない。それにその年の天候が悪ければ、そこは恐ろしい飢餓に襲われる。そしてその年に限って、領主の取り立ては情容赦もないのだ。

はじめ百姓たちは、その取り立てを猶予するようにと哀願する。しかし領主はそれを聞き入れない。そうなると百姓たちの次の手は強訴《ごおそ》だ。態度が一変して、領主と対決する。だがそれでも通じなければ、最後は一揆だ。これはもう、互いが武器を手にしての戦さである。領主が持つ武器は、刀や槍や、この頃では鉄砲などと殺傷力は強い。しかし死に物狂いの百姓たちの持つ鍬や鎌は、それ以上の物凄さで襲いかかってくるのだ。

戦いは領主が勝つことも、百姓たちが勝つことも、また両者が共倒れになることもある。いずれにしても双方が受ける被害は、この上もなく大きい。領主によっては、それがもとで一族が亡びるということもある。また百姓にしても、もうその土地に居《お》れなくなる場合もある。そうなれば最後の手段は、村からの逃散《ちょうさん》である。

逃散してどこへ行くのか。彼らにとって、たとい一時は生きのびたとしても、新天地は決して明るいものではない。しかしそうするより手がなかったのだ。尾張の平野にはそれがなかった。信長にとっては、このうえもない幸運だった。彼はそのことを自覚しただろうか。父信秀から受け継いだものと、天からの授《さず》かり物を両手で受け止めて、この時は十分に自覚していたのだろう。

洛中洛外図

信長の気持は勇躍としていた。この時、彼の目は西の空を見ていた。それはあの少年の日に、勝幡砦の土堤の上に立って眺めた西の空だった。赤く染まった夕日の周囲に広がっていた空だった。そしてその空の下には、京の都があったのだ。京の都を写した西の空を、信長は再び見ていたのである。

この年、すなわち永禄二年（一五五九）二月、信長は上洛を決意した。上洛して将軍足利義輝に謁《えっ》することになるのだ。以前から思っていたことが、やっと叶えられようとしたのである。そう思うとたしかに緊張もあったが、将来に向かっての明るい希望もあった。信長二十六歳のことである。

室町幕府第十三代将軍足利義輝は、歴代の将軍の中でも出色の人物だった。とはいえ室町幕府そのものは、三代将軍義満以降その体質は脆弱化し、政権の維持は極めて力ないものになっていた。加えて応仁の乱の勃発である。洛中洛外の荒れようは、惨憺たるものがあった。その上、自身が武力を殆ど持たない幕府は、山城《やましろ》の国の周りに勃興してきた武士団によって、その存在をも危うくされる事態になっていたのである。

義輝が将軍の位に就いた頃、彼を擁立した細川晴元や畠山、六角氏らの紛争が絶え間なかった。このため都の中に安住の場所もない義輝は、洛外の坂本や朽木《くつき》にと居場所を転々と移していた。そして永禄元年（一五五八）になって、やっと都に帰りつくことができたのだ。

その後の義輝は、旺盛に動いた。もともと性格は外に向いていたので、彼は日頃、武将のように太刀を握ったり槍をしごいたりしての武芸を好み、そして励んだ。自分の部屋に閉じ籠って、茶碗をひねくり回しているのとは訳が違う。

義輝が将軍家の権威回復のために最初に手を打ったのは、各地にいる有力大名や武将に上洛を促して、彼らに挨拶をさせるということだった。将軍の威光を、再び取り戻したいという思惑がある。そこには彼らが持つ財力を、当てにしていることもたしかにあった。

初めにやってきたのは、越後の上杉謙信だった。遠い国からの上洛である。彼の将軍家に対する忠誠心がうかがえる。その時には、後奈良天皇にも拝謁しているから、義輝も彼を厚く遇したのだ。天皇からは天盃と御剣を賜《たまわ》っているから、謙信には面目躍如たるものがあった。

信長はそのことを、伝え聞いていた。そしていよいよ、上洛という段取りになった。冬の寒い日だった。供の者八十人ばかりを従えての行列は、人目をひいた。途中に敵地はない。それでも家来たちは、信長の周囲を厳重に固めた。美濃の衆は、すでにそのことを知っている。しかし近江の国の中の道中では、無闇に一行に仕掛けることもできなかった。

将軍足利義輝の館は仮の、造りも粗末なものだった。信長は、初対面の義輝の顔に意外なものを見た。

（年よりも老けた感じだ――）

義輝はこのとき、ちょうど五十歳。信長より二十四も歳上だ。顎髭をたくわえているが、白髪まじりの表情である。

（これが公方《くぼう》と呼ばれているお方の顔か）

そこには覇気も威厳も感じられない。義輝の顔や姿だけではない。目の前に広がる壁や屏風にしても、そういうたたずまいが見られないのだ。

信長は落胆した。今まで自分が想っていた将軍像を前にして、その姿は、みすぼらしいと思うほどに精彩を欠いたものだった。尾張を統一したという彼の言葉に、義輝はさほどの返事もなく、またその功を認めて、信長に対して、それに相応《ふさわ》しい官位を授けることもなかった。信長は拍子抜けの表情で、その館を退出した。

しかし信長の落胆ぶりは、そこまでだった。このあと彼は、洛中のいたる処を徘徊した。見るものすべてが珍しく、興味をそそられた。だが社寺仏閣の門を潜ることはなかった。家来の誰かがそれを勧めても、彼は首を縦には振らなかった。彼はまだ拘《こだわ》っていたのだ。

（坊主どもめが――）と。

信長が好んだのは、町の賑わいだった。応仁の乱によって、京の都では多くの建物が焼かれ打ち壊されたが、最も大きな被害を受けたのは町民たちの家屋だった。それらはもともと家屋と言われるような立派なものではなく、軽く粗末なものだった。

戦乱によって、京の町のすべてが焼けたわけではない。寺院のうちでは焼け残ったものもある。それらは依然として、大きな構えを見せ、高い屋根から町なかを見下ろしている。それに比べると、町民たちの家々は跡かたもなく燃えつきてしまったのだ。

ところがその焼け跡に、いち早く再建されたのがそういう町民たちの家々だった。彼らの造る家屋は、すべて木で出来ている。その造りは簡単なものだ。とはいっても彼らの財力では、その木材ですらすぐに手に入るものではない。しかし彼らは怯まなかった。どこからともなく寄せ集められた木材によって、彼らの住居と商品を並べた屋台が、あっという間に建てられていったのだ。

信長が好んだのは、その賑わいだった。もうここでは、清須の殿さまの面影はない。寺院や大名屋敷と思われる建物の周りには、高い塀が巡らされているが、それほど長くはない。そして塀が途切れた同じ通りには、町民の家屋と屋台が立ち並んでいる。屋台にはいろいろな物が並べられている。喰いものや菓子。小間ものや着物や布地まで。町人や百姓たちが、日頃生活で必要とするものの、あらゆるものが売られているのだ。旺盛な生命力である。

そしてそこに集まる人間どもの多さ。これにも信長は驚いた。町民ばかりではなく、近在からやってきた百姓どもと。それは男だけではなく女も。その女たちも年老いたのも、若い女も。それから小《こ》童《わっぱ》や童女たちも。彼らは辺りに飛び散って、大いにはしゃぎ回っているのだ。

そういう群衆に交って、軽輩《けいはい》の侍も何人かいる。と思うと、その横を武士の集団、それも十人そこその侍たちが、薙刀《なぎなた》を肩に担いで歩いていくのだから、これは面白い風景である。信長はたえず頬笑みながら、そんなのんびりとした町の賑やかさを楽しんでいた。

信長には一つの考えがあった。まだ漠然としたものだったが、彼はこういう町並みを、自分で作ってみたいと思っていたのだ。町並みといっても、いきなりそれを作るということではない。

今は清須に砦を構え、そこに住んでいる。しかし信長は、いつまでもそこにいるつもりはなかった。清須など砦も町並みも小さい。いつまでも居る処ではない。次はどこに砦を造るか。今度のはもっと大きく、その周辺に広く町並みを作る。それが信長の夢だった。そして今、京の町並みを見、その中にあって、ますますその考えを膨《ふく》らませていこうとしていたのだ。足利義輝こと公方《くぼう》さまなどに優遇されなかったことより、それを思うことにこそ、都へ来た甲斐があったというものである。あの勝幡から見た夕日の空の下に、いま自分が立っていることに、信長は大いに満足していたのだ。

このあと一行は、堺から奈良へと向かった。信長はその堺の町並みに、目を見張った。周りを、水路のような堀で囲み、その内なる地域には、町民の家々が整然と立ち並んでいる。しかもその建物は、大きな土蔵があったり櫓《やぐら》が高く聳えたったりして、今までにどこでも見たことのない、町全体が一つの砦のような構えを見せているのだ。その評判はすでに知ってはいたが、これほどのものとは思っていなかった。

またここでは、それ以前に種子島より渡ってきた鉄砲が、町内のどこかで製造させているとのことで、それがまた地方の大名たちが密かに買い集めているというのだ。じつは信長やその父信秀も、このときかなりの鉄砲を蓄えていたのだ。このため合戦場における戦術も、徐々に変りつつあったのだ。

信長が、この町の商人《あきんど》の家に立ち寄ることはなかった。かりに鉄砲を買いつける気持ちがあったとしても、それは彼がやる仕事ではない。それよりも彼は、この堺という町には、どうも馴染めないところがあった。その構えを見ても、どこか外部の人間を寄せつけないような雰囲気があり、彼はそれに対して不快感すらもったのである。

その次には奈良に向かった。奈良も寺が多かったが、京ほどのことはない。空も広く伸び伸びとしていた。信長は特に寺の境内に入ることもなかったが、それを拒んだわけでもない。奈良は遠い昔の、日本の成り立ちの元の地であったので、寺院などもまだ汚《けが》れていない風情があると思った。

京の都から堺へ、そして奈良を経て清須へ帰ってきた道のりは、約半月余り。慌しい日程だった。しかも無事で何よりだった。途中美濃の衆に襲われることもなく、信長を警固して歩いた家来たちは、さすがに疲れたものの、清須に帰りついた時には、思わず大声を上げて肩の荷を下ろしたのだ。

決戦桶狭間

信長は久し振りに生駒屋敷を訪れた。吉乃は息子二人と、娘一人の母親として彼らを慈《いつく》しんで育てていた。彼は相好を崩して、その子を抱いてやった。人の子の親としては自然の姿だったが、それはまた家来どもには見られたくもない姿だった。

そこへ蜂須賀小六が訪ねてきた。彼はまだ、信長の家来にもなっていない。そう願ってもいないし、信長もそれを許してはいないのだ。だいいち信長は、小六の素性をまったくは知っていない。相変らず、胡散臭い奴だと思っていたのだ。

その小六は、或る報らせを信長の許に持ってきたのだ。

「駿河の今川様が、ご子息に家督をお譲りになったそうです」

信長は初めてそれを聞いた。義元はそれほどの年ではないし、子の氏真《うじざね》にいたっては二十《はたち》そこそこだと思う。

（何かあったのか）

しかしこの頃の武将たちの、家の事情による年とは関係のない家督相続など、そう珍らしいことではない。だが駿河は隣国といってよい。しかも今川勢とは、今までに何度も戦さを交えている。信長にとっては、やはり気になるところだった。

「そのことがあってか、あの辺りでは、急に兵粮米《ひょうろうまい》の溜めおきが盛んになっておるとのことでございます。それをわたくしの手下の者が報らせてきましたので――」

信長は小六をまだ信用していなかった。つい先き頃も、美濃の斎藤義竜《よしたつ》の許に出向いていると聞く。とはいっても、小六とその配下の者どもの仕事ぶりには、信長とても真似の出来ないところがある。一応はその報らせを、聞くだけのことはあった。

「戦さでも始まるのでしょうか」

それがどこと、というようなことは言わない。しかしその相手が、尾張であるということは、信長にも小六にも分かっていることだ。


義元は、信長が上洛して足利義輝と会ったことを聞いていた。忍んで行ったわけではない。八十人もの家来を従えての上洛となれば、誰もが知るところとなる。義元がそのことを、黙って見過ごすことはない。心中穏やかならざるものを感じたのは当然だった。我が一族こそが、公方さまに一番近い家柄だと思うと、信長の所業がいかにも憎らしく、腹立たしかった。

ここに至って義元は、大軍を率いての上洛を決心した。そして次つぎと手を打った。家来の主だった武将たちには、それとなく触れを出した。まだ織田を討つとは言っていない。しかし戦さとなった場合、北の武田や東の北条ということではない。となれば西の織田しかない。しかも武田や北条とは、この時盟友関係にあったから後顧《こうこ》の憂いはなかった。義元としては、万全の策を講ずることができたのである。

今川勢が動き出したのは、永禄二年（一五五九）の秋口から。義元は先ず、尾張と三河との国境にある幾つかの砦に兵を入れた。そして自身は、いよいよ兵二万余を率いて駿府を発ったのである。時に永禄三年五月十二日のこと。彼の出兵の目的は、どこにあったのか。

この時清須にあった信長も、そこを考えた。

（義元は本気で上洛を考えておるのか、それとも尾張一国だけを攻めようとしておるのか）

しかしいずれにしても、二万余の大軍がいま尾張を目指してやってくるのだ。砦の中の大広間では、重臣たちの評定が慌しく開かれている。だがそこに信長の姿はない。

義元が、上洛を第一と考えておるだけなら、和を結んで、尾張の領内を黙って通らせるのがよいと言う者。これに対して、清須砦を厳重に固めて立て籠り、その間に各地に散在する織田一族の軍勢によって、寄せ手を四方から攻めればよいという者。しかしそれでは余りにも消極的である。今川勢は大軍といっても、二万余といわれる足軽などは百姓上がりの俄か仕立ての者ゆえ、我が方が一気に攻めたてれば、戦算は十分にあると唱える者とで、考えは一向に纏らず、結論は容易に出なかった。あとで信長は、そのやりとりを家来から聞いて、ふむふむと頷きながら笑っていた。

その間にも今川勢は、着々と尾張の領内に侵入してきた。かつて信秀が、三河の国の領内の安祥《あんじょう》に砦を築いていたこともあったが、いま今川勢は、そこを難なく越えて尾張の領内の、笠寺の先の鳴海辺りにまで兵を進めてきたという、報らせも入ってきた。ここにきて、もう一刻の猶予もならない。

五月十九日の早朝、信長は目覚めるが早いか、床を蹴って立ち上がった。そして自ら一人、謡《うた》いを舞い始めた。

「人間五十年、下天《げてん》の内をくらぶれば、夢幻《ゆめまぼろし》のごとくなり。ひとたび生を得て、滅せぬ者のあるべきか」

『敦盛《あつもり》』である。

舞い終ると大声で下知した。

「法螺貝を吹けっ、武具をよこせ！」

と叫び、手早く鎧《よろい》を着《ちゃく》すると、立ったままで飯《めし》を頬張り馬に乗って駈けだした。周りにいたお小姓衆五人ばかりもすぐに馬に乗り、信長の後に続いた。行く先は、先ずは熱田の森へ。

間もなく騎馬武者と足軽二百人ほどが、信長のあとを追う。彼らは日頃、このような場面に慣れていた。信長もまたそう鍛えていたのだ。織田勢は咄嗟の行動が早い。

信長はこの機を逃さなかった。この機とは――。彼は重臣たちが、大広間で評定を重ねている間にも、透波《すっぱ》や物見の者の報らせを受けていた。その中に今川方が、大高砦に大量の兵粮米を運び入れたことを知った。その途端彼は、ここだと膝をたたいた。それは前日の夜になってのことだった。はるばる駿河からやってきた今川勢は、この附近で暫く休むと直感したのだ。

信長は重臣たちのだらだらとした評定をよそに、今川方の来攻に対しては打って出ると、早くから決めていた。ただその時を待っていたのだ。そしてその時は、大高砦に大量の兵粮米が入ったことが確かめられたことによって決まった。今川方はそれを知られたくなく、夜になってから動いたのだが、織田の物見の者がそれを見逃さなかったのだ。信長はすかさず行動した。

熱田の宮まで駈けてきた信長主従は、社《やしろ》に向かって一礼すると、ただちに笠寺方面へと走った。そしてその手前の小高い丘の上に立つと、信長は馬を止めた。夜は明けかかっている。そこで遥か前方を見ると、白煙とも黒煙ともつかぬ二筋の煙が、天に向かって渦を巻いて上がっている。丸根と鷲津の砦が落ちたのが分かった。

「やられたか」

信長は思わず呟いた。しかし落胆はしていない。二つの砦とも小勢しか入れていない。それに大高の砦に近かったので、そこに兵粮米を入れた今川勢が、余力の軍勢でもってそこを陥《おとし》いれたのだという想像は容易につく。だが彼は、その背後に今川勢の主力が陣取っていることを知ったのだ。

笠寺の台地から見ると、正面に手越川がある。その南側、つまり信長の立っている位置の右手に、大高、鷲津、丸根の砦がある。そして左手、すなわち北側に鳴海や善照寺の味方の砦がある。善照寺砦には佐久間信盛を入れておいた。信長はひと先ずそこを目指して走った。その頃には、侍や足軽どもは二千人ほどになっていた。

ここに至って信長は、今川義元の本陣だけを狙った。その今川の本隊は、二日前までは尾張の北寄りの道を通り沓掛《くつかけ》の砦に入っていたのだ。そこは険しくはないが、台地の上にあった。ところが翌日、今川方が大高の砦を始め鷲津、丸根の砦を次つぎと陥れたことにより、義元は山を下り、その三つの砦の後ろにまで軍勢を進出させたのだ。こうして今川の本隊は、今まさに桶狭間や田楽《でんがく》狭間の低地に蠢《うごめ》いていたのだ。義元の本陣はその真ん中にある。

信長はほくそ笑んだ。

（義元め、まんまと罠にかかったわ、しかも自らの――）

しかし喜ぶのはまだ早い。彼は善照寺砦を出ると、さらに東に軍勢を進め、沓掛峠の南、手越川のさらに南の大子ケ根に陣を敷いた。二つの狭間を望むことができる丘の上にある。しかし今川勢の姿を、直接見ることはできない。しかしここまで来れば、あとは義元の本陣の在りかを確めるのと、進撃の時を待つだけだった。

一方の義元は、このときどうであったか。彼にとっても、これだけの軍勢を率いるのはかつてないことで、その手応えは十分あった。四千や五千の織田勢など、取るに足らないものだと思った。このため、日頃愛用している朱塗りの輿も持ってこさせた。あと何日かすれば、それに乗って清須砦に入っていく自分の姿さえ、想い描いていたのか。

また前方で、鷲津、丸根の砦を味方が陥れたと聞くや、これは幸先よいと、その場で謡《うたい》を三番うたうほどの上機嫌だった。幔幕《まんまく》を大きく張りめぐらした中では、勝ち戦さを祝う宴が夜遅くまで続いたのだ。それが五月十八日の夜までのことである。

午過《ひるす》ぎになって信長が山の上から見ると、前方で小競り合いがあった。敵味方の兵が、意外と近い処で相対《あいたい》していることが分かった。信長はそれを知ると、慌てて家来をやって足軽どもを引き上げさせ、それを率いていた侍を叱責した。嵐の前の静けさというか、満を持《じ》してというか、ここが一番の我慢のしどころだった。

その頃になって、急に風が出てきた。それも後ろから。風は暖かく強く弱く。時により、ひゅう、という声さえ出して、人間どもの頬を撫でる。と次には、大粒の雨が、ばちばちという音をたて、足軽たちの陣笠をたたいたのだ。信長が前方を見据えていると、あたかも今川勢の上に、その風と雨が襲いかかっているように、上空を真っ白にしていた。

「今だっ」

信長は叫んだ。風と雨が一層激しく、侍や足軽の体をずぶ濡れにした。しかし風も雨も彼らの後ろからで、その強い力が、前へ前へと押し出しているようだった。まさに春の嵐だ。

「今だっ、かかれっ。目指すは今川の本陣だけだっ。幔幕の中の義元の首を取れっ」

その叫び声は、もう足軽たちの耳には届かない。しかしその下知が何を言っているのかを、彼らは知っていた。目指すは、敵将今川義元の首だけだった。

鉄砲も弓も使えない。武器は槍と刀だけだった。ここで「織田の長槍」が利いた。足軽の足は風と雨に押されて早く、侍たちも馬を捨てて走った。そしてついに、今川の本陣のただ中に辿りついた。織田方は一団となってそこまで突き進んだのだ。今川方も、飛び込んできたのが織田方だとやっと気がついて、槍や刀を構えたが、もう戦う態勢ではなかった。

張りめぐらされた幔幕が、風と雨によって倒れかかり、それを見て、先刻までは床几《しょうぎ》に腰かけていた武将たち五、六人が立ち上がって周囲の侍たちを叱咤した。そこへ織田方の侍や足軽が、突然十人近くも現われたのだ。みんな槍をしごいで血相を変えている。

「あれだ、あれだ」

と一人の侍が声を上げると、足軽たちは大鎧を着た目ぼしい大将に狙いを定めて、突っかかっていく。するとその内の何人かの武将が、太刀を抜いてその槍を左右に払う。怒号と喚声と、太刀と槍が打ち合う音と雨風《あめかぜ》の音で、幔幕の中は人間どもの狂乱の場となった。

そのとき、一人の侍が叫んだ。「やった、やったっ。義元公の首を刎ねたぞっ。俺が刎ねたぞっ」と。

見るとそれらしい首が、足軽たちの足許の、泥水《どろみず》の中に転がっていた。それが義元の首だった。侍はその首を抱きかかえると、信長が居るであろう方向へ走りだした。

これを分かれ目として、負けたものは急に勢いを失い、勝ったものは喜びの喚声を上げた。しかし信長はいつまでもそこに留まることなく、急いで兵を引き上げた。今川勢をさらに追うことはなかったのだ。

戦いは終った。二万余の軍勢と、二千や三千の軍勢とでは、もともと勝負にならなかった。これほどの結果になることを、始めから考えていただろうか。信長にしても、鮮やかな織田方の勝ち戦さを、誰が想像しただろう。信長にしても、こんなにも鮮やかな織田方の勝ち戦さを、誰が想像しただろう。しかし信長は呟いた。

(俺の思惑どおりだった。すべては考えていたとおりに、うまくいった)

だが本当にそうだったろうか。寸分たがわず、彼が想い描いていたとおりにいったのだろうか。

(あれは天祐《てんゆう》だった)

突然襲ってきた風と雨。その春の嵐までは、彼の考えの外にあった。今川勢に勝った一番の因は、あの嵐にあったのかもしれないとも思った。そして最後は、

(ふん、博打《ばくち》に勝ったようなものだ)

と呟いて、大きく頷いたのである。

この戦いで今川義元の首をとったのは、毛利新介良勝という侍だった。その首を、信長は清須の砦の中で首実験すると、遺体とともに鄭重に扱って駿河に送り返したのだ。また清須に近い須賀口《すかぐち》の地に「義元塚」を造り、そこで僧侶たちに、千部経を読ませてその霊を弔った。

信長は今川義元という人間に何を感じていたのだろう。今までの数々の合戦では、彼は敗者に対しては、何の憐憫の情ももたなかった。戦さというものは、そういうものだったからだ。しかしそれが、なぜ義元に対しては――。

信長は義元とは一度も会ったこともない。ただその人となりを聞いたことはある。それは必ずしも、

良い印象ではない。馬に乗らず、輿に乗ったり、歯を黒く染めたり蹴鞠に興じたりと。それらのことは、今の世の武将のやることではないと言われた。だが義元は、そう言われても一向に頓着なかった。信長はそういう義元の態度に、どこか惹かれるところがあったのか。

駿河と遠江《とおとうみ》、それに実質的には三河をも領する義元の態度には、どこか泰然としたもの、そういう他人が侵しえないものがあると、信長は思っていた。まさにそれが太守としての人柄である。そしてそれは自分にはないもの、自分には欠けるものだと、信長は無意識のうちにも思ったのだ。その首級《しゅきゅう》を、泥水で汚れたまま返すことなど出来ない。彼はそう思って、義元の首を女たちに奇麗に洗わせ、そして薄化粧をしたうえで駿府の遺族の許に返したのである。信長にとっては、深く考えさせられることもあった、桶狭間の合戦だった。

第四章　天下布武《ふぶ》への野望

小牧山に城を築く

信長はかねてからの念願どおり、いよいよ自らの手で城を築くことになった。場所は小牧山。だがそう考えて決めるまでには、少し手間がかかった。

桶狭間の合戦のあと駿河では今川義元の子の氏真《うじざね》がその跡を継いだが、彼には再び尾張を攻めるという意志はなかった。それに義元があえなく討たれたと知った近隣諸国、つまり甲斐の武田氏や伊豆や相模を領する北条氏の態度が、急に冷《さ》めたものになっていくのに気付き、氏真には織田に対して、親の弔い合戦をする気など、全く持ちようがなかったのだ。

尾張では、鳴海辺りの砦はすべて織田方に復し、またその先にある知多半島の各地に縄張りを持っていた地侍《じざむらい》たちの多くが、織田の傘下にと戻ってきたのである。それに桶狭間の合戦の折り、今川方の別動隊として大高砦に兵粮米《ひょうろうまい》を運んだ松平（徳川）元康も、ようやく今川方の束縛から解かれることができた。まだ駿府には人質が入れてあったが、元康は駿河の国を領する者として、先祖が築城した岡崎城に入ったのだ。

しかし今川勢が去って、三河の国を元康が領することになったとしても、信長にとっては、もはや東方の勢力を怖れることはなかった。三河の地侍たちが今後元康を推すとしても、その勢力が織田方にただちに敵対するとは思えないからだ。元康にしても、そうする理由は何もなかった。

それよりも信長は、次の方策として美濃攻めを考えていたのだ。それは父信秀以来の、宿敵への戦いだった。当時信秀が、都の誰かからの誘いにのって、上洛のために美濃と戦ったとは思えない。だとするなら、美濃と尾張の戦いは、大河木曽川を挟んでの勢力争い、領土争いの域を出なかったのである。隣国との国境を挟んでの合戦は、この頃、全国至る所で繰り拡げられていた。いわゆる領地争いである。

しかしここに至って信長は、父たちがやったと同じような戦いを、美濃衆を相手にやるつもりはなかった。彼はその先を見据えていた。すなわち、強大な軍勢を率いての上洛である。そういう考えは、桶狭間の合戦の勝利によってたしかなものになっていったのだ。

木曽川を挟んで美濃衆と対峙したとき、彼らが意外と強いことを信長は知っている。父信秀が、散々に討ち負かされた訳が分かった。その一つが、木曽川が余りも大きかったからだと思った。川幅もあり、水量《かさ》も多くそして流れも早い。そこを正面から渡ろうとする。それも始めから、織田方を待ち構えている美濃衆を前にしてのことだ。これでは到底勝ち目はない。そこで信長が考えたのは、敵を正面にして渡るのではなく、もっと渡り易い別の場所を探すことだった。

ところがそういう場所が二か所ほどあった。一つは木曽川のもっと上流、犬山砦からさらに川上に行った地点だった。そこは川幅が狭く、渡し舟ほどのものでも一気に渡れる。そしてもう一つは、ずっと川下になる、木曽川と長良川が合流する地点だった。そこには中洲が多くあって、小さな島伝《づた》いによって向こう側に渡ることができると思われるのだ。

　その二つの考えのうち、信長は木曽川を川上で渡ることに決めた。そしてそのためには、尾張の領内の近い処に、その拠点を作らなければならない。すなわち新しく、砦よりも大きな規模の城を築くことだった。その場所はすでに頭の中にあった。

　犬山砦からさらに東に、美濃の国との国境に近い丘陵地にと、信長は決めたのだ。背後は低いながらも山脈になっているから、後ろから敵に攻められることはない。用地は西に向かって垂れた処にあり、侍屋敷や商家を建てるなら、山裾のその広がりの中に造ればよい、と信長は思った。そして早速その触れを、家来や清須の町民にも出したのだ。彼は自分でも良い策だと思った。

　ところがである。その触れを出した直後から、思わぬ声が信長の手許に届くようになったのだ。それは身内の侍や、清須の町家からのもので、一口で言うなら、あんな田舎へ行くのは嫌《いや》だというものだった。

　侍たちの言い分はこうだった。自分たちはいつも合戦の場に出て、戦いに明け暮れているようにみられるがそうではない。戦いのない日には家にいて、両親や妻や子らと一緒に生活をしたい。事実今までもそうしてきた。また自分たちにしても、夜など町なかに出て酒も飲みたいと思うし、同輩と会って憂さ話の一つもしたいというのだ。しかしあんな山裾の田んぼに囲まれた田舎では、そんな気になれないし面白くもないというのだ。

　そして商いをしている町民の声には、もっと切実なものがあった。清須砦の町家の成り立ちは古く、そこで商《あきな》いをしているからには、取り引き先も多くあって、それらの人びとの出入りも頻繁にある。そういう彼らが通る道は、鎌倉街道であったり美濃路なのだ。そういう道筋を、急に新しく造ることが出来るのか。

また商品を入れる蔵や小屋や屋台など、商いに必要なもの、それは大から小まであるが、それを一度に、しかも人けのない田舎に運んでどうなるのかという声が、不平とも不満ともなって、信長の耳に聞こえてくるのだ。直接彼が聞かなくても、それは庶民の、声なき声として伝わってきたのである。

信長にとっては、思ってもない雲ゆきとなった。領民は、領主の言うこと、決めたことなら、何でも聞くと思っていたのだ。しかしそういう不満を聞いたからには、無理に自分の考えを押しとおすこともできない。ことによったら不穏な事態になるかもしれない。そんなわけで、信長はこの考えをしぶしぶ諦めた。

しかし城を築くことまでを断念したわけではない。城を築くということは、敵対する勢力との戦いでは絶対に必要なものだ。作戦上の要となるものだった。それは百姓や町人たちの口出しのできないものであって、城を築くということは、領主一人の決断にかかってくるものである。その結果彼が考えたのが小牧山だった。

小牧山のことを、古くは駒来山《こまきやま》、または帆巻山《ほまき》とも呼んだ。昔は熱田《あつた》の海が、もっと奥にまで拡がっていたのか。小牧山の山影を見て、舟乗りが帆を巻いたからだという言い伝えがある。尾張の平野の北寄りの、東西のほぼ中央にある。場所としては良い。

城を築くのにこれ程の場所があったことを、信長は今まで気が付かなかったのか。これまでに彼が居住したどの砦よりも良い場所にあるのに。子供の頃に住んでいた勝幡《しょばた》砦、それから那古野台地の北の端にある那古野砦と、その反対側の南の端にあった古渡《ふるわたり》の砦。また父信秀が築いた末森の砦、ここは父が築いただけあって形がよく、丘の上にあり、空堀が二重になっていて、いかにも堅固に造られていた。そして最後は清須砦だった。なかでも信長は、清須砦が嫌いだった。川辺の低地にあるからだった。

それに比べると小牧山は小高く、周囲には何も高いものがなく、その姿もまた優しくゆったりとしていた。信長は早速山に上がってみた。そして雑木林の茂みを透かして見る周りの景色は、みな眼下に拡がっているのだ。彼は高い処に登るのが好きだった。今までの砦のようなものではなく、何よりも山の頂上には高い望楼のようなものを造ってみたいと、まるで夢見るようにその姿を想っていた。

城の麓には、侍屋敷や町民の家や店も作る。町屋というものは、賑わいがあってこそのものだ。それをあの、京の町の賑わいのようにしたい。また新しく街道も造ればよい。城下町。そうだ、それを城下町と名付けてもよい。信長の想いは、次から次へと拡がっていく。築城の工事は間もなく始まった。

桶狭間の合戦があった二年後の永禄五年（一五六二）一月に、三河の松平元康からの使者が清須にやってきた。信長に対して和議のことを申し入れてきたのだ。信長はその口上を訝しく思った。なぜなら元康は、あの合戦のあとも今川方に従《つ》いていたからだ。彼はそれを使者に質《ただ》した。すると、

「はい。たしかに今はそうです」

その言葉になんの澱《よど》みもない。

「今は？」

使者がそう返事をするからには、元康の思惑には言うに言われぬものがあるのだろうと、信長は察

した。

「詳しくは主人元康が申し上げます。さすればこのこと、それまでは固くご内密にとお願い申し上げます」

このあと十日ほどが過ぎて、当の松平元康が清須へやってきた。信長とは初対面ではない。二人は十六年振りの再会だった。今から十数年前になるが、織田と今川が、三河の小豆坂《あずきざか》で二度にわたって戦ったことがある。その二度目の合戦で織田方が敗れて、双方から人質を差し出して和議が成ったのだ。

そのとき織田方からは、信長の兄の信広が差し出された。彼は戦いの始めには安祥砦《あんじょう》の城主だったが、合戦の最中《さなか》に今川方に捕らえられたということもあって、その腑甲斐なさに父信秀の怒りをかい、戒《いま》めとしてそうなったのか。それに対して今川方からは、当時六歳の松平竹千代が織田方に差し出されたのだ。それが今の元康だった。当時三河の国は今川義元の支配下にあったので、幼い身とはいえ、元康は辛い役目を担うことになったのだ。

六歳といえば、少年というよりもまだ幼児だった。二、三人の供の者に付き添われて那古野砦にやってきた竹千代に、信長はそのときに会ったのだ。知らない処に連れてこられてか、言葉少なに押し黙っている顔を想いだす。脅えている様子はなく、それが性質なのか、むっつりとしていた。二人は殆ど話を交すこともなかったのだ。

信長はいまその元康の姿を見て、あの時とそれほど変っていないのに驚いて、まじまじとその顔を見つめた。それにこれが二十《はたち》の男の顔かと、何か異《い》なものを見るような心地だった。元康はそれほどに落ちついて信長に対した。

「和議のことお受けいただいて、元康このうえもなく恐縮に存じ、有難くおん礼を申しあげます」

元康は型どおりの挨拶をすると、僅かに頭を下げた。面白味のない、言葉少なの挨拶だった。

だいいち和議といっても、織田と松平の間では、今までも、双方の地侍による領地争いか小競り合い程度のものしか起こっていない。だからこの場合の和議というのは、もっと大きなこと、つまり織田と今川という強大な勢力の間にあって、松平の安寧を計ること、すなわち織田と松平が、不戦の誓いを立てることを意味しているのである。

元康はいまだに今川に従属している。駿府には妻と嫡子信康が人質として預けられたままである。もし元康が織田と組むということが露見すれば、二人の命が危ない。しかし元康としては、そこまで考えた末での織田との交渉である。元康がいつまでも今川方として振る舞うなら、美濃攻めを考えている信長が、後顧の憂いを絶つという意味で、先きに松平を討つということになりかねないのだ。元康としても、それでは折角岡崎に戻った甲斐がない。そこで織田側に話しかけたのだ。

しかしこれは、信長の側にも言えることだった。今は元康の率いる勢力は弱い。しかし彼が地侍を纏めて兵を動かすということになれば、これは侮りがたいものになる。そう考えれば元康側からの和議の申し入れは、まさに渡りに舟だった。この和議のことは、双方にとっても好ましいものだった。

会談が終って元康が帰る頃、信長は再びその顔をまじまじと見つめた。

（二十《はたち》にしては思慮深いのか。いや、用心深いと見るべきか）

信長は自分より目下の者を、高くみることはない。だから元康の人格を上にみることもない。しかしこの時の元康の表情には、どこか見逃すことのできないものがあった。

（これは曲者顔だ――）

彼は或る忌々しささえ感じた。

永禄六年（一五六三）七月に、ついに小牧山城が落成して、信長はそこに移った。彼が思いどおりとする城郭が、ここに出来上がったのだ。城を造るにあたって、彼は大きな目標を二つ考えた。一つは、今までの砦のようにではなくもっと大きなもの、その中心にある本丸には、高く目立った望楼を建てること、と決めたのだ。そしてもう一つは、その麓には賑やかな城下町を造ること。それはあの京の都のように、人びとが大勢出入りする、華やかで賑わいのあるものにするというものだった。

今までの砦は、堀や建物の基礎は殆どが土で固められたものだ。ところが小牧山城は、山そのものを土台としている。山の東側には、清須ほどではないが小さな川が流れている。物の運搬と防備のためなら、その川を利用すればよい。山の高さは、麓から五十間余り（約百メートル）。途中から勾配は稍《やや》きつくなる。そして望楼のある位置は狭い。山頂は尖っている。信長はその天辺に壮大な望楼、いやこれは今までのような望楼ではなく、天守閣と称するものを建てたのだ。それはまさに、天守閣という呼び名にふさわしい。品格のある立派な二層の建て物だったのだ。

その土台には初めて石を使った。しかし尾張の国には、大きな石の産地はない。そこでやむなく土台の隅にだけ石を積み、あとは土塁とした。さらに山の南側の中腹を広く削り、そこを信長を始め主だった家来の居住地として、建物をいくつか建てたのだ。

信長は天守閣に昇った。それは彼が、永い間憧れるようにして想い描いていたものだった。上層には周囲に回り縁を設け欄干をつけた。さらに南北を出入り口としたので、室内は明るく天井も高かった。そこはまるで、中天に浮かぶ御殿のように形よいものだった。

信長は回廊へ出ると、先ず北側に立った。すると目の前に、美濃の山々が屏風を立てたように、左右に長々と拡がっていた。そしてその左手に、なんと稲葉山が見えるではないか。

「あれだ」

彼は思わず呟いた。

稲葉山は屏風の左の端に、突き出たように聳え立っている。麓にある村々を見下ろし、顔を上げたようにしているのは、京の空を睨んでいるのか。小牧山からは五里余りの、指呼《しこ》の間《かん》しかない。美濃の山々の背後にあるのは、飛騨の山々か。そしてもっと奥にあるのは、越前か加賀か。さらに左に目をやると、伊吹山までが見える。そこはもう近江だ。その先は琵琶湖である。

信長は回廊を回り、西から南に向く。養老の山々がこれも長々と続き、その端に拡がっているのが伊勢の国だ。またそこから目を転じた先にあるのが熱田や鳴海《なるみ》の海だ。桶狭間はその左手にある。古渡の砦にいたときにはさほど感じなかったが、今こうして見ていると、尾張の国の広さを改めて思い知らされた。

さらに今度は東に目を転じる。隣国三河の山々は低く、その背後にあるのは遠江《とおとうみ》か信濃か。信長は天守閣の回廊を一巡した。尾張の国の周りに目をしただけでも、いったい幾つの国があるのだろうと、今さらのように驚いた。その中にあって、清須や那古野の砦などは、目に入らないぐらいに小さく写っていたのだ。

信長はもう一度北に向いた。

（あそこだ。間もなく俺はあそこへ行く）

稲葉山を睨んで、彼はそう心に決した。

麓の町作りのことは、造作奉行として丹羽長秀に任せておいた。彼は信長より一歳年下で、十五歳の時から信長に仕えていて、最も信頼されている武将だった。しかも武勇だけではなく、交渉ごとや信長の意向を汲んだ計りごとにも長《た》けた、有能な人物だったのだ。今度の城下町造りに手抜かりはない。

信長の意を受けた長秀は、小牧山全体の十倍もの広い土地を、町造りのために用意した。京の町のように、縦と横に幅広い道を造り、その中に侍屋敷や足軽の家並みを、城の近くに置いた。あとの商家は職種ごとに、油屋や紺屋、それに京町などと、生活や商いをするのに、都合のよいようにと配置したのだ。

これらの建造物が、一度に出来上がるということではない。清須に住んでいる商人《あきんど》の中には、なかなか腰を上げない者もいるし、家を作るにしても、材木がすぐには集まらず、新しく住民となった人びとは、当分右往左往しなければならない。しかしともかくも、信長としては、小牧山への築城と町作りは、ほぼ満足のいくものだった。

信長は小牧山の中腹に、自分の館と主だった家来の屋敷をいくつか建てたが、その脇に一つ、特別な館《やかた》を建てたのだ。それを「御台様御殿」と名付けた。御台様とは、あの生駒屋敷の吉乃《きつの》のこと。御台様というからには、信長の正妻のことを意味する。清須には濃姫がいる筈だが。しかし彼はあえて、吉乃を御台様と呼ばせたのだ。

小牧に新しく城を造り、そこに館を建て吉乃を迎えることは、信長が持ち続けていた夢だった。それは彼の後継者となるべき二人の男の子を産んでくれたことへの感謝の気持の現れでもあるし、また愛《いと》しい女人への優しい思いやりの証《あかし》でもあったのだ。

　そこで信長は、久し振りに生駒屋敷を訪れた。するとどうであろう。思いもかけず、吉乃が病いの床に伏していたのである。その部屋に入った途端信長は驚いて、顔色が変った。

「いかがいたした」

　慌ただしく傍へ寄って腰を下ろし、その顔を覗き見た。痩せて血の気がない。

　吉乃は顔を上げ、信長を見た。

「殿さま――」

　唇がやっと動いただけだった。

「どうしてこんなことになったのだ。どうして知らせてくれなかったのだ」

　咎めるつもりはないが、信長は不満げだった。傍にいた吉乃の伯母の須古女《すこじょ》が語り始めた。

　吉乃は信長の子を二人、男の子を産んだあと、三番目の子として五徳《ごとく》を産んだ。女の子だった。ところが彼女は、その後の産後の肥立ちが悪くて、時どき床に臥せることがあった。そして最近では、食事も満足にとれないというのである。はかばかしくない容体だった。

「気がつかなくて悪かった。だがわしが今日ここへ来たのは、今度造り上げた小牧の城に、そなたのために特別に御殿を造り、そこにそなたを住まわせたいと思って出向いてきたのだ。いま見ると、そなたはそんな体だが、一日も早く良くなって城へ来てくれ。それはわしが、ずっと楽しみにしてきたことなのだ。分かるな」

　吉乃は言葉もなく、かすかに頷いた。信長は、あとはじっと彼女の顔を見つめるだけだった。

信長は思いがけぬ出来ごとに傷心し、内心ではひどくうろたえた。

（助からぬかもしれないのか――）

彼は吉乃の手をそっと握ってやって、その場をあとにした。

翌日、信長は輿を生駒屋敷へ送り、それに吉乃を乗せて小牧山に来るようにと指示した。彼女は床から離れ、気力を振り絞って立ち上がり、その輿に乗った。小牧山までは一里半ほど。途中知り合いの家で休息し、夕刻近くになって小牧山城に到着した。

信長はそれを優しく出迎えた。そのあと家中の主だった家来を集め、拝謁の儀により吉乃を紹介したのだ。そこには息子の奇妙や茶筅《ちゃせん》も座らせたので、信長の家族と家来たち主従は、改めてその絆を強いものとしたのである。吉乃にとっても、その場に居ることは、思いがけないことであり、体は病んでいても晴れがましい、喜びのひとときに浸ることができた。のちに信忠となる奇妙は、この時六、七歳か。

吉乃はこの日から「小牧殿」と呼ばれ、正室並みの扱いを受けることになった。その後は信長の配慮により、高名な医師が付けられ、手厚い看護のもとに療養につとめることができた。その甲斐があってか、吉乃の症状はそれほどには悪くもならず、庭に出て過ごすことも出来るようになったのだ。喜ばしいことだった。


信長が小牧山に築城した二年ほど前、つまり彼が清須で松平元康と会見した頃に、美濃の国で、斎藤道三《どうさん》の子義竜《よしたつ》が病いにより急死したのだ。三十五歳の若さだった。永禄四年五月のことである。跡を継いだのは子の竜興《たつおき》だったが、まだ十四歳の少年。そのため有力な家来の何人かが、彼の許から去っていった。信長にとっては、そこが付け目だった。

彼の美濃攻めの最終目標は、もちろん井ノ口、その中心にある稲葉山の砦だった。道三以来の、そこが美濃の国の要の地にあった。しかしそこを、いきなり攻めるということは出来ない。父信秀もそれをやって、手痛い目にあっている。そこで信長としては、美濃を攻めるのに、先ず東の方角から、つまり木曽川の上流から始めることにしたのだ。幼い竜興を擁しているとはいえ、やはり美濃衆は手強い相手だった。

犬山辺りから木曽川を渡り、織田の軍勢は美濃の国に侵攻した。しかしそれは井ノ口に向かうのではなく、木曽川の上流から、そこに注ぐ飛騨川の上流に割拠する斎藤方の地侍を攻めるためだった。彼らが一団となって織田方を攻めるわけではないが、狭い所に地盤を持っている彼ら地侍の一つ一つは、山岳地を背景にして、通りがかりの織田勢に執拗に攻めてくるので、その勢いには侮《あなど》りがたいものがあった。そこで信長は、織田家の中でも主将の丹羽長秀らを遣わして、その地方の美濃方の地侍たちを織田方の味方につけることができたのだ。

洲股《すのまた》、俄か砦

ここから、いよいよ信長の本格的な美濃攻めが始まる。攻め口は一転して、木曽川の下流、井ノ口に近い場所が選ばれた。

ある日彼は、木下藤吉郎を呼びつけた。あの生駒屋敷で、信長の家来になった男である。藤吉郎は平服した。一人だけ信長の前に呼ばれて、何事かと不安の表情だった。

「藤吉《とうきち》」

いつもとは、声色《こわいろ》が変っているのに気がついて、藤吉郎は頭を下げた。

「藤吉、ねねは息災か。労《いた》わってやっておるか」

「ははっ。もちろん、もちろん労わってやっております」

信長の、この思いがけない言葉に、藤吉郎は慌てたり、うろたえたりで、柄になくしどろもどろで答えた。信長は膝を叩いて大声で笑った。

ねねとは藤吉郎の嫁のことで、二人は数年前に結婚していたのだ。それも信長の従兄弟の、名古屋因幡守が仲人をつとめたというのだから、これは信長による、家来としては破格の扱いを受けたことになる。ねねは木下定利という武士の娘で、織田家に足軽頭として仕えていた、浅野長勝の養女だったのだ。

結婚式の日、信長も祝いの品を届けたというのだから、彼としてもその夫婦には目をかけていたのだ。

「ところで、藤吉」

信長は改まって、声を落として藤吉郎を手招いた。今度は真顔《まがお》になって、藤吉郎もにじり寄った。

「そちも、今度の美濃攻めのことは知っておろう」

「はい、十分承知しております」

「そこでこの度は、そちに特別に働いてもらおうと思っておるのだ」

信長は用意していた地図を膝元に拡げ、その先を続けた。

木曽川の川幅は広く、それに深い。そのため井ノ口を前にしては渡れない。そこでもっと下流の、木曽川が幾筋にも分かれ、長良川や揖斐《いび》川とも合流する地点がある。そこまで行けば美濃勢を前にすることなく、容易に渡ることができる。ところがそこから井ノ口を攻めるには、今度は、木曽川ほどでないにしろ、長良川が横たわっているのだ。だからそこから一気に井ノ口を攻めるのは難しい。

そこでだ。長良川の手前に洲股《すのまた》という所がある。そこに砦を築いて、その中に味方の軍勢を入れ、その数が数千にもなったときに、一挙に井ノ口を攻めたい。つまり美濃衆と向き合いながら、そこに砦を築くという計画である。

「藤吉、これは柴田や丹羽では出来ぬ。そちにしか出来ない仕事なのだ。分かるな、その意味が」

そう言われて、藤吉郎の目が急に輝いた。

「はい、分かります」

「うん。あとは言わずともよいだろう。そちのことだ」

「はい。つまり小六どのを――」

「そうだ」

信長は藤吉郎に最後まで言わせず、言葉を遮った。

「ただちにだ。急げ」

「はい、すぐにも――」

信長は立ち上がった。そのあと藤吉郎も、握り拳を固めて立ち上がったのだ。ここで再び、蜂須賀小六が登場してきたのである。

信長はあの生駒屋敷で、小六に会ったことがある。かねてから、その許にある、地侍ともつかぬ勢力があることを知っていた。これからの合戦には、たしかにそういう勢力を己れの傘下に加えることは、望ましいことと思っていた。しかし小六の手下というのは、いかにも胡散臭い、怪しげな連中が多いということも聞いていたのだ。

彼の手下は、尾張の東北部から美濃の南東部を股にかけて動いている。平時には物の運搬など表向きの仕事のほかに、彼らは一変して、夜盗になって町や村の有力者の屋敷を襲うこともある。仕事は変り身が早いのだ。それは合戦の場にあっては、望ましいことかもしれない。

しかし信長としては、そういう夜盗の頭を、自分が率いる武士団の一翼に加えることなど出来なかった。柴田や丹羽が、何と言うだろう。しかしそれでも、彼は小六を繋ぎ止めておきたかった。

（藤吉なら、それができる）

と彼は思った。

それから三日が経って、藤吉郎が戻ってきた。信長の前に平伏すると、なぜか浮かぬ顔をしていた。

「どうした、その顔は」

信長はまさかと思って、つい苛立った。

（よもや小六が、断ったとは思えんが）

そうではなかった。

「はい。殿のおおせのとおり、うまく話を纏めてきました」

「ならば、それでよいではないか」

「はい、それはよいのですが――」

藤吉郎は言いよどんだ。すぐには言葉が出ない。

「何をぐずぐずしておる。早く言え」

信長の額に青筋が立ち始めた。こうなったらもう、言い渋っている暇はなかった。藤吉郎は思いきって口を開いた。

「大変申しにくいことでござりますが――」

「何だ」

「殿には、ご不快かと思われるかもしれませんが――」

「早く言え」

「はっ。それならば――。じつは洲股のことにつきましては、蜂須賀どのはすべて承知して、ここ一両日中には材木などの資材は、木曽川の流れによって、必ず整えるとのことでございます。しかし蜂須賀どのが申すには、ただ一つ、殿さまにぜひお願いがしたいと申しておりました」

「願い？」

「はい。それと申しますのは、今度のことでは蜂須賀どのの一党としては、織田方として働きたいと申すのでございますが、それでは殿さまに対しては余りにも畏《おそ》れ多い。そこでわたくしめに、すなわち木下藤吉郎の手下の者として働きたいと申しておるのですが、そのようなこと、殿がお許しになるかどうかと、それをお伺いしてほしいとのことでございます」

「うむ」

信長には、咄嗟には返事の出来ない、意外な小六の申し出である。しかしそれは、かつて考えたことでもあったのだ

「小六がそちの家来になりたいというのか」

「はい。家来というか、手下といいますか」

「まて」

信長は一瞬逡巡した。

「藤吉、頭を上げよ」

信長は改めて藤吉郎の顔を見つめた。そして突然大声をあげて笑いだした。

「わはっは、わはっは」

と。藤吉郎は思わず手を上げて、膝立ちになった。

「藤吉。小六をそちの家来にしてやれ。奴がそう言うのなら、それがよかろう。ただしそれは、あくまでも織田勢としてだぞ。そこを感違いするなと、小六に言っておけ。仮にもほかの者たちの名を汚すようなことがあってはならんぞ。そちもだ。そのことは、よく肝に銘じておけ、よいな」

「ははあ」

藤吉郎は思いがけない信長の言葉に、感きわまってその場にひれ伏した。

信長は立ち上がってその場を去ろうとしたが、振り向いて言葉を継いだ。

「藤吉、馬はどうした」

「馬？」

信長の言葉は優しかった。

「先日そちに、自分の馬に乗れと言いておいたぞ。いつまでも駄賃馬なんかに乗っておらず、洲股へは自分の馬で行け。許す」

それだけ言うと信長は去っていったが、藤吉郎はその感激に、いつまでもそこに伏して泣いていた。

蜂須賀小六たち一味の行動は早かった。じつは信長による本格的な美濃攻めの前の洲股砦築城のことは、前にも試みられたことがあったのだ。しかしこれは失敗した。美濃衆を前にしての戦いながらの作業では、無理があった。能がなさすぎたのだ。その点小六らは用意周到だった。

俄《にわ》か砦を造るには、先ず大量の材木が必要だった。それでもって、数知れずというぐらいの逆茂木《さかもぎ》と馬防柵を作る。それは全部、木曽川の南、犬山砦の少し下流にある中洲で行われた。そしてそこからさらに下流にある洲股までは、舟や筏で運ぶという算段だった。

その中洲には、近在の松倉や坪内の一党が、さらに木曽川の南岸に近い郷には日比野や前野の一党があり、それが蜂須賀小六の許に集まるというのである。藤吉郎にとっては、なんとも心強い手下となった。ここから洲股までは僅か四里（約十六キロ）足らず、何十艘という筏と舟は、木曽川の流れに乗れば一《いっ》ときぐらいで着いてしまう。

洲股に着いた一行は、美濃衆に覚《さと》られず、夕日が落ちた頃から馬防柵などの組み立て作業を始めた。そしてその頃からは、さらに後方に織田勢が集まり始めた。作業は小六が指示し、藤吉郎が見回った。彼は信長に言われたとおり、新しく買った馬に乗り、早くも侍大将らしい面構えで一同を励ましたのだ。その様子は得意満面だった。彼はその姿を、妻のねねに見せてやりたいと思っただろう。

永禄九年（一五六六）九月、木下藤吉郎配下の郎党らによって、洲股の砦が完成した。材料を川上から運んで、三日目のことだった。そこに着いた日に雨が降り、雨中での作業だったが、美濃衆に知られることなく、これは幸運だった。砦といっても、逆茂木や馬防柵を並べただけの、土塀などは見せかけのものだった。それでもそこを取り囲んだ防護柵によって、織田方はその後方に、十分護られるだけの陣地を作ることができたのだ。

九月十四日には、信長が柴田勝家らの諸将を従えて砦に入ってきた。その出来映えに信長は大いに満足し、藤吉郎を誉め、その上彼をこの砦の城主にと命じたのである。また蜂須賀党を始めとする、新しく藤吉郎の配下になった者たちの労をねぎらい、多額の金子を与えたことは、藤吉郎にとってもそれが一番の喜びだった。

俄か砦出現を見た斎藤竜興配下の美濃衆は、慌てた様子で、正面からだけではなく、南方の竹ケ鼻や北方の十四条口からと三方から攻めてきた。砦は左右の側面にも備えていたので、その内側に立て籠っていた織田勢は、それに倍する勢力でもって討ち返し、やがてその美濃衆を追い払ったのだ。信長はようやく美濃の、それも井ノ口に近い場所に拠点を置くことができた。彼の美濃の国征服の野望の第一歩が、踏み出されたといってよい。


この慌《あわただ》しかった戦さの最中《さなか》に、信長にとって思いもかけない報らせが小牧の城からもたらされたのだ。それはあの御台様御殿に住まわせておいた吉乃が、亡くなったというのだ。信長は驚いた。

(吉乃が――)

しかしどうすることもできない。その死を見取ることもできなかったことを思うと、茫然とした。美濃衆との戦いが一段落したところで、信長は急いで小牧山に帰った。だがそこにはもう、吉乃の姿も亡骸《なきがら》もなかった。彼女は、自分が死んだら生駒の里にある茶毘所《だびしょ》で焼いてほしいと言っていたので、そこで茶毘に付されたという。

信長は吉乃が住んでいた部屋に、一人で入った。主人《あるじ》のいない、在るべき場所に在るべき人がいない部屋の中の侘しさは、彼にとっては堪えられないほどの淋しさだった。そこに吉乃の、ありし日の姿を求めて手を差しのべようとしたが、その姿はつれなく彼の前から離れていった。

夕刻になって、信長は天守閣に昇った。そして回廊に出て、西の空を見やった。その下に生駒の里があった。茶毘所はその外れにある。そこは里の者が死んだとき、みんながそこで焼かれるという、決められた場所だった。吉乃の両親もそこで焼かれたのだろう。そう思うと、彼女の気持ちが分かるような気がした。哀れともなんともつかぬ、信長の思いだった。

吉乃がこの小牧山に来て、信長が心をこめて造った御殿に入ったとき、彼女は必ずしも晴れやかな顔をしていなかった。そして信長よりは年をとり、やつれたこの体を殿さまに見られるのは恥しいといって、うち伏したこともあった。しかし信長は、そんなことは気にもかけなかった。

吉乃を初めて見たとき、自分の母と似たその顔の表情に、とても懐しさといとおしさを感じたものだった。そう思えば彼は、吉乃にはそれ以上のものを何も求めるものではなかった。それに、自分の三人の子供を産んでくれたことに対しては、有難いと思って、つねに感謝していたのだ。

日が暮れかかって、生駒の里を見つめながら、そこにある茶毘所から、いま煙が立ち昇っているような思いに信長はとらわれた。そして一人の人間の死が、こんなにも悲しいものかと顔をゆがめ、溢れ出る涙をどうしてもこらえることができなかったのだ。

吉乃の死は、永禄九年（一五六六）のこと。この頃にしても、三十九歳という若さだった。それでも小牧山には、三年ほど居たことになる。

岐阜で天下布武を唱える

信長は、本格的な美濃攻めの前に先ず伊勢に出兵した。永禄十年（一五六七）春のことである。総大将は滝川一益《かずます》。この時四十二歳。近江の国の出だが、早くから信長に仕えなかなかの策士だった。

伊勢の国は、木曽川や長良川の大河を挟んだ向こう側にあるが、そこから尾張が攻められるという気遣いはない。そこには南北時代以降も北畠一族が支配していたが、彼らに今になって他国を侵略するという野心はなかった。ところが信長にとっては、そこはいずれ上洛するときの道の途中にあるのだ。その時になって、北畠側が黙って織田勢を通すということはないだろう。そうであれば、力ずくでそこを通るしかない。

伊勢の国は南北に細長い。北畠一族は中勢部と南勢部を地盤としており、北勢部には幾つかの地侍が割拠していたが、その個々の勢力は小さなものだった。ところが近ごろ、その伊勢の隣国、近江の国の六角氏の勢いが徐々に侵透し始めていたのである。それを見過すわけにはいかなかった。そこで滝川一益の率いる織田勢は、先手を打って出撃したのである。その結果彼らは、織田勢の前に、殆ど合戦らしいものもなく降伏したのである。信長はそれを見て、早目に軍勢を引き上げた。彼の頭の中は、それよりも美濃攻めのことでいっぱいだったのだ。

ある日信長は藤吉郎を呼んだ。藤吉郎は、洲股砦築城の功によって、やっと侍大将の身分になったばかりだったが、それでも信長の指示により、重臣たちの謀議には末席に連なることもできた。信長の信頼がよほど厚かったからだろう。

「巷《ちまた》の雀たちが、そちのことを何と言っておるか知ってか」

信長が藤吉郎に語りかけるときは、いつもこのようにからかい半分なのだ。

「いいえ、わたくしは何も――」

「とぼけるな。なら、わしが言ってやろう。雀どもはそちのことを、人たらしの藤吉と言っておるぞ」

「人たらしの？」

「そうだ」

「それはひどい」

もちろん藤吉郎がそれを知らぬ筈がない。人たらしとは、女たらしというように、人びとからは余りよく思われない言葉である。つまり、たらすという言い方は、その人間の人柄を卑しく言うときの言葉なのだ。そしてその意味は、他人をうまく言いくるめて、騙《だま》すというのだ。

しかし藤吉郎を評して人たらしという場合は、必ずしも悪く言うわけではない。人をたらすとは、言いくるめるというよりも、彼の場合は、うまく説得するという意味である。そして彼が人を説得するときの態度には、誠実さとか熱意というものが強く感じられるのである。説得された相手は、その言葉に感動し、かつ心を動かされてその話を納得するのである。

藤吉郎が人たらしと言われるのは、むしろ彼の人柄の一つでもあり、ほかの誰もが真似のできるものではない。あの小六を説得し、そして自分の手下にしたのは、この手を使ったからなのだろう。

信長は、そういう藤吉郎の資質を、すでに見抜いていた。

「藤吉。美濃へ行って、たらしてこい。急いでだ」

「ははあ」

ここで美濃攻めのための、次の一手が打たれた。

美濃の国は、斎藤道三亡きあと子の義竜が支配していた。しかし彼は三十四歳の若さで病死したのだ。そしてその跡を継いだのが子の竜興だったが、彼はまだ少年だった。彼がいくら器量があるといっても、その後ろ楯になる者がいなければ、とても持たない。それどころか今まで義竜に従っていた武将たちの心も、次第に離れていく。

井ノ口の西の辺り、すなわち西美濃一帯には、道三以来斎藤一族を支えてきた地侍が何人もいた。中でも洲股のすぐ南にある安八《あんぱち》地方に勢力を張る稲葉一鉄《いってつ》。大柿（大垣）附近に勢力を持つ氏家卜全《うじいえぼくぜん》（直元）。それに稲葉山の西方北方《きたがた》在の安藤伊賀守守就《もりなり》の、いわゆる美濃三人衆といわれる地侍が、こぞって織田方に内応するという報らせが入ってきた。木下藤吉郎のたらしが利いたのか。

それを受けて信長は、直ちに軍勢を従え、木曽川を渡って一挙に稲葉山の南側の山麓に迫ったのである。そしてそこに火をつけ、稲葉山の砦は、はだか城にされた。織田勢とそこにかけつけた美濃三人衆の軍勢を見て、斎藤竜興は信長に降伏を申し入れ、自らは木曽川の河口の長島へと舟で逃れていったのだ。時に永禄十年（一五六七）九月のことだった。

稲葉山に登ると、信長は早速、美濃の各地に禁制を出した。新しく支配者となったからには、そこに住む民衆の心の不安を取り除くことが第一だった。信長が民衆と戦うことはないにしても、支配者にとってはその民衆の心を掴むことが重要で、彼らの離反は、最も怖るべきことだったのだ。

信長はついに、美濃の国を領することになった。念願の野望の一つが成しとげられたのだ。父信秀は、生前美濃との戦いを繰り返してきた。それは必ずしも、美濃の国を乗っ取るという大それたものではない。しかし信長はそうではなかった。美濃の国を攻め取り、なおその先のことを考えていたのだ。その先とは何か――。

　信長は早速、今まで頭の中に描いていた計画の一つ一つを実行に移し始めた。その最初に着手したのが、稲葉山山頂に本格的な城郭を建設することだった。つまり今までの居城だった小牧山から、ここ稲葉山に拠点を移すことだったのだ。そこには彼の強い決意が込められていた。自分が生れ育ち、そして敵対していた一族との戦いを繰り拡げてきた尾張の国から、隣国美濃の国の中心部に拠点を置くということは、よほどの決心がなければ出来ることではない。また並の武将では、真似のできないことなのだ。しかし信長は、それを断行したのだ。

　その次に彼は、今まで井ノ口といってきたここの地名を岐阜《ぎふ》と改めた。これは中国周《しゅう》の文王《ぶんおう》が、岐《ぎ》山《ざん》に興ったという故事に由来しているという。いずれにしても信長の、これから新しい国を興こすという気概が現われたものである。さらにもう一つ、この山を稲葉山といってきたが、これも金華山《きんかざん》と呼ぶことにした。

　また信長が尾張にいた時から考えていた事業に、楽市楽座を開くというのがあった。それを岐阜の城下町の一郭に、大きく拡げて営ませるということに着手したのだ。このやり方を考えついたのは、信長が初めてではない。城下町の人口の多い地区では、すでにこの制度が行われていた。信長はさきの上洛のさいにそのことを知ったのだろう。

　信長は、町の賑わいというものが好きだった。そこには活力があった。そういう領民の活力というのは、領主としてはぜひ自分のものとして持ち続けたいものである。楽市楽座とは、今まで寺社などが特権として持っていた市場への支配権を否定し、またその権利を奪ったりして、商いをするうえで税などを免除して、自由に行えるようにと、掟なり命令を発するものである。

税が免除され、今までの支配者からの束縛から解放されれば、交通も頻繁になり、当然商品の流れもよくなる。またそこでは乱暴や喧嘩などが固く禁じられ、人びとが安心して商いや生活ができるというものだ。領民はこの制度を、大いに歓迎したのだ。

次に信長がやったことは、自ら率いる武士団の編成替えだった。岐阜を本拠地にしてからの織田勢は、もはや尾張勢とか美濃勢といっておれなかった。それはすべて織田勢でなければならなかったのだ。とはいえ両国の有力武将やその手兵を、一括して一《ひ》と纏めにする乱暴な手法もとれなかった。

信長は岐阜城に腰を落ちつけて周りを見渡したとき、美濃の国の地侍たちが、意外としぶといのに内心驚いた。さきの稲葉山攻めのさいに、美濃三人衆といわれた地侍が織田方に内応したことが、一つのきっかけとなって戦いに勝つことができた。美濃の地侍が固く結びついたとき、侮どりがたい勢力になることを信長は実感したのだ。

地侍といえばもう一人いた。その名を竹中重治（半兵衛）という。策士でもあり気骨のある武士だった。岐阜の西部、不破《ふわ》の菩提山城主で、この頃は斎藤竜興に仕えていた。じつは彼は、信長による稲葉山城攻めのすでに三年前に、弟が人質となっていた城に乗り込み、僅かな手兵でそこを乗っ取り、なんと城主に収まってしまったのだ。そのことを聞いた信長は、美濃の国の半国を与えるから、稲葉城を自分に譲ってくれと半兵衛に頼んだのだ。ところが半兵衛はそれを断り、城も主人の竜興に返してしまったのだ。変り者だった。

その後半兵衛は、信長の言うことなど聞かずに、近江の浅井長政の家来になってしまった。ところが彼は、三年後の信長の稲葉山攻めのさいにはまた戻ってきて、織田方に与力したのである。そのときには、木下藤吉郎のたらしが利いたのだろう。そしてその後は藤吉郎の家臣となるのだが、それは信長の家臣ということでもある。信長にとっても、得がたい地侍の一人だったのだ。

この頃蜂須賀小六の一党が、改めて木下藤吉郎の家来になることになった。小六としても、最近の信長の勢いには怖れを感じていたのだろう。いつまでも楯突くわけにはいかなかったのだ。何年かにわたって信長との間ではいろいろないきさつがあったが、これもうまくいった。

また、美濃の地侍を纏めたことによって信長が最後に手をつけたのが、足軽勢の再編成だった。それは今後、彼がさらに西に向かって軍勢を進めるとき、すぐに動かせる武士や足軽に至るまでの集団が、常に手許にいなければならないという考えによる。これまでのように、戦さが始まる直前に足軽を急いでかき集めるということは出来ない。軍勢はいつも、信長の声がかかる処にとどまっていなければならないのだ。人数が多いだけに、これは大変なことだが、信長は武士団の城下町への駐屯化を断行したのだ。今までのような半農集団の解消だった。大量の兵粮米は、肥沃な尾張からも運ぶことになるだろう。


あるとき、木下藤吉郎が一人、信長の前に伺候《しこう》した。

「何だ。言え」

「はい、それでは――、じつはわたくしは、今まで木下藤吉郎と名のってきましたが、それでは少しもの足りないと思い、新しくもう一つの侍らしい名があればよいと思い、それを考えついたのでございます。そこで殿にここでお許しを頂いて、以後その名を使いたいと思うのでございますが――」

「藤吉郎だけでは不足だと申すのか」

「はい。少し軽い感じがして――」

「して、どういう名に決めたのだ」

「はい、その名は秀吉。つまりこれからは、木下藤吉郎秀吉としたいのでございますが――」

「ふむ？」

信長は下顎に手を持っていき、藤吉郎を睨みつけた。

「秀吉の秀は、わしの父信秀の秀だな。そして秀吉の吉は、わしの幼名の吉法師からとったのだな」

「はい。さようでございます」

「小癪な」

そう言われて藤吉郎は、怖れおののいたように、畳に額をこすりつけて平伏した。しかし信長は口をゆがめつつも、目は笑っていた。そして言った。

「勝手にしろ、許す」と。

そして立ち上がりざまに、

「その名を汚《けが》すでないぞ」

と言って去っていった。木下藤吉郎秀吉という名の命名は、この時のことである。


この年（永禄十年）の十一月に、京の帝《みかど》（正親町《おおぎまち》天皇）から使いの者がきて、信長に、美濃と尾張の両国の御料所の再興を命じる綸旨《りんじ》が示された。尾張の信長が、美濃の国を併呑《へいどん》して岐阜に本拠を置いたことは、周辺の国々の部族などに多くの憶測と怖れの気持を抱かせた。そしてそのことは、京の都においても、時の帝の耳にまで達したのである。

今から三、四年前の永禄七年（一五六四）にも帝の使いとして、立入宗継《たていりむねつぐ》が信長を訪ねて来たことがある。彼は帝の綸旨《りんじ》という、いかにも畏《かしこ》まった書をもち、権威ぶった仕種で信長の前に現われたのだ。まだ彼が小牧山に居た頃のことである。

そこには最近の信長の武勇を祝福し、そのうえ尾張や美濃にある御料所、つまり天皇家の領地の再興と安泰を命じるということが書かれてあった。すなわち、この頃の戦乱の世にあって、天皇家や公卿の所有する各地の領土は、ともすれば地方武士たちの合戦の場になって、荒れ放題になっている。そのため、本来ならそこから入ってくる米や物資なども滞《とどこお》っており、天皇家としても大変困窮しているので、よろしく取り計らってほしいというものだった。それに対して信長はどう答えただろう。

彼は想いだした。かつて永禄二年に、初めて上洛して将軍足利義輝の館を訪れたときのことを。その時まで彼には、将軍家や天皇家には或る期待したものがあった。そこには自分たちの手には届かない、或る権威ぶったものがあると思っていたのだ。それは一見犯しがたいものだった。ところが、いざ当の義輝を目の当たりにしたときに、そこから受けた冷たい扱いには、まったく失望したのだ。将軍などといっても、こんなものかと思った。それにその口添えによって密かに、帝に拝謁できるかもしれないと期待していたことも、見事に裏切られたのだ。

そんなことを想い出して、いま帝の使いの者を前にしても、信長には今さら畏《かしこま》ってそれを受ける気持など、毛頭なかったのだ。そう思いようがなかったのだ。それどころか、今までは天の上の賢《かしこ》所《どころ》に住んでいると思っていた帝が、その使いを自分の所によこして、その御料所のことを心配して、その再興を命じるとは——。信長は呆気にとられた。そしてこれが、本当の帝の使いなのかと疑ってさえいたのだ。

今また、あの時と同じような帝の使いがやってきた。そしてまた同じようなことを、同じように権威ぶって言っている。信長は思わず失笑した。そして何がしかのものを献上すると約して、その男を帰した。信長としても、天皇家の窮状が分からないわけではない。天皇が武力でもって、その窮状をうち破るなどということはできない。それをやるのは将軍家だ。しかし今、足利将軍家にはその力はない。

だとすると、武家のうちの誰かがそうしなければならない。そしてこの度、帝からその白羽の矢がたてられたのが信長だった。彼はそのことを自覚した。自覚したというよりも、いまはっきりと目が覚めたのだ。それは、自分が将軍に代って何かをしなければならないという、目も眩《くら》むような自覚だった。

そう決心すると、彼の思いは次第に膨らんでいった。将軍に代って自分が、自らの軍勢を率いて上洛し、天下に号令するという様子を頭の中に描きはじめると、それは際限もなく大きく拡がっていったのだ。

信長がかつて上洛したときに会った将軍は、足利義輝だった。しかし彼は、二年前の永禄八年（一五六五）に、山城《やましろ》辺りに勢力を持っていた三好義継や松永久秀らに攻められて、殺害されたのだ。将軍が部下の者に殺害されるという、悍《おぞま》しい出来ごとだ。しかし将軍が輩下の者に殺害されるということは、前にもあったことだ。

嘉吉元年（一四四一）に、第六代将軍足利義教《よしのり》が、播磨の名門大名赤松満祐《みつすけ》によって、京都の赤松邸において殺害されるという事件があったのだ。この頃は政情も不安で、また足利将軍家の中でのお家騒動があって、殺された義教の評判も悪く、公家の中にはむしろそれを喜んでいたのもあったくらいである。これを「嘉吉《かきつ》の乱」と言う、室町幕府は、三代将軍義満以降は、とかく不安定な基盤の上にあったといえる。

とはいえ、足利将軍家はその後も続いた。義輝の時代までなお百年にわたって、足利一族は武家の棟梁であり続けたのだ。しかし今度は違う。義輝が殺害されたあと、その跡を継ぐ者が誰もいなかったのだ。将軍不在の状況になってしまったのだ。ただまったく誰もいないという訳ではない。足利一族を取り巻く権門や武門の人間たちの思惑が絡み合って、それを誰にと決めかねていたのだ。だが、

（足利一族の幕府は、ここに滅びたのだ）

信長はそう断じた。

帝は綸旨の中で、信長に対しては禁裡の修理のことや、誠仁《ことひと》親王の元服料を献ずるようにとも言っている。それらのことは、本来なら将軍家が行うことである。にもかかわらず帝が、信長にそれを求めてきたということは、将軍に代ってということにもとれる。少くとも信長はそう思いたかった。

（足利将軍など、このさい無視するがよい）

それが帝の言葉だと、捉えてもよかった。信長はすべて自分のよいようにと考え、そして断じたのだ。信長の考えは決まった。


帝からの綸旨を受けとった直後に、信長は家臣兼松正吉に宛てた文書に、「天下布武」と刻んだ朱印を押して与えた。これは僧沢彦《たくぜん》が選んだ言葉で、信長は以後、生涯を通じてこの朱印を使ったのだ。

信長には、意気軒昂たるものがあった。天下布武とは、日本の中央にあって、全国の武士に向かって、武家の棟梁が発する言葉である。そして武家の棟梁とは、しかるべき権力者によって任命され、そしてそれに従う武士団の了解によって、その任に就くものである。

いま信長の周囲はおろか、全国的にみても、彼を武家の棟梁だと推す勢力などいない。しかし彼自身は、すでに帝の綸旨によりそう思っている。これほど確かなものはないのだ。これからはすべて、上洛のための準備にとりかかる。毎日を怠りなく整えなければならない。彼はそう思って、一段と気を引き締めた。織田信長三十四歳の秋だった。

足利義昭を迎える

信長は自分の身を固めることに、執心し始めた。帝の綸旨があったとしても、ただちに上洛というわけにはいかない。小牧山にいたときとは違って岐阜では外からの声、外からの気配というものが、ひしひしと体に伝わってくる。特に彼の背後に在るもの、すなわち松平や武田、それに遠く上杉や越前の朝倉などという、世に言う名のある武将たちの動向に、彼は意を払うようになった。

その内の松平元康に対しては、その息子の竹千代（信康）に、自分の娘の五徳を嫁がせることが決まり、この年に改めて結婚することになった。とはいっても五徳はまだ少女だった。また武田信玄の息子勝頼には、妹の娘を養女としてそれと結婚させている。二人の間には早くも男の子が生まれて、太郎信勝を名のった。

信長の妹で際立っていたのがお市の方で、彼より十三歳年下だった。彼女はこの年に、近江の浅井長政の許に嫁ぐことになった。始めは長政にその気はなかったのだが、信長の急な勢いに怖れをなしたうえでの結婚だったのである。

この頃有力武将の子弟は、自分の意志に関係なく、このように相手側との結婚を決められてしまう。

男の場合は人質として利用され、女は政略結婚という形で、他家に出されるのだ。惨《むご》いといえば惨い話で、しかし彼女たちにとっては、それがこの時代の宿命だったのだ。

なかには運よく幸せな生涯を送ったのもいた。しかし多くは、戦国の世の荒波に翻弄されて、悲惨な最期を遂げるのだ。それも往々にして、その敵は自分の生家であったりする。ところがこうした場合、彼女たちは自分の夫と同じ運命を背負って、決して無様《ぶざま》な姿を見せることはないのだ。それが余計に哀れさと健気《けなげ》さを感じさせるのである。非情な世の中だった。

上洛を前にしての信長の家来たち、その家臣団はどうだったか。その面構えを見ると、かなり個性的な顔がいくつか浮かび上がってくる。その筆頭は、なんといっても柴田勝家だ。尾張の東部に地盤を持っていたため、初めは信長の弟信行に仕えていた。そしてしばしば信長とは敵対した。しかし後日信行の許を去ったので、信長はその過去を赦して自分の家来にしたのだ。かねてからその勇猛振りを見惚れていたので、信長にとっては得難い男だったのだ。

勝家のことを市井《しせい》では、「かかれ柴田」と囃《はや》していた。いつの戦いでも自ら先頭に立って、「かかれ、かかれ」と叫んで家来どもを叱咤して突進する、彼のそういう姿を見て言ったのだろう。そのとおりだったのだ。織田にとっては、なくてはならぬ存在だった。

この勝家とは対照的なのが丹羽長秀である。尾張の中どころ丹羽郡に地盤を置いていた。家が信長に諫死《かんし》した平手政秀の屋敷に近かったために、その人柄に影響を受けたとも言われる。勇将にして知将だった。また平時における治政についても、彼の温厚な人柄が人びとから受け入れられたということも、信長の軍団の中にあっては、やはり重臣と言われる武将だったのだ。

その次にくるのが、木下藤吉郎秀吉である。信長の、他の重臣を押しのけてここに名をあげるのは、少し早いと思われる。しかしこの頃、信長の信任が最も厚いのが、この秀吉だった。洲股砦構築から、稲葉山攻撃を始めとする一連の美濃攻めの経過での秀吉の働きには、信長も一目置いていた。

秀吉には家柄も、また武将として軍勢を動かす経験も資格もなかった。しかし彼の才覚は別のところにあった。信長はそれを見抜いていたのだ。重臣たちの謀議の場の末席に連なったときの彼の発言には、ときとして意表を突くものもあった。他の家来たちが、その言葉に鼻も引っ掛けないときでも、信長がそれを用いることがある。そしてその戦略なり戦術が成功することもあるのだ。信長は秀吉を、一軍を任せるに十分な男だとみてとったのだ。それがことのほか早く、彼を用いる結果にもなったのだ。

この三人を並べてみると、その人格には、互いに際立った違いが見られる。ところが一方では、これまた際立った共通点もあるのだ。その共通点とは、この三人には主君信長に対する絶対的な忠誠心があるということである。そしてまた信長も、この三人に対しては絶対的な信頼感をもっていたのだ。信長を頂点とする織田軍団の一番の強みは、ここにあったのだ。外部の人間がそれを妬《ねた》む必要はない。

この三人のほかに、もう一人有能な武将がいた。それは滝川一益である。彼は近江の出身で、その南部にある甲賀《こうが》衆との繋りのある人物だった。甲賀衆とは、世に言う忍者の集団である。一益はこの頃、信長から伊勢の国への侵攻作戦を任されている。そしてそれは、彼によって迅速に行われたのだ。一益の手兵には、何か特技があったのか。その戦術には、どこか秀吉が用いたようなものがあったのかもしれない。

そのほかに信長の有力な家臣としては、佐久間信盛がいた。彼は信長の父信秀以来の織田家の家臣で、元服をしたときからの信長を支えてきた男だった。そして戦さ上手で知られてきた。なお信長の輩下には、新しく美濃の稲葉一鉄や氏家卜全らが加わったが、彼らが織田家の重臣として遇されることはなく、多くは合戦の場では第一線に立たされることになる。信長の、家来に対する示しは厳しかった。

永禄十一年（一五六八）四月のある日、越前の朝倉氏の許にいる足利義昭から、信長の処へ使者が訪れて、一通の手紙を届けた。手紙というよりも、御内書という畏まったものだ。そのようなものを、信長は初めて受け取ったのだ。それに足利義昭なる人物も、信長ははっきりとは知らなかった。

しかしそれはすぐに分かった。義昭というのは、先年松永久秀らによって殺害された将軍義輝の弟だったのだ。彼はその時、奈良の興福寺にいて僧籍に入っていて、一乗院門跡覚慶《かくけい》というのがその名だった。彼は松永の家来の者に束縛されてはいたが、殺されずにすんだ。もう一人の弟の鹿苑院主周暠《しゅうこう》の方は、この時に殺害されてしまった。覚慶は運がよかったのだ。

覚慶は身の危険を感じると、一乗院を抜け出した。そして細川藤孝らの手引きによって、伊賀から近江の甲賀にと辿りついた。そこで和田惟政《これまさ》の館に入ることができたのだ。そして彼は、兄義輝の死によって足利一門による将軍不在になったのを憂い、ここに幕府再興を宣言したのだ。つまり自分が、その跡の将軍になると手を上げたのだ。このとき二十九歳。意気盛んだった。

彼はここで還俗して武士の姿になり、名も義秋とした。そしてさらに安全な場所でもあり幕府方の有力武将でもある、越前の朝倉義景《よしかげ》を頼って、その一乗谷《いちじょうだに》の館に入った。そこで改めて元服して、また名も義昭としたのだ。義輝が殺害されてからそこまでが、二年もかかっている。この間将軍が不在だった訳ではない。阿波の国にいた従兄弟の足利義栄《よしひで》が、三好政義らに奉じられて上洛し、室町幕府第十四代の将軍の座に就いたのである。それが永禄十一年二月のことだった。では義昭の御内書には、何が書いてあったのか。

自分は今、越前の朝倉義景の許にいるが、いずれ上洛して将軍の座に就く。ただし今すぐにというわけにはいかない。そこで貴殿にお願いしたいのは、貴殿が率いる軍勢と一緒に上洛できるよう私を助けてほしいのだが。そこでその前に一度貴殿とお会いしたく、岐阜に赴きたいのだが、いかがだろう。というようなことが書いてあったのだ。

信長はその手紙を読み終えると、それを足許に放り出した。

（ふん、何を今さら）

彼は思わず失笑した。

信長にはすでに、帝の綸旨により上洛するという算段があって、それを準備しているところだった。そこへ足利一門とはいえ、将軍にもなっていない、また将軍になれるかどうかも分からない男が突然現われて、自分の上洛の手助けをしてほしいなどとは、いかにも厚かましい。

（何だ、この男は――）

彼はまだ見たこともない義昭とかいう男の顔を、漠然と想い浮かべた。

ただそのあと、信長にもこのことについては、旨い話があることに気がついた。

（もしこの男を、わしが連れて上洛ということになれば、近江の連中がそこを易《やす》やすと通すことになるのではないか）

信長はそう思って、思わず膝をたたいた。

帝の綸旨によるとはいえ、織田勢が上洛する場合に、近江に勢力を持つ幾つかの武士団が、簡単にそこを通すという保障はなかった。現に信長の美濃攻めにさいしては、近江と美濃との国境に兵を出して来たのもいる。いざとなれば合戦ということにもなる。しかしまだ将軍の座に就いていないとはいえ、足利の一門の者がそこを通るのであれば、彼らはたやすくそこを開けるのではないか。信長はそう、自分の都合のよいように考えた。

（ならば、会ってやってもよい）

そう決すると、数日後には朝倉館へ返書を送った。

七月二十五日、足利義昭の一行は美濃の国にやってきた。奈良から近江を経て、越前の朝倉義景の処まで来た義昭だったが、その義景は煮えきらない男で、義昭を自分の手で京都へ送る気などなく、仕方がなく信長を頼ってきたのだが、この段になって信長は、積極的に彼を迎え入れたのだ。戦国の世といっても、気の強いのと弱いのがいるものだ。

岐阜の近くまで来た義昭の一行だったが、信長はそれを、金華山の麓に造った自分の館に入れることはなかった。その一つは、金華山上の岐阜城も、またその麓にある館も、工事が始まったものの、まだ竣工していなかったのだ。そこで義昭を、岐阜の西、西荘《にしのしょう》にある立政寺《りっせいじ》に迎えたのだ。奈良に居たときには坊主だったので、ちょうどよかったのか。こうして信長は、初めて義昭に会ったのだ。

義昭は饒舌だった。初めての相手に対して、臆することもなかった。あくまでも信長を下に見ていたのだ。将軍家の人間としては当然かもしれないが、信長も彼としては珍しく、初めのうちは苦虫をかみつぶしたように、愛想笑いを浮べていた。そして兄義輝と比べ、兄弟でもこれほどに違うのかと、半ば呆れてその顔を見ていた。

(賑やかな顔だ)

そのあと信長の気持は、次第に冷めていった。

(どこまで使えるかだ)

彼はこれから、この男をどのように利用していくかと、考えをめぐらし始めていた。ただ義昭の饒舌さにはいささか辟易しながらも、そこにはたしかに、したたかさも感じるようになっていた。

(ただの坊主ではないわい)と。

義昭の話というのは、殆ど御内書《ごないしょ》にあったとおりのものだった。

このとき義昭には、何人かの陪臣が従いてきていた。信長はその内の一人に、、先きほどから目をやっていた。自分より五つ六つ歳上か。義昭が喋っている間じゅう一言も声を発しなかったが、自らも一言二言、口を挟みたそうな素振りを見せていたので、それが気になっていたのだ。

「そちらのご家来は?」

信長はやっと義昭に尋ねてみた。

「ああ、こちらの。ああこの男は――」

その人物に対して、いかにもぞんざいな扱いのようだった。

「これはわしの家来ではないが、明智光秀どのといって、ゆえあって今日はこちらへ――」

ややしどろもどろになって、義昭はなぜか弁解じみて言った。そこで改めて、明智と呼ばれた男が信長に頭を下げて挨拶をした。信長もまた会釈を返した。

「明智とは、土岐《とき》の明智か」

信長はそこを知っていた。美濃の国の外《はず》れ、三河との国境にある。しかもかつての美濃の国の守護、土岐氏の領分である。しかし彼は、それ以上のことは尋ねなかった。

信長は太刀や鎧のほかに、銅銭千貫文を積み上げ、それを義昭に献上した。義昭はそれを見て、大仰にはしゃいでみせた。しかし彼の愛想笑いは、信長の姿が見えなくなると、すぐに消えた。その変りようは早かった。

義昭らは一か月以上そこに滞在したが、いよいよそこを発って上洛することになった。永禄十一年九月七日のことである。信長は、尾張、美濃、伊勢、三河、遠江の五か国からなる軍勢を組んだ。まさに大軍である。尾張から美濃に侵攻し、稲葉山を攻め取ってから、僅か一年ほどのことである。彼は自分でも、その成り上がり振りに、ずっしりとした重みを肩に感じていた。

途中近江では、義昭の上洛という触れにもかかわらず抵抗する氏族もあったが、織田勢の大軍の前にはそれは空しかった。六角一族などは今までのこともあってか、怖れをなして居城の観音寺城を捨てて、伊賀方面に逃げていく始末だった。あと蒲生《がもう》一族もあったが、これも信長に降伏して、近江の諸族は殆ど戦わずして信長に屈したことになる。

九月二十六日、足利義昭と信長はついに京の都に入った。信長の軍勢に守られてのこととはいえ、義昭は得意満面の面持ちで清水寺に入り、信長の一行は東寺を宿舎とした。それを受け入れた都の有力者や市井の民衆は、どう感じたのか。織田信長の率いる軍勢のことは、つとに聞いていたところである。

都には都を取り締まる評定衆などがあって、先ずそれらを代表する年寄連中が挨拶に来た。だいたい京都の人間は、地方から上がってきた人間を心の中では軽蔑して、織田の軍勢にしたところで、田舎侍が、としか見ていない。しかしその戦さ振りは聞いていたので、まったく無視することなど出来ない。そこで平身低頭して、世辞だけは述べる。彼らが信長に要求したのは、何よりも人心の安寧《あんねい》だった。

信長もそれは心得ていた。その昔源平の時代に、木曽義仲の軍勢が東国から攻め上がり、平家を西国に追い落としたことがある。しかし木曽の山中からやってきた軍兵たちは、都の中で乱暴狼藉をはたらき人びとの顰蹙《ひんしゅく》をかい、ついには源頼朝により差し向けられた源義経らの軍勢によって攻め滅ぼされたのだ。

その後後醍醐天皇がかかわった元弘の乱や延元の乱によって、京の町は武士たちの合戦の場となった。また近くは、応仁の乱の兵火によって町は焼きつくされ、民衆は逃げまどって生活は困窮した。しかしそこまでくると、民衆は黙っていなかった。一揆を起こしたのだ。彼らは富裕者の屋敷を襲い、その蔵を打ち壊したのだ。そしてそれらの一部は夜盗にまでなる。

この度の上洛の途中で、信長は帝からの綸旨を受けとっている。そこには織田勢が京の町に入って来たときに、軍兵たちによる乱暴や掠奪がないようにと厳しく求めている。またその帝のいる御所、つまり内裏《だいり》などは、責任をもって警固してほしいというものである。帝としては当然の措置であろうが、信長はその背後にある公家たちの態度には、考えていたよりも、意外と手強いものを感じないではいられなかった。或る煩わしさがあったのである。

自らの軍勢を率いて上洛する――。それは信長の永年の夢だった。そしてそれが、いま達成されたのだ。ところがその夢は、ここまでだった。信長は京の町に入ったとき、多くの民衆はもとより、公家など高位の者が、何百人もの列を作って出迎えてくれると思っていた。そして自分自身は、二、三日後には馬揃えなどを大々的に催して、京都の民衆に、その晴れやかな姿を見せることができるだろうと、思っていたのだ。

しかしそれは、一つとして実現されることはなかった。夢は、皮肉にも夢に終ってしまったのだ。それどころか、新しい戦いがそのあとすぐに始まった。これは思いもかけぬことだった。京都の西に勢力を持つ幾つかの氏族が信長に敵対して、戦さを仕掛けてきたのだ。大軍をもって上洛した織田勢を見て、近隣の諸族は、すぐに恭順の姿勢を見せると思っていたのに、自分に敵対するとは。信長にとっては、まったく予期していないことだった。

もう一つ、信長にとっては大いに癇に障る出来ごとが起こった。それは義昭が、朝廷によって征夷大将軍に任じられたことだった。この年の十月八日のことである。位階こそ従四位下だったが、これはすぐに昇叙されることになるだろう。義昭にとっては何よりも、渇望していた将軍職に就くことが出来たのだ。

信長はその内意を受けることはなかった。すべて帝とその廷臣たちと、義昭とによって決められたことである。それに対して信長などが口出しすることでも、できることでもなかったのだ。しかし信長にはそれが不満だった。岐阜の寺にいたときの義昭のはしゃぎようを想い出すと、余計に腹が立つ。その義昭が、今では公方さまとなって、ふんぞり返っているのだ。

それでも信長に対しては後ろめたいところがあるとみえて、能を催してそれを観せたり、別に御内書を送って、今までの彼の武勇を誉め、なおかつ彼を、御父織田弾正忠《だんじょうのちゅう》殿と宛名しているのである。そのうえ彼には、副将軍か管領《かんれい》職に就くようにと誘ったが、これは断った。常日頃、自分は将軍以上だと思っている信長にしてみれば、片腹痛いか、笑止の至りといったところだった。

義昭からはそのほかにも、幾つかの申し出があった。その一つは、桐の紋章の使用を許されるというものだった。義昭からの誉め言葉や役職を断ってきた信長だったが、これには飛びついた。なにしろ桐の紋章というのは、古くから天皇家が使っていたもので、それ以外では特別な家柄の者でしか使用できない、格式のあるものだった。いくら権力があるといっても、おいそれと手が出せるものではない。足利家に対しては、後醍醐天皇が尊氏にそれを許したといういきさつがあった。

信長は思ってもいなかったこの贈りものには、満足した。織田家の家格と自分自身が、今の世で、どの権力者よりも上にあるという意識に、彼は十分納得することができたのだ。ただそうした中にあっても、彼の心は全く晴れることはなかった。上洛以来二か月の間、京の町の中にいることへの苛立ちが、押えようもなく高まりつつあったのだ。

(自分は、京の都のことを、知らな過ぎたのか)

そう思わずにはいられなかった。

都の中にあっては、帝の権威が思いのほか強いのを知った。そして義昭が入洛《じゅらく》を果たし、直ちに将軍職に就いたことを、帝を始めとする公家や周りの有力武将までが、易やすとこれを受け入れたことには、信長は唖然とした。こんな筈ではなかったと思った。

もう一つ面白くないことがあった。それは帝が発する綸旨や、将軍が発す御教書というものが、度たび頻繁に出されるということだった。しかもそれは、地方にいる有力武将たちにとっては、とても重大なものである筈なのに、それを発する帝や将軍に、いったいどれほどの気持の重さがあるかと思うと、これには激しい腹立たしさと憤りを感じないではいられなかった。

（岐阜へ帰る）

信長にとって、今の気持を鎮めるのにそれが一番よかった。

その前に、会っておきたい人物が一人いた。それは細川藤孝である。細川家は代々足利家を支えてきた名門で、その一族の一人が例の勝元で、山名宗全と争って応仁の乱を引き起した張本人である。藤孝が奈良にいた義昭を連れ出し越前の朝倉氏の許に行き、さらに岐阜の信長を頼って美濃に来たのには、足利氏と細川氏との、そういう縁からだ。藤孝自身もそういう人格を具えていた。また信長も、初めて会ったときから彼を見込んでいたのだ。

信長の招きに応じて、藤孝はやってきた。彼は家来を一人従えていた。明智光秀だった。藤孝には、いったん岐阜へ帰ることを伝え、後事を託した。織田の軍勢が殆ど引き上げることを藤孝は憂いたが信長の意志は固く、将軍義昭の警固のことなどは、藤孝を始めとする在京の武士団にすべて任せると言いきったのだ。

話しの終りに藤孝が言った。

「つきましてはこの明智どのを、申次《もうしつ》ぎとして岐阜へお連れください」

申次衆というのは、室町幕府の職名としてはある。しかしここで言うのは、そういう堅苦しいことではなく、信長と藤孝の間にあって、都での出来事を双方に伝え合うというような程度のものだった。光秀は今までも、藤孝の許にあって、そういうことをやってきたのだろう。

「将来は、信長どののご家来としてでも――」

この含みのある言葉は、信長にとっては都合のよいものだった。じつはそれを、密かに望んでいたのだ。明智光秀をということではない。彼は都のことは不案内だった。上洛したあと、度たびの不愉快の原因がそこにあった。煩わしく思うほどの都のしきたりに、彼は何度も苛々していたのだ。これからは、都での出来事は、確かなものとして都から届くことになる。

（ただ――）

信長は、光秀の顔をまじまじと見つめた。

（藤吉とは、だいぶ違う）

家来といっても、いろいろあった。父信秀からの遺臣というのもある。新しく自分で召しかかえたのもある。そして今まで敵対した相手から降ってきた者もある。信長は有能な男なら誰でも使った。その最たるものが、木下藤吉郎だったのだろう。

（しかしこの男は、藤吉とも違う）

そうは思いながらも、彼は光秀を或る才能をもった男だと思った。

（抜け目がない）

その静かな顔の表情に、彼はともかくも期待したのだ。ただこの時は、藤孝が言うように、光秀を岐阜に連れていくことはなかった。

京への行きと帰りと、信長は同じ道を通った。左手に拡がる琵琶湖を見ながら、その先に聳え立つ伊吹山を見上げ、さらにその麓に続くであろう小径の入口を見つめながら、彼はもの思いにふけっていた。京での出来事は、不本意なことが多かったと思いつつも、それを反省する気持ちはまったくなかった。悔いもなかった。

（あれはあれでよい。しかし次は違う）

それよりも別のことを考えていた。いま伊吹山の麓の隘路《あいろ》に駒を進めようというときになって、彼は思わず眉間に皺を寄せて険しい顔になった。

（このまま、岐阜にいてよいのか）

たしかに岐阜は、都からはさほど遠いとはいえないが、近くはない。

（岐阜が都からもっと近くにあれば――）

この度の上洛にあたって、信長の心の内に最も強く深く刻みこまれたのは、じつはこのことだったのだ。

第五章　ルイス・フロイスとの邂逅《かいこう》

宣教師ルイス・フロイス

　岐阜を留守にしていた間、近隣諸国に、信長が気にするほどの動きはなかった。ただ駿河では、今川義元亡きあと家督を継いだ氏真《うじざね》に対して、甲斐の武田信玄が大井川の東側に兵を出して、そこを占拠するという合戦があった。彼はようやく、海に面する処まで出てきたのだ。しかしそれ以上に、西に進む気配はない。

　帝や将軍家から、度たび上洛を促されていた信玄だったが、その動きは鈍かった。地理的に、甲斐の山奥を本拠としているという不利な面はあったが、信長はかねてより、信玄の武田勢をそれほど怖れてはいなかった。なぜか。

　信長は一度も信玄に会ったことはない。しかしその顔を想像することはできた。想像するとは、その性格をもである。世上、信玄のことを誰もが、知と勇を兼ね備えた武将だと評する。しかし信長はそうは思っていない。信玄が越後の上杉謙信と、信濃の川中島辺りで度たび戦っていることも彼は知っていた。しかし何度戦っても、その決着はついていないのだ。

信長はそこに信玄の弱さを見た。弱さというよりも、彼の決断力の無さである。それが今まで、帝の綸旨《りんじ》や将軍からの御教書を受けとっても、上洛できない原因だとみるのだ。信玄はむしろ、織田勢を怖れているのだと信長は思っている。たしかに信玄が上洛するには、松平と織田という、二つの大きな軍団を討ち破らなければならないのだ。それは今の信玄には不可能なことだった。

信長は岐阜に帰りつくと、新しく出来上がった自らの御殿を見て回った。御殿は山の麓にある。岐阜城は、金華山の頂上にあるので、そこは余りにも険岨な地にあるため、侍屋敷程度のものしか造れない。そこで麓を少し削って、池つきの屋敷を造ったのだ。彼は派手好きだった。だから金箔を多くの所に使い、人目を驚かせようとした。

信長は次の上洛のことに考えをめぐらしていた。都では見るものは見た。それに多くのことを識った。帝のことも将軍義昭のことも。それに細川藤孝や三好三人衆のことも。そこでは敵とするものと味方とするものとの仕分けも。敵とするものには厳しく向かい合わなければならないし、味方とするものに対しても、決して油断できないと。

翌永禄十二年（一五六九）の年始めの早々、都から報らせが館に飛びこんできた。それは三好政康らの三好三人衆が、六条の本圀寺《ほんこくじ》を御所としていた将軍義昭の館を取り囲んでいるというものだ。彼らが直ちに義昭を討ち取ったということではなく、細川藤賢や明智光秀らが御所の中にあって応戦しているというのだ。

信長はその報らせを聞くが早く、馬に飛び乗った。その日は前夜から雪が降っていた。それをものともせず、信長は京に向かって走った。彼の行動はいつも性急だった。慌てた家来たちが徐々に追いついてはくるものの、信長は先頭に立って走った。走りながら、彼は心の内に叫んだ。

（あの男を殺してはならぬ。あの男が死んだら、今までのことは水の泡だ）

信長はつねに義昭を下に見ていた。将軍職をもだ。義昭が将軍になったとき、彼に副将軍をと勧められたが、その程度のものは眼中になかった。自分はそれ以上のものを望んでいる。ところが今、それが何であるかは分からない。彼の考えの中では、そこまでは描かれていなかった。そこで自分が就けてやったと思っている義昭の将軍職は、当分そのままにしておきたかったのだ。

都に着いたのは二日後だった。やはり岐阜は遠かった。義昭は無事だった。信長はほっとした。三好三人衆といっても、それほどの大軍ではなかった。館の中からの応戦もあり、義昭も馬に乗り、太刀を抜いて寄手に打ちかかろうとするぐらいに必死だった。しかし何よりも、三好義継や池田勝正らの軍勢が、外から三人衆に攻めにかかったので、彼らは囲みを解いて退散したのだ。義昭が信長の到着を喜んだのは言うまでもない。

その信長は、決然とした気持にかられていた。三好三人衆の背後には、堺の町人衆が在った。前回の上洛のさい、信長は軍費調達のために寺院や各地の町衆に対して、矢銭《やせん》や札銭などの課銭を命じた。法隆寺や石山本願寺などがこれに応じたのだ。しかし一人堺の町衆だけがこれを拒否したのだ。その時は、信長の都での滞在の期間も短かく、彼はそのままにしておいた。しかし今度は違う。

三好三人衆は、信長の入洛に怖れをなして、四国の阿波《あわ》にまで落ちていった。堺の町衆はそれを見て狼狽した。そしてやがて織田勢が攻めてくるだろうと直感した。その前に信長からの通知があって、まだ三好三人衆を匿《かくま》うのか、どうするのか。それから、前回は課銭に応じなかったけれど、これからもそれを拒むつもりか、どうだ。どうするのだと、凄んだのだ。

堺の町は、周りに堀をめぐらして、いかにも堅固に構えている。それは自衛のためと自慢している。外からは簡単に攻めることなど出来ないだろうと、うそぶいている。織田勢はそれに対して嘲《あざ》笑っていう。堀をめぐらしているとは、ちょうどよい。今から火をかけて、町民や住民どもを皆殺しにしてやる。周りに堀を巡らしているから、手間が省ける。堀があるから、中の人間どもは外へ逃れることもできない。そうなれば、そこの住民は一人残らず焼け死ぬか斬り殺されるかのどちらかだ。さあ、どうすると。

こうなっては堪らない。町衆たちは、これからは三好三人衆を味方にしないことなどを、三十六人衆の連判書として織田側に差し出したのだ。そのうえ、前回は拒んだ課銭を、改めて二万貫も上納したのだ。堺の商人にしては、下手な算盤《そろばん》をはじいたものだ。信長はこうして、堺をも支配することになったのである。


都やその周辺では、将軍義昭の存在は侮《あなど》りがたいものがあった。信長はすんでのところで、掌《たなごころ》にあった玉《ぎょく》を逃すところだった。彼は義昭を見くびっていたが、都ではその義昭に群がったりたかったりする虫けらどもが多くいることを、改めて知らされたのだ。

（これではいかん。義昭めを囲いこんでおかなければ——）

そこで信長が始めたのが、将軍館の造営だった。場所は二条にあった斯波義康《しばよしやす》邸だった。工事は永禄十二年の二月から始められた。これには尾張や美濃を始めとした五畿内はもちろんのこと、丹波や播磨など十四か国の大名や武将たちの財力を当てたのである。

これはたんに、信長個人の事業ではなかった。あくまでも足利将軍家の御所の造営ということで命じたものであるから、不満は言えなかった。しかしこれを取り仕切るのは、信長自身だった。彼らはそれも分かっている。ここまできたら、信長の言うとおり、信長の指図どおりに彼らは動いたのだ。信長にとっては、一段と高い所に立ったのだ。

信長はこの工事現場に度たび出向いた。館や屋敷を造るということが、彼は好きだった。そしてその作業を現に目のあたりにすることに、ひとかたならずの興味をもった。作業場へは粗末な服装《なり》をして現われたので、従ってきた家来たちもそれを真似た。信長は床几に腰を降ろしたりその辺りをぶらぶら歩いたりして、人夫たちの仕事振りに見入っていた。それを見て、人夫たちも、信長に気兼ねすることはなかった。

御殿は古い建物を取り壊し、周りの石垣なども、それまでにあったものを掘り起こし、新しい頑丈なものにするために、工事は大がかりなものになった。石垣を高く長いものにするために石材が足りず、このため洛中洛外にある寺院の墓地から、石仏を壊してそれを持ってきたというのだから、大変なことになった。

それはたんなる御殿の造営ではなく、まさに築城だったのだ。信長はさきに本圀寺《ほんこくじ》の仮御所を三好三人衆に攻められたのに懲り、本格的な合戦用にと、二条城をしたのである。

二条城は町なかにあった。そのため工事の現場には、通りがかりの民衆も足を止めて見物した。彼らは信長がそこに立っているとは知らなかった。粗末な服装をした信長に、気付くことはなかった。信長もその中にあって、むしろ楽しんでいたのだ。

その民衆の中に、三、四人、異様な姿をした男たちが立っていた。彼らも作業現場を、珍らしそうに眺めていた。周りの民衆の中にあって、手を上げたり互いに頷き合っているのだ。その彼らは一様に、黒く長い上衣を着て、それは膝の下、足元にまで垂れ下がっていた。そしてその顔は、これはまさに異人だったのだ。異人といっても明《みん》（中国）や朝鮮人ではない。南蛮《なんばん》だったのだ。この頃、巷ではよく言われるように、遥か南の海を渡ってやってきた渡来人、南蛮人だったのだ。

「あれは何者か」

信長は目ざとく彼らを見やって、供の者に尋ねた。

「あれは南蛮のキリシタンという者たちで、殿の処へ一度挨拶に来た者たちです。」

「ああ、そうだったな」

信長はすぐに思いだした。数日前に、たしかに南蛮人と称する者が来て、彼に挨拶がしたいと言って来たことがあった。彼はその時は会わなかったのだ。初めて南蛮人に会うのには、やはり心の準備が必要だと思った。

「なんなら、ここへ呼べ」

遠目にもその服装は、彼の興味をひくに十分なものがあったのだ。彼らと会うには思いがけない機会だったので、信長はそう命じた。一行には日本人が一人ついていた。

やがて信長の近くにやってきた南蛮人は、頭を軽く下げて、にこやかに挨拶をした。南蛮人は三人だった。信長は背が高かったが、彼らもそのくらいだった。一緒にいた日本人は着物姿だったが、南蛮風の羽織を着て、刀は差していなかった。その男は信長に丁寧に頭を下げると、三人を紹介した。

「こちらはキリシタンのバテレン、ルイス・フロイスどのです」

「ルイス？」

「はい。かねてより、殿さまにご挨拶がしたいと思っておりましたところ、今日は願ってもなく殿さまのお姿を拝見いたしましたので、ここでご挨拶を申し上げたいと言っております」

「ルイス・フロイスと申します。どうぞ、よろしくおねがいします」

そう紹介された彼は、たどたどしく日本語で信長に挨拶した。

信長は初めて南蛮人の声を聞いた。片言の日本語だったが、それさえも南蛮風に聞こえたのだ。それにその顔も、たしかに日本人とは違っている。彼は人間の顔が、こんなにも違うものかと驚いた。それにルイス・フロイスの風貌には、或る品格があって、思慮深い相をしている。

(愚か者ではない。きっとそれなりの教養もあるのだろう)

ルイス・フロイスに対する信長の印象は良かった。

(南蛮といっても、いろいろな国があるのだろう。この男は、いったいどこから来たのか)

信長は好奇心をかきたてた。

日本人の男の名はヤジロウと言った。ルイス・フロイス自身かなり日本語はできたが、日本人との正式な会見の場には、このヤジロウを中において意志の疎通をはかったのだ。

信長とルイス・フロイスとの初めての出逢いと会話は、そこで終った。工事現場を前にしての会話が、それ以上に進むとはいかなかった。しかしこれは、信長にとっては異様な体験だった。話したいこと、というより、ルイス・フロイスに尋ねたいことはいくらでもあった。そこで、後日彼には、いつでも自分の宿舎に訪ねてくるようにとの、約束を与えたのだ。

これは大変なことだった。今までに信長は、そういうことを日本人の誰かに言ったことがあるだろうか。そしてルイス・フロイスにとっても、これは全く予期していない出来事だったのだ。二人はともに、心中ではその先の出来ごとを、夢のように想い描くことになったのである。

日本に初めて鉄砲が伝来したのは、天文十二年（一五四三）のことである。ポルトガルの船が、九州の種子島に漂着したことによる。そしてその六年後の天文十八年に、エスパニア人（スペイン人）のフランシスコ・ザビエルが鹿児島に辿りついて、キリスト教の布教の辻説法を行ったのが、我が国へのキリスト教伝来の第一歩だった。

その後彼は精力的に動いて、鹿児島から九州を北上して、意外にも各地の大名の理解と庇護を受けながら布教に勤めた。そして長崎の平戸を経て、ついに京の都にまで到着したのだ。その途中彼が情熱的に語った神の教えにより、地方の大名たちが多く、キリスト教の儀式である洗礼を受けて、信者になったのだ。肥前の大村純忠《すみただ》を始め、大友義鎮《よししげ》（宗麟）、有馬晴信らの九州の有力大名が、その名を連ねた。

さらに京の都では高山右近《うこん》、蒲生氏郷《がもううじさと》、小西行長が、その説法を聞いてキリシタン、すなわちキリシタン大名となったのだ。これは驚くべきことだった。この頃の武士や大名といってもさまざまで、こうしてキリシタンとなった大名たちは、みな教養の高い人びとが多かった。それだけに他方では、キリスト教の宣教師に対しては、嫌悪と怖れをもつ者もあり、彼らは迫害の対象ともなった。

ルイス・フロイスが初めて日本の土を踏んだのは、永禄六年（一五六三）のこと。場所は長崎の西彼杵《そのぎ》半島の横瀬浦だった。このとき彼は三十一歳。ちょうど信長が、清須から小牧山に居を移した、その時と同じである。しかも三十歳の信長とは一つ違いということで、二人はどこか気が合うところがあったのかもしれない。

ところが信長に会うまでの六年間、フロイスは宣教師としての苦難の道を歩み続けていたのだ。彼が初めて都に来たのは、永禄八年のことだった。そして幸運にも彼は、時の将軍足利義輝に会うことが許され、その後は厚く遇されることになった。しかしその幸運は長くは続かなかった。義輝が松永久秀らに殺害されたからである。彼を取り巻く境遇は一変した。

もともと都の周辺では、彼ら宣教師に対する目は厳しかった。先ず第一に叡山《えいざん》の衆徒であり、都の中にあっては法華宗徒が宣教師追放を叫んで有力者に迫った。そして宣教師の追放令が出るに及んで、フロイスらは堺に行き、そこで匿われたのだ。しかし彼は、やがてそのほとぼりがさめたのを見計らって、再び京の都にやってきた。そして二条城の工事現場で、信長に出逢ったのだ。

それから間もなくして、フロイスは供の者とヤジロウを伴って、信長の宿舎を訪れた。彼は機嫌よく彼らを出迎えた。フロイスに尋ねたいことは山ほどある。

フロイスは始めに、信長に対する贈り物として、幾つかの品物を用意してきたが、信長はその中からビロードの帽子だけを受けとった。

そのあと席につくと、信長は早速質問を始めた。

「フロイスどのが生まれ育ったのは、どういうところか。その国の名はなんというのか――」

信長はそこから尋ねるのが、順序だと思った。

「はい。わたくしが生まれたのは、南蛮からはさらに遠くにある、ポルトガルという国です」

「南蛮からは、どのくらい遠いのか」

「日本から南蛮までの、その七、八倍もの遠い所にある国です」

「すると、我らが南蛮と言っておるような、そういう国ではないと申すのだな」

日本人が南蛮と言うのは、日本の南方にある野蛮な国という意味で、そこに住む人間を見下げていう言葉だった。しかし信長はフロイスを前にして、彼らがそういう人間とは別の、もっと高く勝《すぐ》れたものを持った国の人間なのだということを、すぐに理解した。

「わたくしが生まれたポルトガルのほかに、エスパニアとかイタリアという国がありますが、それらの国は、国もそこに住んでいる人間もよく似たもの同士で、しかもみなキリシタンなのです。ですからこのお国の人びとは、わたくしたちのことを南蛮とおっしゃっていますが、南蛮とは違う、奥南蛮と言っておられる方もいるようです」

ルイスは一気に喋った。これだけは分かってほしいと思ったのだ。

「なるほど、奥南蛮か。そうであろう」

信長は決して、フロイスを低く見ていなかった。むしろその相貌から、自分たち日本人よりも、より高い何かを具えているようにも思ったのだ。

「それでそこからは、なんで来たのか。歩いてか、乗りものか、それとも船でか」

「それは船です」

「船で、どれくらいの日にちで来れるのか」

「さあ、何しろ遠いので、半年か一年ぐらいはかかると思います」

「一年も？」

「そうです。途中インドやルソンに寄ってきますので、そのくらいはかかります」

「船でとなれば、途中で危ない目に、たとえば難破するようなこともあるのではないか」

「それはもう、多くの船の中にはそういう目に遭った船はいくらもあります」

「難破したら、助かりようがないのではないか」

「はい。もう殆どの場合助かりません」

「フロイスどのは、命がけで日本へ来たわけだな」

信長はそこまで言って、思わず唸った。

武士は合戦の場に出れば、それこそ命がけの戦さをするし、その内の何人か、何十人か、何百人かは必ず命を落とすことになる。しかしいまフロイスの話を聞いていると、奥南蛮の宣教師たちは、そこから日本へ来るまでには、船が難破して、一度に何十人か、何百人かの人間が、海の中に沈んでしまうのだ。まさに命がけの渡来なのだ。

信長は考えた。彼らのその行為とは、いったい何なのか。その情熱は、我らが戦さをすると同じように厳しいものである。しかし彼らの情熱、つまりキリスト教を広めるという宣教師たちの情熱というのは、果たして自発的なものなのか、それとも背後に強力な指導者がいて、その誰かが彼らを動かし、命令しているのかと、そのことに思いをめぐらしていた。布教活動というのは、武士の合戦と同じように死にもの狂いの厳しいものだということを、信長はフロイスの顔を見つめながら思うのだった。

たしかにそこには、信長や一般の日本人が知らない彼らの事情があったのだ。じつはフロイスが属する教団は、キリスト教の大本山であるローマ法王庁の中にあっては、イエズス会という一つの特異な修道会を形づくっていたのだ。それは一五三四年にエスパニアで結成され、その運動は次第に隣国のポルトガルにまで拡がっていった。結成されてからまだ百年も経っていない、新しい集団だったのだ。

彼らは自らを厳しく律し、「大いなる神の光栄」を広めるために、積極的に布教活動を始めたのだ。その行動はしばしば戦闘的で、海外の布教にあたっては、エスパニアやポルトガル王国の植民政策と一致する面もあって、剣《けん》による布教と見紛《みまが》う場面を展開することもあったのだ。このため彼らの行動は、多くの国や他の教団から厳しく敵視されるようになった。フロイスが日本で布教を始めた頃は、その最盛期だったのかもしれない。

ともあれ信長は、フロイスの言葉に強い感銘を受けたのだ。フロイスが説くデウス（神）やクルス（十字架）、それにバテレン（神父）やイグレジャ（教会）については、少し聞きかじっただけだ。これに反して信長は、日本の僧侶の堕落した生活態度を語り、それは彼の愚痴のようにもフロイスには聞こえた。

二人の話は、半時《はんとき》半にも及んだ。信長はまだ尋ねたいことはあったが、それは後日にと約束した。またこのときフロイスから、京都における布教活動を認めてもらいたいとの申し出があったが、これも数日後には許可を出した。

信長は奥南蛮にあるポルトガルの風景を、少しだけ覗き見たような気がした。と同時に、彼は自分の周りの世界が、急に拡がっていくような、明るく力強いものを体の内に感じたのである。このとき彼の心は、外のものに向かって大きく拡がっていったのである。

将軍邸の造営のあと、信長はすぐに、次は帝の住居、御所の修理にとりかかった。将軍の館といい御所にしろ、これらの造営や修理は、本来信長一人が行うようなものではなかった。しかし将軍家を始めとして、その周囲にある有力武将たちにその力がない以上、信長がやるよりほかなかった。ところがそれは、信長にとっては、またとない機会でもあったのだ。彼は尾張に持つ財力のほかに、今では将軍に代って、畿内の有力武将に対して、御所造営のための賦課《ふか》を命ずることができたのである。このとき彼は、まったく将軍家の上に立っていたのである。

あるとき帝は、その信長に対して、副将軍になるようにと推任してきた。これは公家が、帝の勅使として信長の宿舎を訪れてそう伝えたのだから、帝のはっきりとした意志によるものだった。ところが信長は、すぐにそれには答えず、数日後になっても返辞もしなかった。

副将軍就任の勧めは、すでに義昭からも言われていたことだった。それを今度は帝《みかど》が、そのままの言い方で信長に勧めたのである。

(これが帝といわれるお方のやりようなのか)

かれは憤懣やるかたない気持ちだった。義昭にしろ帝にしろ、信長を著《いちじる》しく侮ったやり方だった。もちろんそれは、二人の立場からすれば当然の措置だっただろう。

(帝は思ったより老獪でしたたかなお方だ。ならば、わしにもわしのやりようがある)

信長そう考えて決心した。

(義昭の下には絶対に立たぬ。それに帝の言うままにもならぬ)

信長の決心は、今までになく強く激しいものだった。

ルイス・フロイスに会ってから十日ばかりのあとに、信長は軍勢を纏めると、早ばやと京を離れて岐阜に帰っていった。義昭や帝の狼狽振りを想像すると、おかしさがこみあげてきたが、やがて顔は憤然として変っていった。

伊勢を攻める

京から岐阜に帰った信長は、直ちに伊勢攻めにかかった。これから都への往復が多くなるにつれ、もう一つの道、伊勢道をしっかりと押えておくことが急務となってきたからである。岐阜からの上洛となれば、近江路を通るのが普通だったが、そこには信長に敵対する勢力が、意外と多かったのだ。

近江路だけではない。越前の朝倉やその途中にある浅井長政にしても、信長の妹お市を妻としながらも、決して信長には好意的ではないのだ。信長が足利義昭を伴って上洛したさい、長政の領内の近くを通ったさいにも、彼はそれを出迎えることもなかったのだ。

信長の伊勢攻めは、前にもあった。滝川一益《かずます》にそれをやらせているが、その時は北伊勢を攻めただけだ。それだけの余力もなかったし、その必要もなかったのだ。

伊勢の守護は、代々北畠一族がなっていた。北畠氏はその祖を北畠親房とし、南北朝時代以来の名家だ。そこは後醍醐天皇が拠った吉野に隣接した地にあるため、親房の子や子孫が、特に国司や守護として任じられていた国である。

しかし今、信長の時代になったからには、彼らの持つそういう矜持《きょうじ》は、もはや通じなかった。部族対部族による、力と力の衝突になる。信長のその伊勢攻めについては、北畠側に弱点があった。それは伊勢の国自体が半島の中にあり、織田勢に対しては周辺諸国からの援軍もなく、ただ一人で戦わなければならなかったのだ。

その北畠氏が拠点とするのは、中勢部の大河内《おおかわち》城である。そしてさらに海添いを行くと、志摩の国に至る。国といっても守護の居ない小さな国で、伊勢の守護の下にあった。伊勢湾と外海との間に突き出た半島である。じつはそこに、九鬼《くき》一族という水軍を率いる豪族がいたのである。信長はその一族を味方につけたかった。彼らは、尾張勢にはないものだった。

伊勢攻めは、織田勢の総力をあげての戦いになった。永禄十二年（一五六九）八月二十日、信長は先ず桑名に着陣した。これからの大河内城攻めの、織田方の陣容を見てみる。この山間《やまあい》にある小さな城を攻めるのに、全軍を三方に分けた布陣の武将たちの顔ぶれは、これは目も眩むような錚々たるものだった。その名をあげてみる。

城の南側には織田信包《のぶかね》、滝川一益、稲葉一鉄、池田恒興《つねおき》、蒲生賢秀《かたひで》、そして丹羽長秀らその他大勢。また城の西側には木下藤吉郎秀吉、氏家卜全、安藤守就《もりなり》、佐久間信盛らその他。さらに北側には斎藤新五、中条家忠らと、やや少ない。そして東側には柴田勝家、森可成、佐々成政らとその他大勢。これだけの軍勢が、小さな大河内城を囲んだのだ。その数八万。またこれとは別に、九鬼水軍を率いる九鬼嘉隆らが参陣したのである。

これに対して北畠勢もよく戦った。しかし滝川一益の軍勢などは、大河内城の周辺を焼き払い、田圃《たんぼ》の稲なども刈り取って兵粮攻めにした。このため城内では餓死する者も出始めてきた。それでも北畠勢の必死の戦いにより、寄せ手も多くの者が討たれた。

これを見て信長は、改めて大軍によって城を囲み、兵粮攻めにすることを指示したのだ。城内ではこれ以上の抵抗は無理とみて、信長の次男茶筅《ちゃせん》（信雄）に家督を譲ることを約して、城から撤退した。信雄《のぶかつ》は北畠具房の養子という体裁で、その後伊勢の国を領することになったのだ。

この信長の伊勢攻めとは、いったい何だったのか。一口で言うなら、これは信長の帝に対する報復だったのだ。先に帝は、信長に対して、幕府の中では実権のない、ただの飾りものにすぎない、副将軍にと推任してきた。信長にとって、それは帝による許しがたい蔑《さげす》みの行為だったのだ。信長はその推任のことを蹴った。それでも彼の怒りは収まらなかった。彼は次の手を考えた。それが今度の伊勢攻めである。

伊勢の守護には、代々北畠一族が就いている。彼らは室町幕府による守護制度より以前にあった、国司の任に就いていた時からこの地にあり、古い権勢をそのままに受け継いできた名家である。それは南北朝時代からのものだ。

南朝という朝廷はすでにない。いまの帝は北朝系である。とはいえ北畠一族は、その朝廷にいちばん近い存在にある。室町幕府の重臣や守護などが、多く足利一族によって占められているのに対して、北畠一族は帝にとっても別格だったのだ。信長の伊勢攻めは、その一族を滅ぼそうとする、大それたものだったのだ。

伊勢の国一国を攻めるのだけなら、七万も八万もの軍勢は必要なかった。それに地侍《じざむらい》などの多くは、すでに前回、滝川一益らに攻め込まれた時に織田方に降っている。しかし信長のやりようは苛酷だった。伊勢の国一国を乗っ取り、そこにいた名族北畠一族を、その地から追い出したのだ。その報らせは、すぐに都に届く。そのとき帝や義昭がどんな顔をするだろうと思うと、信長は自慢の口髭をはね上げて笑った。

このあと信長は、伊勢国内にある関所をすべて廃止した。このため商品の流れは良くなり、町人たちは喜んだ。これは信長による、実利的な善政だった。

フロイス、ローマの皇帝たちを語る

この伊勢攻めの合戦の合い間に、都からルイス・フロイスが岐阜へやってきた。信長の都合も聞かずに、彼はまず佐久間信盛を頼って、そして信長に会うことができるようにと懇願したのだ。二、三人の供の者と。宿舎は城下の日本人宿に泊った。

信長はそれを信盛から聞き、すぐに館《やかた》へ来るようにと促したのだ。フロイスはロレンソという宣教師を一人伴ってやってきた。あとの供の者は、この日京へ帰っていったという。そしてこのロレンソという宣教師は、じつは日本人で九州の生まれという。しかし今から二十年ほど前に、かのフランシスコ・ザビエルの教えを受け、日本人初《はつ》のイルマン（修道士）になったという男で、なかなかの者だった。

くどくどしい挨拶を抜きにして、信長は早速、館の中の案内を自らがした。フロイスを迎えて上機嫌だったのだ。ただ館はまだ仕上がってはおらず、所々《ところどころ》で大工や石工が仕事をしていた。信長はその傍らを無頓着に歩き、フロイスを手招いたりした。

館は金華山の麓を均《なら》し、その周りを石垣で囲んだ上に建てられたものだ。そして先ず大広間に通された。そこからは、建物自体がすでに高台にあるために、町の一部が見下ろせた。大広間は、一口に千畳敷と言われるほどにかなり広い。フロイスはその広さに度胆を抜かれた。

大広間のある一階には、あと十五以上の部屋があった。その外側に面した障子を開けると、手入れの行き届いた庭があって、よく風が通った。また部屋の内部には、いたるところに金箔が施されて、それは信長好みの豪華さだった。フロイスは驚きの声をあげながら、信長の後ろについて歩いた。

この建物は三階まであって、一階が女性専用の部屋が幾つか。そして二階には茶室などがあった。さらにその上には、ちょうど城の天守閣のような展望台があるのだ。これが信長自慢の岐阜の館だった。彼は建築の途中で、細部にわたって注文をつけたのだろう。そういう方面の才能を、信長はたしかに具えていたのだ。

その二日あと、フロイスは京都に帰るため、信長に挨拶をと館を訪れた。しかし信長からは、もう二日岐阜に留まるようにと言われて、滞在を延ばすことになった。そして二日後、彼は柴田勝家の案内で、山頂にある天守閣にまで登ることになったのだ。

山頂までは小半時、急な勾配の山道を難渋しながら登った。途中では、下の館と同じようにまだ工事半ばの個所もあり、そこではやはり、石工や大工たちが働いていた。また山道の何か所には門があり、それは天守閣に至るまでの順序として、一の門とか二の門という呼び名をしていた。

また道の両側には石積みの塀が連なっており、その切れ目の先には、天守閣ほどではない小さな櫓《やぐら》が、崖が突き出たような場所に建っていた。それを物見櫓とも角《すみ》櫓ともいう。こうしたものに目を移しながら、フロイスは、最後は喘ぎながらもやっと天守閣の下まで辿りついた。

天守閣そのものは、下の館ほど大きくはなかったが、石垣を組んだその上に立つその建築物は、まさに天守閣と呼ぶにふさわしい。中天に屹《き》っと立ち威厳をもっていた。そしてさらにそこに昇って、最上層の廻廊に出て眼下に広がる景色を見下ろしたとき、彼は思わず絶句して言葉を失った。

その景色を、付き添ってきた柴田勝家が説明した。あれが尾張の国と彼が指差した南の方角には、尾張の沃野《よくや》が、果てしないほどに大きく広がっていた。信長の大きな財力の源《みなもと》が、ここにあるのだとフロイスは思った。その次に東の方に目をやると、そこには低い山々がすぐ近くにまであり、その向こうは信濃まで連なっているという。

廻廊の北側にある遠くの山々は、高く連なって、そこは越前のものだ。そしていよいよ、フロイスは西側の廻廊に立つ。その眼下に広がる壮大な絵画のように美しく雄大な景色を、なんと表現してよいのか。

まず、右手から前方の遥方にまで、青々とした水をたたえた長良川が、ゆったりと川幅広く向こうまで流れている。またその両岸から広がる大地は、遠くの山裾にまで、緑豊かな沃野にも似て、明るい陽の光を浴びながら輝いている。そして仕上げは、その景色全体の背後に、伊吹山を中心とした山々が、左右に連なっているのが見えるのだ。

フロイスはその山の連なりの向こう側に、京都の空を見た。いやそれは彼が見たのではなく、信長の目がそう見たのだ。彼は信長がこの場に立って、遥か都の上に広がる空に眺めながら、何ごとかを固く決心している姿を想像したのだ。そしてそれは、フロイスにとっては頼もしいことだった。この日本の地で、キリスト教を布教するにあたって、今は信長の庇護を、いちばん必要としているのだ。その信長がここ岐阜にいながらも、遠く都の空を睨んでいると想像することは、彼にとっては、この上もなく心強いことだったのだ。

今回、フロイスが岐阜の地に信長を訪れたのには、どんな用があったのか。ところが彼は、その用件を殆ど言いだすことなく終ってしまったのだ。フロイスが、都でキリシタンの身分や布教について言い出すのではないかということを、信長はもちろん察していた。しかし今は、それを将軍やその他の有力者に介することはできない。信長もフロイスも、それは承知していたのだ。その采配は、信長が京の都に居ればこそ出来ることであって、岐阜の地にあっては、それは無理な話だったのだ。しかしここで受けた信長の厚情に対しては、フロイスは十分感謝すべきだった。

信長は忙しかった。このあと伊勢攻めを終えて岐阜に帰り着くと、今度はまた上洛の途についた。大垣から琵琶湖沿いに安土まで行くと、そこの常楽寺に泊った。そこでしばらく滞在すると、近在に触れを出して若者を集め、相撲をとらせたのだ。子供の頃から相撲好きだった信長だったが、この日自分では相撲はとらない。

しかし自ら大声を出して笑っているうちに、相撲はとらないまでも、行司ぐらいはやってみたい気持になった。それぐらい彼は相撲が好きだったのだ。相撲は体には何も道具はつけず、個人と個人が裸になって、ぶち当ったり組み合っては、投げ合うものだった。人間が全力を出し合い、まさに闘いの気持をむき出しにしてやるものだ。

京へ上る途中にしては、ここでの滞在は長く、七、八日にも及んだ。その間に信長は侍を走らせて、都における帝や将軍義昭や、公家やほかの有力武士たちの動静を探らせたのはもちろんのことだが、彼はこの安土という場所が気に入っていた。

信長は岐阜と都との間を往復している間、かねてから、岐阜は都から少し遠いと思っていた。それに岐阜に拠点を置いていたときと今では、彼を取り巻く周囲の状況は、全く違ったものになっている。近江や越前や若狭と、その先の都の周辺に勢力を持つ有力大名との対決は、依然として続いている。都の中に拠点を構えるという考えは、信長にはない。となれば、この安土辺りに拠点を置くというのも、一つの方策であると考えるようになったのだ。ここでの滞在中、彼はつぶさに辺りを見て回ったのだ。

都に入ると、信長は明智光秀からその後の将軍義昭らの動静を聞いた。伊勢の国平定のことはすでに伝えてあるので、義昭はそれは承知している。ところがその義昭が、最近になって、しきりに地方の有力武将に対して、上洛を促す御内書を送っていることが分かったのだ。これはどういうことだろう。信長は訝《いぶか》った。

光秀の説明によると、義昭はこの頃頗《すこぶ》る威勢がよく、将軍としての風采もなかなかのものだという。しかも朝廷においても、その遇し方が丁寧になってきたというのである。都での将軍家を取り巻く状況が、少しずつ変ったのだ。これは信長の予想外とするところだった。彼はその状況の変りように、内心驚いた。

（これほどになっているとは思わなかった。わしは義昭めを、甘く見ておったのか。これからどうするか）

彼はいつになく塞いだ気分におちいって、一日二日は悶々とした日を送っていた。

ある日、（フロイスに会ってみるか）と気分を変えて、そう思った。そしてすぐに彼を呼びにやった。ところが都合よく、フロイスはすぐにやってきた。彼は満面に笑みをたたえて、挨拶をした。この日もヤジロウが従《つ》いていていた。

「先日は、たいへんありがとうございました」

「先日？　わはっはあ」

信長は大声をあげて笑った。

「むつかしい日本の言葉を覚えたな」

「はい。おそれいります」

「今日はフロイスどのに、政《まつりごと》について尋ねたい。それも奥南蛮についての」

信長はすぐに真顔になって、フロイスに尋ねた。

「まつりごとですか、それも奥南蛮の」

「そうだ。それも昔の、有名な王や将軍たちの話を」

信長の注文はむつかしかった。フロイスは一瞬戸惑った。奥南蛮の王や将軍たちと言いながら、それは自分と比べてと、尋ねていることは確かである。フロイスも、これは迂闊な返事はできないと思った。それに彼は、咄嗟にはそういう人物が想い浮かばなかった。

「まつりごとを行うとは、奥南蛮ではそういう人たちのことを政治家と呼んでおりますが、それも昔のこととなりますと——」

そう言いよどみながら、彼は、信長の好みに合うような歴史上の人物を、懸命に探した。

「います。一人だけいます。ただ殿さまのお気に入るかどうかは分かりませぬが」

「いたか。そういう有名な人間がおるのだな。名はなんという、その政治家とやらは」

「はい。それは今から千五百年も前の、ローマの政治家カエサル（シーザー）というものです。奥南蛮で政治をこころざす者は、その人物のことを、今にいたってもみな尊敬しているのです」

「カエサルと言ったな、その政治家のことを。ふむ、分かった。それほど有名な人物なら、フロイスどのはよく知っておるのだな、彼のやったことを」

「よくは知りませんが、少しは――」

「よし。それではその話は、別の日にしてもらおう。いま気がついたのだが、フロイスどのは、逆に評判の悪い政治家で有名な人物を知っておられる筈だ。だからその、悪政を行ったことで有名な人物がいたら、その話を今日はしてもらいたい」

これはとんでもないことになった。フロイスは、信長の言う良い政治家のことなら、うまく言えると思っていた。しかし悪い政治家のことになると、それをうまく説明することは、むつかしいことだったのだ。しかし彼はこのとき、その悪い政治家の名をすぐに思いだしたのだ。

「一人そういう人物が、いるにはいるのですが」

信長がなぜこんなことを言い出したのか、それを考えている暇などなかった。もはや正直に、自分の知っていることを、全部話してしまおうとフロイスは覚悟した。そうしなければ、自分はこの場から救われないとさえ思ったのだ。

「その政治家の名を、ネロと言います」

「ネロ？　変った名だな」

「彼はさきほどお話したカエサルより、百年ぐらいあとの政治家で、ローマ帝国の皇帝に就いていたのです」

フロイスは、ネロについての知識はカエサルほどにはなかった。しかしなんとしてでも、その生涯について語らなければならない破目になってしまったのだ。

古代ローマにおいて、指導者や皇帝が、どのようにして選ばれるかについて、まず語り始めた。面倒でもそれは重要なことだった。それは日本にはない制度だったからだ。一般の庶民が元老院の議員を選び、その議員が皇帝を選ぶやり方は、政治の原点だったからである。日本ではとても理解の出来ないことだったが、フロイスは、聡明な信長ならそれが分かってくれるだろうと思って話したのである。

「ネロは二十歳にもならない若い時に、皇帝の位に就いたのです。そして始めは、熱意をもって政治に取り組んだのです。そして彼はまた、文学の素養もある立派な青年だったのです」

信長は表情も変えず、身じろきもせずその話に聞き入った。フロイスはなおも続けた。

「しかし彼は、その後の生活は次第に乱れ、女性関係はだらしがなく、そのうちに自分の都合の悪いことを告げる部下を、つぎつぎと殺してしまったのです。そして次には、とんでもないことが起こりました。」

フロイスはなおも語り続けた。

ネロはある時、部下の何人かに命じて、ローマ市内の各所に放火させたのだ。火はやがてローマの半分以上の民家を焼き、その火は七日間も燃えさかったのだ。そして何千人もの人びとが焼け死んだ。その間ネロは、宮殿の高台に上がり、燃えさかるローマの町を眺めながら、自分が作った詩を歌って、自ら竪琴《たてごと》を奏でていたという。

火が消えて、生き残った人びとが路頭にさ迷っている姿を見て、ネロはさすがに自分がやったことの罪深さを怖れ、火をつけたのはキリシタンだと言って、自分に振りかかってくる罰から逃れようとした。そこで今度は、キリシタンが謂《いわ》れのない迫害を受けることになる。

多くのキリシタンが捕えられ、火炙《あぶ》りの刑や十字架刑に処された。まったく惨い話である。しかしそれでも飽きたらない彼は、闘技場へキリシタンの多くを連れ出し、観衆の前に猛獣を放して、彼らを食い殺させたのだ。野蛮というか、何というのか。

そんなことがあっても、ネロはまだ皇帝としてその位《くらい》にあったのだが、しかしそれはいつまでも続かなかった。やがて彼は、元老院や軍隊からも見離されると、ローマから逃れていったのだが、追手が迫ってくるのを見ると、山の中に入って自殺したのだ。

フロイスは語り終えた。その話ぶりには感情がこもっていた。ネロにより、キリシタンが迫害されて惨たらしい死に方をした場面では、彼は僅かに身を震わせた。しかし語り手と聞き手の感情は必ずしも一致したものではなかった。フロイスはキリシタンの死に感情を高ぶらせたが、信長は別のところでそれを感じた。フロイスが、大火を目の当たりにして、ネロが自らの詩を歌い、竪琴を鳴らしている場面を語っているとき、信長は目を輝かせてそれを聞いていたのだ。長くもあり、短くもあったフロイスの語りだった。

「フロイスどの、よく話してくれた、感じ入った」

信長は慇懃《いんぎん》に礼を述べた。彼としても感ずるものが多かったのだろう。


このあと信長は、岐阜に帰った。そしてすぐに朱印状を発した。これは将軍義昭に宛てたものだ。五条から成っている。

その第一条には、将軍が諸国に御内書を出すときには、必ず信長の添状をそえるべきこととしている。そして第四条には、天下の儀はいかようとも信長に委任されたうえは、上意をまたず信長の分別次第に成敗すること、としたのである。

義昭に対しては、極めて高飛車な厳しいものだった。先日信長が上京して京のことを聞いたとき、将軍としての義昭が、思いのほか活発に動いていることを知って、このまま捨てておくわけにはいかぬと思った彼は、この際はっきりと、自分の義昭に対する立場を、明確にさせておきたいと思ったからだ。

この頃、義昭が地方の有力武将たちに、さかんに御内書を発してその上洛を促しているということは、いったいどういうことか。もし上杉や武田や、また九州の大友などがそれに応じて軍勢を従えての上洛ということになれば、どういうことになる。それは洛中において、織田との間の戦いということになる。いままた、応仁の乱のようなことが起こってもよいのか。

義昭のこの策謀は、明らかに信長包囲網を作ることだった。それはまさに、義昭の信長に対する敵対政策だった。そこまでいけば義昭を亡きものにする、という考えを信長は当然もった。しかしそれは、それほど簡単なことではない。都での風評とか世情というものが、意外と将軍家の存在を寛容に見ているのだ。義昭がいかに凡庸な人間であったとしても将軍はやはり将軍だったのだ。信長はその事実を認めないわけにはいかない。そこで今回の朱印状は、表には出ないあくまでも義昭に対する通告の書だったのだ。

尾張から美濃へ、美濃から京の都へと信長の勢いは拡がっていった。だがそれだけに彼の敵は多くなり、また彼を取り巻く周囲の状況は複雑なものとなっていく。その中にあって、敵対するものを一つ一つ討ち破っていかなければならない。その忍耐力は、並大抵のものではなかった。

しかし信長は強かった。敵が攻めてくるのを待っているのではなく、その前に攻撃するのだ。岐阜に帰ってからでも、彼は暇さえあれば鷹狩りに出て、馬を走らせ、鉄砲を撃った。このとき彼は三十七歳。ますます意気盛んだった。

第六章　殉教と一揆と

浅井、朝倉攻め

信長の上洛への度合いは、次第に増えていく。これに対して洛中の民衆や公家たちまでもが、その軍勢を歓迎した。その一つには、織田勢の軍規が厳しく、そのために洛中の治安が保たれたからである。民衆にとっては、それが一番だった。

信長は家来たちを厳しく律した。あの二条城の工事現場では、それを見物していた群衆の中に、貴婦人と思われる女人《にょにん》が一人いて、それを信長の輩下の足軽が、その女人の顔を見ようと被《かぶ》りものに手をかけたところ、たまたまそれを見ていた信長は、怒って、その場で足軽の首を刎ねたということがあった。周りにいた者はみな驚いたが、それを伝え聞いた洛中の民衆は、そういう信長を怖れると同時に、織田勢に対しては心より安心感をもったのである。

こうして京における信長の評価が高まってくると、そこには、じつに多くの者たちが集まってきた。その中でひときわ目立ったのが、堺の茶人や町衆だった。信長はこの頃、彼らが謂《い》うところの茶の道とかというものに、次第に惹かれていったのだ。

信長には一つの目的があった。彼は、堺の町衆の財力もさることながら、彼らが所持している、茶の湯に関係した名物や名品に目をつけたのだ。茶の湯での作法や小難しい屁理屈はどうでもよかった。しかし茶人たちが、いつも大事そうに持っているそれらの名物や名品が、将来何かの役に立つということに彼は気が付いたのだ。それをどうしても、手元に置きたかったのだ。

そこで彼は、丹羽長秀と松井友閑《ゆうかん》を堺にやって、彼らが持つ名物を献上させた。もちろん幾らかの代価は払ったが、それは強奪に等しいものだった。それほどに信長の威力が強かったということである。この時に、茶壷や花入れなどの名品の多くが、信長の手に渡った。

堺の町衆の間では、この頃になっても、以前のように信長に敵対する考えをもったものもいれば、このさい積極的に彼に近づこうとする者もいて、その色合いが次第に鮮明になってきた。これに対して信長の方でも、彼らを気易すく受け入れたのである。自分にとって得策と思うものは、何でも味方にした。今井宗久《そうきゅう》や千宗易《せんのそうえき》らの茶人が、信長の宿舎を訪ね来たりして、彼の周囲の雰囲気が、今までとは違ったものになりつつあった。

永禄十三年（元亀元年＝四月改元＝一五七〇）四月、信長は越前の朝倉義景《よしかげ》討伐のために、軍勢三万余を擁して都から出陣した。彼はかねてから、朝倉義景の気持が、自分に敵対していることを見抜いていた。それは永禄十一年に、足利義昭が、越前の義景の許を去って、信長を頼って岐阜を訪れたときからのものである。義景は、義昭が求めた上洛への同行を拒んだ。そのために彼は、信長に対しては、負い目と嫉妬を感じるようになったのだ。戦国の世に生きる武将にしては、やや気弱な面があったのだ。

そしてもう一つ、二人の間には悶着を起す出来事があった。それは信長が、比叡山延暦寺が所有する、美濃の国の中にある荘園を没収したことにある。しかもその荘園はもともと朝倉家のもので、かつて山門に寄進されたものだったのだ。山門はそれを返すようにと信長に迫ったが、彼は応じなかった。延暦寺の大檀家である朝倉は、それが面白くなかった。まだ敵対してはいなかったが、織田と朝倉は、この頃こんなことでも反目し合っていたのである。

まだあった。それは厄介なことに、自分の妹お市を嫁がせていた浅井長政が、信長の意向を、素直に受け入れていないということがあった。のみならず長政は、越前に大きな勢力をもっていた朝倉とは、地理的にも誼《よし》みを通わせていた。近江といっても琵琶湖の北岸、越前と美濃の国に挟まれて、長政も難しい立場にあったのだ。

信長の軍勢は琵琶湖の西岸を北上した。坂本、すなわち比叡山の真下を通って、その先で泊った。山門とは今は事を荒だてるつもりはなかったが、信長の胸中では、いつかはここと戦わなければならないという思いは、つねにあった。しかし今度の朝倉攻めでは、その計画はない。

織田勢は大軍だった。ただの大軍というだけではない。そこには三河の徳川家康や、都の周辺にある松永久秀や、さらには公家の日野輝資の手兵もいたというから、その背後には朝廷の姿さえ見られ、まさに官軍と呼べるほどの陣立てだったのだ。

これは信長の考えぬいた策の結果だった。徳川家康がそこに参加したということは、元来が用心深い家康だったが、彼にしても信長にしても、当分は武田の動きがないとみてとったからだろう。信長は馬上にあって、意気揚々としていた。

軍勢は若狭の国に入ると、熊河、佐柿の砦に立て籠った地侍を次々と攻め、これを従えた。そしてさらに、越前と若狭の国境にある手筒山と金が崎の砦を、街道の両側に見たのだ。信長は部下を叱咤し、まず手筒山の砦を力づくで攻めおとした。ついで海にせり出した金が崎の砦をも落城させた。このあとは一気に、越前の中央にある朝倉氏の本拠地一乗谷《いちじょうだに》へ攻め込むためにと、木目峠《きのめ》にと差しかかった。信長の気持は、いよいよ急《せ》いていた。

ところがここで、松永久秀が信長の前に進み出たのだ。

「殿。おかしいと、お思いになりませんか」

と言う。

「何が?」

信長は訝《いぶか》しげにその顔を見た。

彼はこの久秀には、一目置いたところがあった。長年、細川晴元の執事三好長慶に仕えている間に、頭角を現わしてきた男である。大和の信貴山辺りに勢力を持ち、そこの多聞山に城を築いていた。彼の評判が悪いのは、三好三人衆と計って将軍義輝を殺害したことと、その三人衆との戦いで、東大寺の大仏殿を焼き払ったことである。普通ではなかなかできない所業だった。

信長が足利義昭を擁して上洛したとき、義昭は彼に、兄義輝を殺害した久秀を討ち取ってほしいと頼んだが、信長はそれを承知しなかったのだ。のみならずそれ以来、久秀を時として重用《ちょうよう》したのだ。一癖も二癖もあったが、使えると思ったからだ。一筋縄ではいかない男だが、思慮深く有能な男だとみている。その久秀が謎をかけてきたのだ。

「何がおかしいと申すのだ」

「はっ。浅井の動きが腑に落ちませぬ」

「浅井の？　長政のことか」

「はい」

「長政のどこがおかしいというのか」

信長は急に不機嫌な顔になった。

「殿はお気付きになりませんでしたか、あの海津での長政どのの陣立てを」

久秀は、その時の模様を信長に説明した。織田勢が湖西の高島を過ぎ、湖北の海津までやってきたときのこと、その遥か前方に、騎馬武者の一団が足軽を従えているのが見えた。多くはない。それが長政が率いる浅井勢だったのだ。しかし彼は、織田勢が通り過ぎるのを見守っただけだった。本来なら、そのあと織田勢の後ろにつき従うべきだったのだ。しかし、やがて浅井勢はその場から去っていったのだ。

信長はそれに気がつかなかったのか、或るいは長政は自分の後ろに従《っ》いていると思ったのか。久秀はそれを見て不審に思ったのだ。不審に思うどころか、その陣立に、長政に叛意があるとさえ感じたのである。そう感じたのは、長年の彼の勘だった。京の辺りの合戦では、いつ何時味方が敵に回るかもしれず、敵と思っていた相手が、自軍に寝返ってくるかもしれない。久秀にとっては、そういう合戦の繰り返しだったのだ。

（まさかあの長政が――）

信長は呆然とした。

この場になってあの長政が、朝倉と計って、織田勢の後ろから襲いかかってくるとは、到底思えなかった。

しかしここに、長政謀叛のことは確定的となった。その後すぐに、物見の者からもその報らせが入ったのだ。前方からは朝倉勢が、長政の謀叛を知って迫ってくる。そして後方からは、浅井勢が、織田勢を袋の鼠にしようと迫ってくる。正面と背後と、前後を敵としての戦いに勝ち目はない。信長はすぐに決断して、撤退の触れを出した。

信長は来たときと別の道を走った。軍勢の最後は金ヶ崎城にまだ残っている。そのとき、木下藤吉郎秀吉が飛び出してきた。

「殿っ、殿《しんがり》はわたくしにお任せ下さい」と。

藤吉郎はすでに一かどの武将になっている。この難局にあたって、彼はその大役を買って出たのだ。殿とは、合戦が自軍にとって負け戦さになって後退を始めたとき、軍勢の最後部にいて、追撃してくる敵に応戦し、味方を守りながら自らも引いていく戦術のことを言う。織田の家臣団の中ではもう一人、佐久間信盛がこの殿役では名を馳せていた。このため彼には、のき佐久間という諢名がついていた。

秀吉はこの難局を引き受け、見事に自軍を撤退させたのである。この役は、柴田勝家のように、ただ勇猛なだけでは勤まらない。秀吉の性格には、或る如才無さがあったが、これは他人《ひと》にはない立派な才能であって、信長もこの時の秀吉の働きを大いに誉め、その後も彼を重用することになった。そして織田の家臣団の中では、最も信用に足る武将となったのである。

若狭から近江に入ったとき、信長は来たときとは別の、山の中の道を走った。朽木《くつき》峠を越して比良《ひら》山系の西側の道を通ったのだ。その辺りには、早くも織田勢の敗北を知った土民たちが、森の暗がりの中から、鍬や竹槍などを手にして襲ってきたのだ。彼らには敵も味方もなかった。こういう手合いにかかると、落武者などが往々にしてその餌食になる。この時代の、惨《むご》たらしい山奥の風景である。

信長はまさに、九死に一生を得た心地で都に辿りついた。

（我ながら、下手な戦さをしたものだ）

一息つくとそう思った。しかしそれを誰にも言うことはない。

（それにしても、長政めは――）

ここで絶句した。これは今までのように、織田勢の行列を見過ごしたりする程度のものではない。まさに信長に対して襲いかかってきたのである。信長にはそういう長政の態度が、どうしても解《げ》せなかった。ところがそこには、信長の知らない訳があったのだ。

浅井氏は、今でこそ湖北にかなりの勢力を持っていたが、始めは近江浅井郡の土豪に過ぎなかったのだ。ところが長政の祖父の亮政《すけまさ》の頃から、この国の守護京極家の被官としての実力を伸ばし、主家に代るように振る舞ったのだ。そしてその息子の久政の時代になると、ついにこの地方一帯を支配する大名にまでなった。長政はその久政の子である。

長政はこのとき二十六歳。信長より十一歳も若い。そして今から十年前の十六歳のときに、久政から家督を譲られたのだ。しかし久政もまだ若い。長政のやりようを見ていると、万事心もとない。それでつい口出ししたくなる。信長が越前に兵を出したときでも、それに従うかどうかでも、大いに迷った。何しろ妻のお市は信長の妹である。しかし久政は強硬だった。

織田勢が狭い峠道を通って越前に入り込んだとき、その後方から襲いかかれば、前方に立ちはだかる朝倉勢との挟み撃ちによって、それを壊滅できると思ったのだ。その判断は正しかった。しかし織田方がそれを察知するのが早かったのか、浅井勢が少しの間出遅れたのか、この二つの原因によって、久政は大魚を逃してしまったのだ。

久政には、信長に対する意識が強すぎるほどにあった。尾張の国を制しているといっても、国司の家柄でもなく、守護でもなく守護代でもない信長に、いちいち指図を受けることはないという自尊心は、浅井家の当主としての矜持《きょうじ》でもあったのだ。そしてそれはまた、久政と長政、信秀と信長という両家の、父子《おや》関係の違いでもあったのかもしれない。

翌月の五月九日に、信長は岐阜に帰ることになった。いつもなら湖東から伊吹山の麓を目差すところだったが、この日はすでに浅井勢が、鯰江《なまずえ》にまで兵を出して前方を塞いでいることが分かったので、鈴鹿越えをして伊勢に入る道をとった。しかしその辺りも、六角氏の勢力範囲にあったので、道中を地元の蒲生賢秀らに守らせて、千草《ちぐさ》峠を経ることにした。

森の木々は、夏の明るい光と若々しい生命力によって、葉を茂らせ強い臭いさえ放っている。信長は、負け戦さのあとにもかかわらず、馬上にあってゆったりとしていた。その時である。森の中に鋭い銃声が響き渡った。

ダーン、ダーン。

その瞬間、信長の上半身が大きく揺らいだ。鉄砲によって信長を狙ったのだ。しかし弾は、二発とも信長の体には当たらなかった。少し外《そ》れたのだ。

誰かが信長を狙って撃ったのはたしかだ。しかもごく近い処からだ。その方角に目をやると、木の枝や生い茂った葉が揺れるのが見えたが曲者《くせもの》の姿すでにはない。山の中の逃げ道を、十分に知ったものの仕業であることは間違いない。今さら追っても探しても無駄だった。ところがその曲者の名が後日分かった。それは六角義賢《ろっかくよしかた》に頼まれた、杉谷善住坊《すぎたにぜんじょうぼう》という鉄砲の名手ということだった。危うく難を逃れた信長は、九月二十一日に岐阜に帰りついた。

岐阜城の麓にある館の中で、信長は一人座敷で寝ころんでいた。庇《ひさし》の下に拡がる青い空を眺めながらも、目は放心したように虚ろだった。僅か一か月ばかりの間の出来事が、走馬燈のように頭の中を駈けめぐっている。そしてその間に、自分のやったことがことごとく、思っているのとは裏目裏目に出て、自分が何かに、突き離されていくように思ったのだ。

（こんな筈ではなかった——）

そう思いながらも、その現実を否定することもできない。

（それに、俺に味方するよりも、俺を敵とするものの方が、思ったよりも多い）

これはたしかに、信長の誤算だった。

（近江が、これほどのものとは思わなかった。このうえは、一つ一つ片づけていかなければ——）

最後はそう決心した。

姉川の戦い

信長がそう決心するより早く、浅井方が先に動いた。それに応えるように、六角義賢も近江の野洲《やすえ》川附近で兵を起こしたのだ。彼は杉谷善住坊を使って信長を鉄砲で狙ったものの、それが失敗して、悔しまぎれに軍勢を動かしてきたのだ。それに対して信長は、かねてからそこに留めておいた、柴田勝家や佐久間信盛らに応戦させて、これを討ち破った。

浅井方は、越前の朝倉義景にも呼びかけ、連合して織田の美濃への侵攻を提案して、一族の朝倉義《よし》鏡《あきら》の軍勢の来援をとりつけた。こうして浅井、朝倉、そこに六角勢をも加えていよいよ伊吹山の麓まで差しかかった処で、浅井勢の足が止まったのだ。なぜか。

浅井長政には、朝倉方の参陣を得ているにしても、それは主力でもなく義景の姿もない。自分が総大将である筈なのに、連合軍の意気は一向に上がらない。そんな状況では、美濃攻めなど出来ないと判断したのか。浅井も朝倉もそこから引き返してしまったのだ。

一方の信長は、浅井勢来攻の物見の報らせなどに関係なく、岐阜を発したのである。千草峠で鉄砲で狙撃されてから、まだ十日も経っていない六月十九日のことだった。今度こそ十分に陣容を整えての出陣だった。そこには再び、三河の徳川家康の軍勢も加わっている。総勢二万五千の大軍だった。

信長も、同じ過ちは繰り返さないという意気込みだ。

近江の国に入ると、織田勢はすぐに湖北にある小谷城を攻めた。ここは浅井氏の本拠地だから先ずそこに向かったのだ。しかしもとより山頂にある堅固な城なので、信長はそこより南にある虎御前山《とらごぜ》にひとまず退いて、そこに陣を敷いた。しかしまたそこからも退いて、小谷城からはかなり南にある横山城を囲み、そこを攻め落とすことにした。

その頃には、小谷城の東方にある大依山《おおより》に立て籠っていた浅井、朝倉の兵が、織田勢が退いていったあとを追って、次第に南下してきたのだ。とそこには、さほど川幅の広くはない姉川《あねがわ》が東西に横たわっていた。敵味方の両軍は、その川を挟んで対峙したのである。

川を前にした織田勢は、右手に丹羽長秀を伏せて置き、その前面に織田の本隊が二万三千。そして左翼には、徳川家康の率いる兵六千を配置した。信長はその両軍の後ろに、本陣を組んで控えたのである。これに対して浅井、朝倉連合軍は、織田勢の正面に、横隊になって攻め寄せて来たのだ。その勢八千。また左方徳川勢の前には一万の兵を。

戦いが始まって間もなく、右側の織田勢に対して、浅井勢が川を渡って斬り込んできた。それは、浅井勢がこれほど強いとは思っていなかったと、織田の武将たちが思うほどのもので、川の中を水しぶきを上げて走ってくる。一方左翼の徳川勢に対しても、朝倉勢が押し出してきた。しかし平坦地の合戦では、数の多い方が有利だ。

やがて織田方は、別動隊が川を渡って、左右から浅井、朝倉勢の側面を突いたので、相手方は陣立てを崩されて次第に退いていく。総勢三万対一万八千では、勝敗はおのずから分かっている。浅井、朝倉勢は、一つのきっかけにより総崩れとなって、北方の山の方に逃げていく。あとには両軍の兵士の遺骸が累累として横たわり、目も当てられない有り様だった。それも浅井、朝倉方が、圧倒的に多かったのだ。「姉川の戦い」は、ここに織田方の大勝となって、あっけなく終った。

ところが信長は、敗走していく浅井、朝倉勢を深く追うことはなかった。彼は合戦の場となった姉川の南に位置する横山城に、木下藤吉郎秀吉を入れて城主とさせ、以後浅井方の動向を監視させることにした。これで湖東における通路は確保され、信長は妨《さまた》げられるものもなく、岐阜と京都との間を往還することができるようになったのだ。

もう一つ、信長が浅井勢を深追いしなかったのには訳があった。それは彼が、いまだに長政の自分への翻意を期待していたからである。長政をこのまま敵に回してしまえば、お市はどうなる。他人《ひと》から冷酷だとか非情だと言われても、信長もやはり肉親の情けにはもろいところがある。他人に厳しくしてておきながら、それは勝手がよすぎると言われても、お市と同時に、長政もまた自分の許に降ってこれるようにと願っていたのである。せつない彼の思いだった。

義昭と本願寺と山門

信長による「天下布武《ふぶ》」とは、いったい何だったのか。彼は自らもそれを考えることがあった。しかしその自問を、曖《おくび》にも口に出さない。だがたしかに、彼は苛立っていた。

あの時の意気込みはまだある。それどころか、いささかも衰えていない、と自分でも思っている。現に、一度滅びかけた室町幕府の将軍職に、見窄《みすぼら》しい姿で自分を頼ってきた足利義昭を、そこに就けてやったではないか。それだけでも大したことである。あの時は、この自分がその地位に就いてもよかった筈である、と彼は思った。

事実都の帝ですら、そのようなことを言ってきたのだ。しかし、そうはしなかった。そうしない状況や理由は幾つかあったが、ともかく信長は、義昭をそこに就《つ》けたことで、帝の政《まつりごと》にしても、地方武士の将軍家に対する姿勢も、旨くいっているのだ。そして旨くいっているのは、この自分の功績によるものだと、大いに自負したいところである。

ところがである。今までのそういう信長の功績に対して、殆どの者がそれを認めようとしていない、と信長は思うようになった。

（帝にしてもそうだ。義昭めにいたっては、俺から受けたその恩を忘れて、自分は生まれながらにして将軍であるとの素振りを見せ始めているではないか）

信長は、帝や将軍義昭の自分に対する態度が、近ごろ疎略な扱いであり、それどころかどこか敵対的であることに、業《ごう》を煮やし始めていた。彼はやはり苛立っていた。

姉川の合戦のあと、信長は上洛して、将軍義昭にそれを報告した。ところがそのあとすぐに、摂津《せっつ》に出撃して、その地方の部族と対戦しなければならなかった。今や信長を敵とするものが、近江から山城《やましろ》、摂津にかけて、その隙を突いては仕掛けてくるのである。彼らは信長が掲げた「天下布武」のことを何ら識ることもなく、ただ自らが支配する領土に対して、織田勢が侵攻のきざしを見せ始めるやいなや、素早く牙を剥いてくるのだ。

しかも信長を取り巻く情勢は、ただそれだけではなかった。こうした摂津辺りの部族の織田勢に対する抵抗勢力に加えて、新しい勢力がそこに現われてきたのである。この年の九月、信長がこの方面の氏族討伐のために、天満森に陣を敷いていたとき、夜半になって、突如そこに襲ってきた集団があった。武士や侍ではない。それは本願寺の衆徒による一揆衆だった。今や地方の武士団だけではなく、新しい勢力が信長に敵対してその前に現われたのである。

これには一つの下地《したじ》があった。信長の度たびの上洛に伴い、御所や将軍館の造営にかかる費用や、また織田勢の戦費などに必要な多額の献上金を、信長は山城周辺の寺社に対しても要求していたのだ。そしてはじめはこれに応じていた彼らは、次第にその重圧に耐えきれなくなっていたのだ。その結果が、信長に敵対することになったのである。後ろにそれを唆《そそのか》す坊主どもがいたとしても、これは信長にとっては、新しい敵対勢力になったのだ。

しかしこのとき、その背後にはもっと意外なものがあったのだ。それはまたぞろ、浅井、朝倉勢の近江への侵攻という事態だった。彼らは織田勢の大半が不在であるこの地へ、一挙に押し出してきたのだ。これは明らかに、摂津の本願寺一揆衆と計ったうえでの作戦の展開だった。信長は迂闊にも、そこまでは見通せなかったのだ。この戦いでは、宇佐山城を守っていた信長の弟信治と、重臣森可成が討ち死にした。手痛い敗北だった。

信長は急いで明智光秀や柴田勝家らを上洛させ、彼も将軍義昭とともに京都に帰り、ついで山の向こう側、坂本に出撃して浅井、朝倉勢に討ちかかった。ところが彼らは、自分たちに勝ち目はないとみてとって叡山《えいざん》の山中に逃れ、そこの僧兵どもがこれを庇《かば》い、なおかつ織田方の山中への侵入を阻んだのだ。これで織田包囲網の役者が全部出揃った。浅井、朝倉と、本願寺衆徒、それに山門衆徒と。いよいよ信長が、一大決心をする時がきたのだ。

ところが信長がそう決心したのも束の間、今度は地元尾張の小木江《こきえ》村に築いてあった砦が、長島門徒衆に襲われたという報らせが入ってきたのだ。小木江村は、信長が子供の頃に相撲をとった津島の宮《みや》の、すぐ南にある。そして一向宗徒が立て籠っている長島は、木曽川の河口に、南北に大きく広がる島なのだ。島といっても一つの島ではなく、大小十ぐらいが水路の間に群がっているのである。

そこには何万もの宗徒が住んでいる。そして島全体を砦のように固めているから、少しばかりの軍勢では、そこを攻め落とすことはできない。ここにきて信長にとっては、侮《あなど》りがたい厄介なものが現われたのである。

信長はすぐに津島に向かうこともできずに、まだこの時は京都にいた。その間、門徒衆の激しい攻めに晒されていた信長の弟信興《のぶおき》だったが、多勢に無勢で、ついに支えきれずに、彼は腹を切って自害してしまったのだ。まだ三十にもならない年頃だったのだろう。

信長は浅井、朝倉勢を敵としたが、その後ともかくも、帝の勅令を引き出して、いったんは彼らと和睦して味方の軍勢を休ませた。長島の一向一揆がいくら勢いがあったとしても、そこから尾張の領内に侵攻して、一国を領するという怖れはまずない。しかしいつまでもそのままにしておくこともできない。信長は一揆衆討伐の思いを馳せながらも、近江の諸所に有力武将を配置しつつ、岐阜に引き上げたのだ。このとき近江の佐和山城には丹羽長秀を、そして横山城には引き続き木下秀吉を置き、湖東から湖北にかけての一帯を、織田方の勢力範囲に置いた。これでひと安心だ。

岐阜へ帰ってから間もなく、すなわち元亀二年（一五七一）五月、信長はいよいよ長島の一向一揆討伐のため兵を起した。そして津島まで出向いたのだ。彼にとっては懐しい場所だった。だがそんな思いはすぐに消し飛んでしまった。一揆衆の抵抗が、思いのほか激しかったのだ。

信長には、一揆衆の正体がいまだに分からないところがあった。ただ年貢を納めないというだけではない。たしかに長島は、このときは尾張の領内にあったが、伊勢の国との国境にあり、しかも木曽川や長良川という大河の河口付近に、大きな洲を作っていたのだ。そしてその場所は尾張の辺地だ。領主の目の届かぬ所である。

阿弥陀仏を信ずる浄土真宗の坊主が、そこに目をつけたのか。しかしこの頃、諸国で相次いで起こっている一向一揆の首謀者が、ただたんに、その地方で年貢を納めないことで領主に抵抗しようとする農民を、それだけの理由で唆しているとは思えない。一向一揆という以上、そこでは首謀者である坊主が、何らかの説教により無知な農民を唆かしているのであろう。そしてその説教とは何か。説教といっても、その地方の坊主一人の企みで行われているとは思えない。その頭目はあの石山本願寺にいる坊主なのだ、とそれは分かる。しかしそれに従っている農民というか、土民たち。その土民たちの抵抗の激しさには、どこか異常なものが感じられたのだ。

長島攻めは捗《はか》ばかしくなく、だいいち舟で島へ渡ることさえ容易でなかった。早い流れの中へ、小舟で足軽を送ることなど、遅々として進まなかった。そのうえ島内の土地は、見た目よりも起伏があって、島へ渡った織田勢は、狭い道を進むうちに堤の上から襲われたりして散々の体たらくだった。そのうえ柴田勝家までも疵《きず》を負い、氏家卜全《ぼくぜん》が討ち死にするなど、織田方の傷手は大きかった。地元尾張でのこの負け戦さは、信長にとっては到底受け入れがたいことだった。この屈辱をどう晴らすか。彼には燃えさかる復讐心だけが残った。

キリシタンは殉教を

ある日、上洛した折に、信長はルイス・フロイスをまたもや宿舎に招いた。この日は、彼にはぜひとも尋ねたいことがあったのだ。彼に会うのは二年半振りぐらいだった。あの頃信長は都にいることが多く、彼としても割合平穏な日々を送っていたときである。それからが大変だったのだ。彼は息つく暇もなく、戦いに明け暮れて走り回っていたのだ。

それにひきかえ、この日のフロイスの表情は、あの時と同じように穏やかだった。ところがフロイスは、信長の顔があの時よりも険しく、しかも少し痩せたのを、思わず怪訝な面持ちで見た。

信長は屈託のない様子で、すぐにフロイスに尋ねた。

「あのとき聞いた、何とかいう皇帝の話も面白いが、その前に一つ、どうしても尋ねたいことがある」

「はい、それはなんでしょう」

「あのとき、多くのキリシタンが、皇帝によって迫害され、ひどい目に遭ったと言われたな」

「はい。そう申し上げました」

「しかしその時、キリシタンたちはなんの抵抗もしなかったのだろうか。自分たちに無法にも死が迫っているというのなら、槍や剣《けん》などの武器をとって戦えばよいではないか。どうしてそういうことをしなかったのか。今から殺されるというときに――」

たしかに信長には、そのときのキリシタンたちの態度が理解できなかった。人間は己れの死を前にして、それが不当なものであるならば、どんな抵抗をしてでも、その死から逃れようとする。その抵抗の仕方はいくらでもある。ところがそのとき、彼らはなんの抵抗もなく殺されていったのか。信長には、それが解《げ》せなかった。

「あのときキリシタンは、たしかに武器をとることもなく、抵抗することもなく死んでいったのです。しかしそれは、神のお思し召しによるものだったのです」

「おぼしめし?」

「はい。神のお考え、神のみ心のままに従ったものだと思います。だから彼らは、このあとすぐに天国に召されたのです」

「――分らぬ。そなたの言うことが、わしには分からぬ」

フロイスも困惑した。これ以上の説明は、信長には無理だった。ただ最後に、一言だけつけ加えた。

「キリシタンは、槍や剣を持つかわりに殉教を選んだのです」

「じゅんきょうを?」

「そうです」

「そうか。槍や剣を持つかわりに、殉教を選んだのか」

信長はその言葉を、納得したような、納得できないような面持ちだった。ただ、一つのことだけは確められた。

（あの土民どもとは、そこが違うということか）

彼の脳裡には、槍や鍬《くわ》や錆ついた小刀を握りかざして突っかかってくる一揆衆の姿があった。それは目も当てられないくらいに、薄汚なく卑しく見えるのだ。それと比べてそこにはまた、死を怖れずに昇天していくキリシタンたちの姿が、青空の下でいかにも清楚に写ってもいたのだ。

つぎに信長は、話題を変えた。

「あのローマとやらという町に火を放った皇帝、それをネロと言ったが、その彼について話してほしい」

信長は、フロイスが見せた僅かな戸惑いの表情を見逃さなかったが、彼は笑っていた。

「あのときお話したとおりで、あとは――」

「よいよい。知っているだけのことでよい、ただわしは、あれから少し考えたのだが、ローマに火を放つなどという大それたことをやる人間が、どうして皇帝などという位につけたのか、それを不思議に思っていたのだ。フロイスどのが言うには、皇帝とは自分の意志だけではなく、民衆が選ぶと言っておられたな」

「はい、そのように申しました」

「では、初めから暴君ではなかったということか」

「そうです。ネロは皇帝の位についたあと、随分と立派な仕事を、民衆のために行ったのです」

「ほう」

「その一つ二つを申し上げますと、彼はローマの近くに新しく川を造ったのです。それは小さな川ではなく、舟が通れるような運河というかなり大きく、そして深いものです」

「運河？」

「はい。そのようなものは、まだ日本にはありませんが」

フロイスの話は、少し饒舌になってきた。そして若い頃のネロの業績を、知っているかぎり信長に話した。

ネロがローマのティベル川から運河を引いて、物資の運搬をよくしたこと。そこには堤防を造り倉庫を建て、燈台も造ったこと。また道、それは街道といって道幅が広く、旅人の便宜を計ったこと。それはもちろん、ローマ軍団の通る道でもあったのだが。

ネロはさらに、民衆の税金を安くして彼らを喜ばせた。そのうえ街なかに大きな闘技場や劇場を造って、多くの娯楽を提供してこと。また青果市場で売られる品物には、いっさい税金をかけぬこととして、大いに民衆の歓心をかったのだ。

信長はその話の一つ一つを、頷いて聞いていた。

（我らには、とても出来ぬことだ。）

彼は、奥南蛮と言われる国々、それはイタリアとかポルトガルやエスパニアという国々の、政《まつりごと》を始めとするいっさいのものの、途方もなく大きさに、今さらのように驚かされたのだ。

そのネロが、のちになってローマに火を放ち、七日七晩そこを焼きつくしたという話は、前にも聞いた。それを改めて聞くつもりはなかった。ネロの気持ちが、自分には分かるような気がしたからだ。

山門焼き討ち

この年元亀二年（一五七一）八月、信長は岐阜を発し近江に出陣した。相変らずの浅井攻めだったが、今度は少し意気込みが違う。まず横山城に入り、ついで佐和山城に向かい、木下秀吉や丹羽長秀の出迎えを受け、ついでその手兵の一部を、自らの軍勢の中に編入した。

信長は直ちに、浅井長政の居城小谷城を攻めたが、それよりも近江の国一帯にある、浅井方の砦を次々と落としていった。小谷城を孤立させる戦法なのだろう。そして琵琶湖の周りを北から西側へと半周して、坂本を過ぎて三井寺に到った。宿舎を、そこの光浄院と決めて入った。

三井寺は、かねてから比叡山延暦寺とは対立していて、抗争を繰り返していた。信長の戦略はすでに決まっていた。これまでも、近江の状況には業を煮やしていた彼だ。自分が何度も出陣して幾つかの氏族を討っても、そのあとすぐに反抗に出て、信長を苛立たせてきた。近江という、それほどには大きくない国が、こんなにも自分を手こずらせるのかと思うと、まったく腹立たしいかぎりだった。

信長はそのすべての原因が、比叡山の山門（延暦寺）にあるということをはっきりと悟った。そうであればどうするのか。岐阜を出立以来考えていたことを、今ここで決行すると、この日初めて重臣たちに伝えることにした。柴田勝家や丹羽長秀らを始めとして、明智光秀や佐久間、稲葉、安藤、氏家、池田、中川など、織田家の錚々たる武将をここに集めたのである。木下秀吉と村井貞勝はほかの部所についていたので、この席にはいなかった。

信長は一同を集めると、自分は金襴《きんらん》の鎧姿で上段の間に座った。そして先ず言い放った。

「今度の戦さ、敵は山門延暦寺にありっ」

信長は大喝した。

「俺は今まで、我慢に我慢を重ねてきたっ。山門がどういう処か、俺もお前たちも、分かっておればこそだ。しかしもう我慢はならん」

信長の形相を変えた激しい怒りの声に、居並んだ重臣たちに言葉もない。

彼は続けた。

「今さら言うまでもないが、近江の浅井一族や六角一族、それに越前の朝倉一族までが我らに楯突くということは、山門の後ろ楯があってのことだ。その山門はさらに、石山本願寺と繋ぎをとって、我らを多方から攻めようとしている。許せないことだ」

それを聞く重臣たちは、僅かに頷く者もあれば、多くは無言のまま信長の顔を凝視している。

「それよりもさらに山門を赦せないのは、その存在そのものにある。彼らは長い間、帝の保護により権勢を欲しいままにしてきた。その結果彼らは、諸国に膨大な土地を持ち、坊主たちは傲慢に振るまって、ろくに経も読まない。それどころか坊主どもの頭の中は、銭勘定に忙しく、また女を囲って魚を喰らう。それは上人といわれた坊主ほど甚しく、民衆から掻き集めた布施はすべて自分の懐に入れてしまう。また大勢の僧兵を擁し、徒らに騒ぎを起こす——。こんなことでよいのか。俺は天に代ってこれを成敗する。徹底的に成敗するのだっ」

信長はここで一息入れた。そしてさらに続けた。

「明日の朝、日の出とともに戦さを始める。それまでに対岸にいる軍勢は、船で坂本に上陸させる。

戦いは、山門の全山に火を放って、そこを焼きつくすことだっ。堂塔、堂宇のすべてと、坊主ども全部を斬り捨て、焼き殺すことだ。女子供も容赦するな。山門にあることごとくを、根こそぎ焼きつくすことだ。よいな」

信長の激しさと厳しさは世に知られてした。しかしこのときの信長の厳しさには、さすがの織田家の重臣たちも、息を飲んだきり言葉も出なかった。堂塔を焼きつくすことはできても、そこに住む僧侶のすべてと、女子供までを焼き殺すことなどということが、本当に出来るだろうか。

これほどに苛酷で厳しい命令など、今までになかったことだ。たまりかねて、明智光秀が口を開いた。

「殿、女子供までというのは、余りに惨《むご》いと思われますが——」

信長が睨みつけた。

「惨いと言うか。ではその女子供が、十年後に成人したとき、その憎みを晴らすためにそちの首を狙ったとしたらどうする。お前の首だけですめばよい。奴らが軍勢を引き連れて、この織田勢に討ちかかってきたらどうする。それでもお前は、この山門の女子供に情をかけてやれと言うのか——。どうだ」

「——はい。申し訳もありませんでした。仰せのとおりにいたします」

光秀は恐縮して頭を下げた。

これで信長による、山門焼き討ちの命令は決まった。

元亀二年（一五七一）九月十二日、織田信長による山門へ攻撃は、その数三万余の大軍でもって、明けの刻より早くから始められた。それまでには、琵琶湖の東岸から発した軍船が、何十艘と坂本附近に接岸して兵を降ろした。その坂本に陣を敷いていたのは、昨晩、信長に下手な質問をして面目を失った明智光秀の軍勢だった。

光秀は憮然として馬上にあった。しかし織田方の武将として、山門攻撃の下知をしないわけにはいかない。その下知により、明智勢が先ず山門の山中に向かって駈け上がった。とそれよりも早く、麓の生源寺の鐘がけたたましく、ごーんごーんと鳴りだした。全山に異変を報らせる鐘の音である。

明智勢が放った火は、まず坂本の町家や日吉山王権現の社《やしろ》附近から上がった。町屋からは、女子供たちが悲鳴をあげながら外へ飛びだしてきたが、侍や足軽たちも、さすがにそこに襲いかかることはなかった。彼らはむしろ、逃がすようにとその群れを追いたてた。そのあと軍勢は、坂を走って登り八王寺山を目指した。

一方、丹羽、佐久間などの有力武将たちの率いる軍勢も、多くは打出浜あたりから山に入った。また柴田勝家が率いる軍勢は、三井寺の辺りからいきなり険しい林の中の道を登った。もちろん馬などは使えない。このため徒歩《かち》で、無動寺谷に向かったのだ。そこからは延暦寺の中心、根本中堂へ向かうには近い。まだその頃には夜も明けきらず、先きに行く足軽は、足元を松明で照らしながら進んだ。

前夜の会議に加わっていなかった木下秀吉は、居城横山城からの出陣となって、船で琵琶湖を発ったが、横風を受けて難渋した。このためやや遅れて延暦寺の北、横川《よがわ》の辺りに辿りついてそこで陣を張った。また信長は、比叡山の西の麓にも、京都奉行の村井貞勝や津田信重らに、兵三千で配備させた。山門焼き討ちの戦いは、全山を隙間なく囲む万全の構えで、まさに始まろうとしたのである。

そしてほぼ同じ時刻に、全山の麓で喊声《かんせい》が上がると、そこにある堂塔の目ぼしい建物に次つぎと火がかけられた。三塔十六谷、堂塔三千坊と古来より誇称されてきた山門は、いま織田信長の前に、驕りたかぶり、堕落した醜態を、惨めにもさらけ出していたのである。

林間にあっても堂塔は目立つ。寄手がそれを目がけて火を放つのは容易である。火は轟音とともに建物を包み竜巻となって中天に舞い上がる。その間を逃げまどう坊主たちが右往左往して、それがたちどころにして悲鳴に変る。寄せ手の侍や足軽らが、情容赦なく刀で斬りつけ槍で突く。中でも姿が高僧らしく見えるものは、ただちに首を刎《は》ねられる。その度に血煙が上がる。このあと首実験のために、足軽によって本陣に運ばれることになるのだ。

一方遅れてやってきた木下秀吉が率いる軍勢は、横川の講堂を焼くと、坂を登り西塔へと迫った。その頃には根本中堂を攻めていた稲葉一鉄が、足軽の鉄砲隊と長槍隊によってそこに火をかけた。この附近には僧兵が多く集まっていたが、彼らの敵ではなかった。

信長は本陣を頂上附近に移し、指揮をとり首実験を行った。中には高僧と称する者が捕えられて、彼の前に引き出され、信長に対してその所業を詰《なじ》るものもあったが、それは所詮引かれ者の繰り言にすぎず、ただちに首を刎ねられた。

阿鼻叫喚《あびきょうかん》――。山門は全山にわたり、まさに地獄変相の状態だった。山裾でこそ見逃されていた女子供や何人かの僧もいたが、信長の目の前では、誰もが手を緩めるわけにはいかなかった。この日山門では、僧侶や僧兵やそこに従う住人ら、三、四千人が殺害されたのだ。天罰てきめんだった。火の勢いはこの日だけでは収まらず、三日三晩くすぶり続けたという。

信長による山門焼き討ちのことは、各地に衝撃をもって伝えられた。近くは洛中においていち早く、上下の間にまたたく間にその模様が伝播された。上は帝や足利義昭らに、下は市井の民衆の口の端にも。ところがそれを報らされた帝や将軍義昭にしても、その受けとめ方は、意外と冷静だった。しかしそれは表面上のことで、内心はそうではない。

帝には、山門に対しては、天皇家の者としての特別な思いがあった。それは今の自分だけではなく、代々の帝が持っていた彼らに対する憎悪の気持だった。白河法皇の言葉を借りるまでもなく、延暦寺の悪僧たちは、重々の強訴によって時の朝廷を悩ませてきたのだ。山門は朝廷にとって、いつも気の重い厄介な相手だったのだ。

ただしかし、山門がいくら強欲な要求を突きつけても、朝廷を亡きものにして、自分たちがそれに代ろうなどという、大それた気持はない。そこまでだったのだ。いま帝は、信長の今回のやりようを見て、内心山門の勢力壊滅を喜んだものの、また別の危うさを感じていたのも事実である。信長のやりようが、余りにも激しく苛酷だったからである。


この時より三百五十年前に、「承久《じょうきゅう》の乱」というのがあった。後鳥羽上皇が、当時北条義時が執権となっていた鎌倉幕府討伐の兵を挙げ、結局それが失敗に終ったという「乱」である。幕府勢が大軍で押し寄せたため、戦いそのものはあっけなく終った。しかし乱に対する幕府の処置は厳しかった。乱の謀議に参加した公家や武士の多くが処刑され、その所領も没収された。そして天皇家の人々に対する処置も、後鳥羽上皇を隠岐に、順徳上皇を佐渡に遠島、また土御門《つちみかど》上皇は自ら土佐に赴いて、それぞれの地で薨《こう》じたのである。鎌倉幕府にとっても、その存亡にかかわる危機であったので、そうせざるをえなかったのだ。今の帝も、これらのことは帝王学として識っていた筈である。

信長による山門焼き討ちが、彼らの長年にわたる傲慢さに対するものであったとしても、その矛先が、場合によっては自分に向けられるかもしれないという怖れを、帝は感じたのだ。その場合信長が怒りにまかせて、自分をどこか遠くの島に流すかもしれないという考えは、決してありえないことではなかったのだ。

将軍義昭にいたっては、その怖れは、より現実味をおびたものだった。彼はこの頃でこそ、信長に対しては穏やかな態度を見せている。しかし時どき、その意に逆らうようなこともあった。何しろ身分は自分の方が上だという意識はある。いくら信長に書面でもって諫《いさ》められたからといって、いちいちそれに従うつもりはない。ところが今度の信長の所業を見て、これは余り甘く見ていると大変なことになる、と思わざるをえないことになった。信長にとっては、義昭に対しても十分に利き目はあった。

そのほか、各地の有力武将たちの反応は、それぞれにまちまちだった。上杉や武田などという実力者や、畿内に小さな勢力を持つ多くの氏族や、それに石山本願寺など一向衆の反応は、その置かれた立場によって異なるものがあったが、それでもこの信長による蛮行は、彼らを驚かすに十分なものがあったのだ。やはり信長は、並の人間ではない。桁外れだったのだ。

今度のことでは、明智光秀の働きが目立った。そこで信長は、彼に坂本の城を築かせ、そこの城主にした。琵琶湖の東にあって横山城に木下秀吉を、西の坂本に明智光秀を置いたことによって、信長は依然として自分の意に従わない近江の中心部に、一応の布石はしたつもりだった。

息子たちの元服

信長の長男奇妙は、この年すでに十五歳になっていた。このあと次男茶筅《ちゃせん》、三男三七と続く。三人とも父によって、それこそ奇妙な名付けられたものだ。

信長が元服したのは十三歳のときだったから、我が子のことを思うなら、今が元服の頃だった。そこでこの際、上から三人の子の元服を一緒にすることになったのだ。場所は岐阜城内の館で。

元亀三年（一五七二）一月、三人は信長の前で、元服の式を挙げた。それによって奇妙は信忠と名を改め、茶筅は名を具豊《ともとよ》とした。これは先きの信長の伊勢攻めのあとに、北畠具房《ともふさ》の養子として大河内城の城主となっていたためにそうしたので、その後すぐに、信雄《のぶかつ》と改められた。

彼は信忠より一つ下で、ともに母を同じくする。母とは、あの生駒屋敷で若き日の信長に見染められた吉乃《きつの》である。信忠の容姿は信長に似ているが、性格は父のように激しくはない。母親似で、優しいところがあったのだろう。一方信雄の容姿は、これは丸顔でおっとりとしている。戦さの仕方について、信長にきつく叱責されたりしているのをみても、父親ほどにはいかなかったようだ。当然かもしれない。

三男の信孝は、信長の三男ということになっているが、生まれたのは信雄より二十日ほど早かったのだ。母は坂《ばん》氏ということで、有力氏族ということではない。彼も同じ伊勢攻めのあとに北畠具房の養子となり、神戸信孝と称することになる。三人とも元服したからには、これからはひとかどの武将となって、父信長とともに戦さの場に出ることになるのだ。

この頃金華山山麓の織田館には、各地の城主や有力武将から預った人質が、何十人といた。養子とか人質の交換というのは、一面惨《むご》いようにも聞こえるが、これは戦国の世の彼らの習わしであって、それほど目を剥《む》くことでもない。そして信長のように、領土を拡げ、敵対する氏族が多いほど、その傾向は強くなる。

というわけで、ここ岐阜の織田館には、多くの大名や武将たちの子弟が住んでいたのだ。ところが信長は、彼らを決して粗末には扱わなかった。むしろ彼らを、厚く遇したといってよい。その中に近江の国、日野城主の蒲生賢秀《かたひで》の子氏郷《うじさと》がいた。彼は永禄十一年（一五六八）に、信長が近江の六角氏の居城観音寺城を攻めたときに、賢秀が信長に服したのを機に、人質として出されたのだ。

信長は多くの人質の中から、氏郷の人間としての資質の高さに目をつけ、自分の娘冬姫を嫁として彼に与え、そして翌年には日野に帰しているのである。彼はその後織田の一員となり、信長に従って数々の合戦に参陣している。これは特別な例かもしれない。しかし信長にとってこういう人質という若者は、決して囚われの身ではなく、むしろ客人として遇したのだ。彼らに対しては武術として合戦の場にも臨ませたが、その反面学問の機会も与えたのだ。儒教や和歌など、また茶の湯などの嗜好的なものも勧めたりもしたのだ。

他人《ひと》は信長を評するとき、ただ彼を、猛々しいというけれど、それは彼の一面に過ぎない。その人柄には欠陥もあるが、長所もある。彼はかつて足利義昭に書を送って、将軍としてあるまじき行為を止《や》めるようにと、諫言したことがある。それは厳しいものだった。しかしそういう厳しさを、彼は自分にも課していたのである。

信長は自らを戒しめていた。他人には嘘はつかない。約束したことは、日時とともに必ず守る。他人に対しては、つねに誠実に対応する。女人を犯さない。などというものがある。しかしこれは、人間として誰もがそうすべきものであって、今さらとりたてて、しかも声を大にして言うことでもないのだ。ところが、今この戦乱の世では、必ずしもそうはなっていないのである。

信長にとって、自らをそう律しているものを、逆に他人がそれに反したことを行えば、それは彼にとっては赦しがたいことである。他人から嘘をつかれたり、約束を守られなかったり、また裏切られたりしたときには、激しくそれを責め、そのやり方はつい苛酷になる。そこでは彼の性格である潔癖性が、つい表に出るのだ。京都二条の将軍館工事現場で、輩下の足軽が、ふざけて女人に手をかけたとき、信長がたちどころにその者を斬り殺したことなど、その潔癖性が現われたものだった。

ともあれ、信長は三人の息子の成人した姿を見て喜んだ。それにしても、信忠や信雄の母吉乃の死は早かった。彼女が生きていたならば、この場でどんな喜びようをしただろうと思うと、さすがの信長も、そのせつなさに寂しさの表情を隠すことができなかった。彼は猛々しいだけではなかったのだ。

奥南蛮への憧れ

このあと岐阜の信長の許に、珍しい客人が京都からやってきた。宣教師のフランシスコ・カブラルという人物だった。彼はあのルイス・フロイスの上司で、日本布教長という肩書を持つポルトガル人だった。日本全土でキリスト教を広めるための、総責任者ということになる。そのため信長も、それなりの遇し方をした。

信長は館の中の、やや大き目な客間に彼らを通した。カブラルには随員が何人かいた。それに彼は日本語が話せなかったので、通訳として日本人宣教師のロレンソがついていた。その点は信長も、片言でも日本語が話せるフロイスに対するのとは、少し勝手が違った。

また彼と一緒にインドからやってきた、オルガンティーノという宣教師もいた。これに対して信長の家来としては、林通勝《みちかつ》や松井友閑《ゆうかん》などという側近が控えていたが、柴田や丹羽などの武将連中は出席しなかった。

カブラルは先ず、自分はずっとインドにいて、元亀元年（一五七〇）に初めて日本に来た時からのことを話し始めた。布教の始まりは九州からだった。その頃は日本の風俗や習慣がただちに理解できずに戸惑ったことや、しかし日本人が、南蛮人とは比べようもなく利発で、さらに誠実な心の持主であることが分かったという。

信長は前にもフロイスから聞かされていたと同じ話に、辛抱強く「ふむ、ふむ」と頷いていた。とそこで、右手を挙げた。

「一つ、尋ねたいことがある」

と言って、手にしていた扇で左手の掌《てのひら》を打った。

「予はキリスト教についても、また我が国の仏教についても、それほど詳しくは識らない。しかしそれでもなお、幾つか疑問に思うことがあるのだ。それに答えてもらいたい」

「はい。何なりと仰せください」

と、カブラルに代ってロレンソが答えた。

「先ず、キリスト教の神は一人だけか。本当に一人だけなのか」

「はい、イエス・キリスト唯一人です」

「仏教には仏というものが多くいる。それこそ掃いて捨てるほど多くある。尤もその大元《もと》は釈迦なのだろうが、釈迦が仏なら、その辺に多くある寺の中の、釈迦とは別人の仏像も仏という。しかしキリスト教では、神はただ一人、イエス・キリスト一人と言うのだな」

「はい。そのとおりです」

「うむ、それで分かった。それを確めたかったのだ」

そう言って、信長は思案顔に天井に顔を向けた。周りの者は、彼の次の言葉を待った。

「まあ、仏の数が多いというのは、仏教の側の事情が、いろいろとあるからなのだろう」

信長はなおも一人で頷いていたが、ふたたび口を開いた。

「もう一つ聞きたいのは、イエス・キリストは十字架にかけられて死んだと言ったな。しかも槍で突かれるような惨いやり方で。それはどういう訳か」

「どういう訳というよりも、それが事実だったのです。しかもその処刑の丘に引き出されるまで、彼はそれまでに一度も抵抗をしませんでした。抵抗するよりも、じっと耐えたのです」

「それでは、自ら死を受け入れたということになるが――」

「そうです。イエス・キリストは、万人の罪人《つみびと》に代って、自ら死を選ばれたのです。しかも十字架上で」

「そして三日後に、復活をしたというのだな、あなたたちの言い分では」

信長もキリシタンに何回か会ってその話を聞くうちに、それぐらいの事は識っていた。

「ふむ。まあ三日後に復活したということを予は信じないが、キリストの死にようは、日本の仏教徒が信じている仏の死にようとは、大分違う。釈迦にしてもそうだ。彼は最期の時、人びと、それを弟子といってよいのか、大勢の彼らに見守られながら成仏したという。結構なことだ。いわゆる涅槃《ねばん》というやつだ。それはある意味では贅沢《ぜいたく》な死に方だったのだ。キリストの死に方と比べても」

「――」

「どうだ、そうではないか」

信長は傍らの林通勝を振り返って、そう言った。通勝は頭を下げたまま、返事のしようもなかった。

「つまるところ、キリスト教と仏教の違いは、そこにあるのかもしれぬ」

最後に信長は、そう断じた。

このあとカブラルらは、自分たちの布教活動が、京の都においても、自由に幅広く出来るように、公方《くぼう》さまにもお執り成しを願いたい。また信者たちが集う教会も一軒古いのがあるが、京の都に新しい教会を建てたいと思っているので、そのお許しをいただきたいということなどを、信長にくどくどと陳情したのである。

それに対して信長は、いま自分はこの岐阜に居て、都での状況は把握できていない。いずれ上洛の折にはそれも分かるから、いまカブラルどのが言われた願いごとについては、そのさい骨折ってみたいという返辞にとどめた。信長としても、そうするよりほかなかったのである。

あとは、座が急に寛いだものになった。信長は自らも膝をくずし、カブラルやほかの者にも、楽にするようにと勧めた。そして戸を開けた窓から、最近になってやっと出来上がった庭に目をやった。

それを見て、カブラルが早速口を開いた。

「信長さま。わたくしが日本へ初めて来たときに、すぐに気付いたことがありましたので、それをお話ししましょう」

信長はにこやかな表情で顔を上げた。

「わたくしはしばらくして、日本人の家々を回ったのです。それは高貴な人でも、立派な家でもない、ごく普通の家です。そしてそこでわたくしが目にしたのは、どの家でもちょっとした空地には、ここにある立派なものではないが、小さな庭が作られていることでした。そこには背の低い、花をつけた木や、地面には石を敷いただけのものでしたが、それは形よく作られていました。その小さな空間には、それを作った農夫や町人の持つ思いが込められたものです。そのときわたくしは感じました。日本人というのは、なんと詩的な心をもった国民なのかと。わたくしはそう感じて、とても驚きました。こういう感性は、わたくしども奥南蛮やポルトガル、またローマの人間にはないものです」

カブラルは、感にたえないという語り口で、そう話し終えた。

「――なるほど」

信長は扇子で掌を打った。

「成るほど。そう言われれば、たしかに日本人には、そういう感性があるのかもしれぬ。しかし日本人にも下賤な輩《やから》は多い。予はむしろ、貴殿の国の人びとにもこれとは違う、日本人とは比較もできない優れたものがあるのではないかと思う。予はそれを聞きたい」と。

話をそらしたわけではないが、信長はそう言った。カブラルは、しばらく考えた。すぐには答えられなかった。

「優れたもの、と言うより、日本とは違ったものがたしかにあります」

「うん。それを聞かせてほしい」

「それでは――。まず人びとの住処《すみか》なのですが、日本では庶民の家にかぎらず、大きな寺や社でも殆ど木、木材で造られています。ところがローマやポルトガルでは石で造られています。それは必ずしも石の方が頑丈で長持ちがするということではなく、それらの地方ではだいたい山にも木は少なく、そのため木の値段が高いからなのです。ということは、石で造ったほうが、安いということになります」

「木が石より高いと？」

「そうです」

これは信長も、まったく知らないことだった。

カブラルはさらに続けて言う。

「わたくしは気がついたのですが、イタリアではキリスト像や聖人像は石で、それは大理石という堅い石で作られるのですが、日本の仏像はみな木で作られています。そのようなことでも石と木の違い、奥南蛮と日本の違いを感じました」

「なるほど」

「それからもう一つの違いは、ローマにはコロッセオという円《まる》い形をした闘技場というものがあるのです。ちょうど日本の擂鉢《すりばち》のような形をして、そこには何万人という見物人が入って、そこで繰拡げられる、いろいろなものを見ることができるのです」

「それを見物するのは、普通の民衆なのか」

「そうです。向こうでは市民と言いますが」

信長は、その意味をふと思った。それはたしかに、日本にはないものだった。いや日本で政《まつりごと》を司《つかさど》る者なら、それが危ういものであることを承知しているのだ。日本ではいつの時代でも、民衆のためにそういう物を造ろうという考えをもった帝や将軍がいただろうか。いない筈である。彼らはそれが、自分たちを脅かすものであることが、分かっていたからである。何万もの民衆が一か所に集った場合、そのあとに何が起きるかということに、非常な怖れを感じたからである。

信長は、奥南蛮といわれる国々の、政《まつりごと》の仕組みが、日本とはこれほどに違うことに、半ば呆然とした戸惑いを感じた。そして今の日本の政の仕組みが、いつまでもこのままでおれるのか、またいつの日か、大きな力によって変るかもしれないということを、咄嗟には判じかねたのである。カブラルの屈託のない小話が、思いがけなくも信長の心を打ったのだ。

カブラルの話はなおも続いたが、その自らの長話《ながばなし》に気づいてか、改めて庭に目をやった。

「それにしても、こうして木造の家の窓から眺める庭の緑には、本当に安らぎを感じます。安らぎといっても、ただたんに心が静かなということではありません。やはりこれは、日本人が感じるところの、或る感性による安らぎということなのでしょうか。わたくしはそう思います」

そう言いながらカブラルは、日本人風に両手を突き、信長に対しては深ぶかと頭を下げて礼をのべた。

信長にとっても、ゆったりとして、楽しく寛ぐことのできた一《ひと》ときだった。それにしても奥南蛮のローマやポルトガルの風物は、このときの信長の脳裡には、強く焼きつけられるものがあつた。そしてそれは、たんにそうであるだけではなく、彼にとってはその地に対する強い憧れの気持ちとなって現われていたのである。それはあたかも、青年が持つ、若々しく夢のある想いでもあったのだ。

このとき岐阜の金華山の麓の木立の間には、初夏の風が爽やかにそよ吹いていた。

第七章　形勢は目まぐるしく

義昭の悪だくみ

信長が岐阜で、束の間の安らぎの日々を送っている間、京の都では相変らず将軍足利義昭が蠢《うごめ》いていた。それはちょうど、親の目が届かぬところで、餓鬼が悪ふざけをしている姿に似ていた。信長はそう思っている。

とはいえ、義昭の室町幕府再興という情熱にも、また並々ならぬものがあった。その飽くことなき執念は、さすがの信長もいささか辟易させられた。二年ほど前、彼は義昭に書を送って、いくつかのことについて諫言した。その一つに、妄《みだ》りに諸国の武士に御内書を送らないようにと釘を刺していったことがある。

ところが今また、義昭は盛んに有力武将に対して、上洛を促す書を出しているのだ。すなわち上洛して、将軍である自分を輔《たす》けてほしいというものである。これをはっきり言えば、自分を助けて、織田信長を討てということである。もちろんそこには、信長の名などは書いてない。しかしその文面を心して読めば、そういうことになる。義昭はここに至って、はっきりと信長に敵対する姿勢を鮮明にしたのである。

また一方では、石山本願寺の顕如《けんにょ》の動きにも露《あら》わなものが見えてきた。顕如とは、諱《いみな》を光正といい、本願寺第十一世とし、今の帝《みかど》（正親町《おおぎまち》天皇）から門跡に補されている。信長よりは九歳年下で、このときはまだ三十一歳の若さだった。意気盛んな年頃だった。

顕如が初めて信長に敵対したのは、二年前に、信長が摂津の天満にいたその陣所を襲ったことに始まる。岐阜からやってきた織田勢が、畿内一帯の氏族に戦さを仕掛け、それを次々と従えていく様を見て黙っていられなかったのだ。そして直接のきっかけは、当時石山に立て籠っていた本願寺派が、信長からの退去命令を拒否したことから始まった争いだったが、そこで帝にも繋りがあり、権力と財力にものをいわせて、信長に挑戦したのだ。

その背後には、各地にまで及ぶ武装した信徒集団と、畿内や四国にいる三好一族を始めとする、有力武将が配下とする勢力があった。この頃の本願寺派の信徒というのは、仏の教えを聴く仏教徒というよりも、悪僧に洗脳され唆された兇徒の類《たぐい》だった。信長が最も手を焼いた相手だった。

その顕如が、畿内近くの浅井、朝倉、それに三好一族らに呼びかけ、また遠く東国の武田や北条や上杉、さらに西国の毛利にも、手当たり次第に書を送って、信長討伐を叫んだのだった。その行為はかつての天皇家、そして今なら足利将軍家が持つ権威と権限を行使したものなのだ。顕如は何を思い上がってか、何を感違いしていたのだろう。

顕如の暗躍が進んでいることは、信長も漠然と承知していた。そこに義昭の企みがあることも分かっている。信長包囲網の計画を、二人がかりでやっているということである。しかもやり方も殆ど同じように、御内書や手紙の乱発だった。文面も同文といってよい。

その信長は、いよいよ浅井、朝倉勢を本格的に攻めて、湖北一帯を平定する段取りにきていた。もはや浅井長政を味方につけるという望みは、断たれたといってよい。それにしても長政の、信長に対す気持は頑なだった。お市が不憫だという思いは、依然としてあったにもかかわらず。

元亀三年（一五七三）七月、信長は近江に出兵した。一気にというわけではない。信長にしても、浅井、朝倉の連合軍が、意外と手強いということを、この頃では知っている。そこで十分な態勢を整えての布陣となった。ということであれば、初めから激しい戦いになることはない。そこで元服したばかりの信忠を、初陣という形で参陣させることにした。長男で、いずれ家督を譲る身であれば、その扱いも慎重だった。

信長はとりあえず、横山の城に入った。そこはかねてより、木下秀吉に守らせていた処だ。そこでいよいよ、浅井長政の居城小谷城を攻め落としにかかる。先ず柴田勝家には、稲葉一鉄や氏家直通らの美濃衆をさずけ、次には木下秀吉に阿閉貞征《あつじさだゆき》の居城を攻めさせて、初戦を勝ち戦さとして凱歌をあげた。

このように今度の浅井攻めには、織田方は大がかりな態勢を敷いた。柴田や木下勢のほかに、佐久間や丹羽の軍勢や、さらに琵琶湖を渡って明智やその配下の武将までもが多く参加して、湖北一帯に辿りついているのだ。また信長は、小谷城の北方木本《きのもと》や余呉《よご》にも兵を出し、完全に小谷城を包囲する作戦に出た。

小谷城はたしかに、伊吹山系の麓に位置し、琵琶湖を前にして難攻不落を誇っている。城郭は小谷山の尾根に、南北に長々と続いている。その中心に本丸を置き、北側に一列に、中丸、京極丸など三か所にも四か所にも、馬場や大広場を造った。そして所々には池や井戸を設け、籠城戦への備えはできている。切りたった山の尾根に、長さと幅が十対一ぐらいの割り合いの極端な形で築かれたこの山城は、その発想の奇抜さにおいても、目を見張るものがあった。しかし今、その小谷城を、織田勢は大軍でもって取り囲んだのである。

ところがここに、思いがけない報らせが信長の許に入ってきたのだ。それは遠江《とおとうみ》、浜松の徳川家康からのもので、甲斐の武田信玄が遠江への侵攻し、徳川方の二俣城《ふたまた》を取り囲んでいるので援軍を頼むというものだった。

（とうとう信玄めが動きだしたか）

信長は意表を突かれたのだ。

彼はこの日のあることを、すでに覚悟していた。しかし今この近江にあって、まさに浅井方との戦さを始めようという時になっての、信玄の遠江への侵攻である。それは彼の、上洛への前触れのような動きでもある。

（これが、義昭や石山本願寺の企んだことか）

信長は咄嗟にそう思った。それに目の前にある浅井勢や、その背後にある朝倉勢も、すべて二人の唆しによって動いていることは、もう疑いようのない確かなものになった。そこで早速、佐久間信盛を総大将として、遠江に向かわせたのだ。

もっとも信玄の遠江侵攻はこれが初めてではなく、今川義元亡きあとは、駿河から遠江にと、弱体化した今川勢を諸所に討ち破って、自らの領地を拡げていったのである。その間には北条氏との軋轢もあり、また北方の雄上杉謙信の動向も考えながら、足利義昭の求めによってでも、一挙に上洛するというところまではいかなかった。

しかしそれでもここ数年は、さかんに三河の東部や北部、それに連なる美濃の国の南東部にも兵を出してきたのだ。そして今度、家康からの援軍の要請があった直前の十一月十四日には、織田方の岩村城が、武田の秋山信久によって攻め落とされていたのである。この時武田方の侵攻は、三河から美濃にかけてと、信長の予想を越える早さで進んでいたのだ。

しかしとはいえ、信長はそれ以上には信玄を怖れてはいなかった。彼は一度も会ったことのない信玄の性質を、ある程度自分なりに読みとっていた。

（信玄が三河を越えて、尾張にまで攻めこんでくることはないだろう。ましてや美濃にまでとは
――）

そう思う信長には、たしかな自信があった。かつて今川義元が尾張にまで入りこんで、それを桶狭間に迎え討ったのとは、わけが違う。尾張の国は、もう外敵から襲われることはないという信長の自負には、それだけの裏付けがあったのだ。それどころか、もし必要があり信玄がそれを望むなら、いつでも戦いに応じてもよいという気構えは、十分にあった。しかし今は、その必要はまったくない。信玄にはそれだけの力はない、と信長はみてとった。

それでも信長は、陣中の慰《なぐさ》みのときに、木下秀吉を呼んだ。

「藤吉、そちに尋ねたい。そちは浪々のときに、甲斐へ行ったことはあるか」

「甲斐？　信玄公ですか」

「そうだ、あの辺りで信玄のことを聞いたことがあったか」

「いいえ、ありません。ありませんが、信玄公は戦さに出陣の前に、筮竹《ぜいちく》によってその吉兆を占うと

いうことでございます」

「それは前にも聞いた。そのほかのことで、何か知っていることがあるのかと、聞いておるのだ」

「――いえ、何も」

「馬鹿っ、役に立たん奴だ」

「はっ、申しわけもございません」

「奴は、いま幾つだ」

「はっ、年の頃五十二歳ごろと――」

「ふむ、年の頃か、はっはっは」

信長がはっきりと聞きたかったのは、そのことだった。

「ところで藤吉。そちはいつまで木下でおるのだ。いい加減に名を変えたらどうだ。木下や松下でなく、もっと侍らしい、大将らしい名に――」

「えっ？　大将らしいとおっしゃるのですか」

「そうだ」

「はい。殿さまがそうおっしゃって下さるのなら、わたくしもそろそろ、それを考えていたのでございます」

「ほう。手回しがよいな。もう考えておったのか。それはどんな名か」

「それを申しあげて、よろしいのですか」

「ああ、よいとも。言ってみろ」

「決して、お怒りにならないように――」

「馬鹿っ、早く言え」

「はい、それでは」

ここで秀吉は、うやうやしく頭を下げた。

「わたくしめは、只今より殿さまのお許しを得て、羽柴秀吉と名のりたく存じますので、なにとぞよろしく申し上げます」

それを聞いて信長は、思わず呆気にとられて声も出なかった。しかし次の瞬間、こらえきれずに大声を上げて笑った。

「わっはっは、わっはっは。でかしたぞ、でかしたぞ」

と、なおもその笑いが止まらぬようだった。

「羽柴か。うまく考えたものだ」

「うまくではなく、本気で考えたのでご在います」

「分かる、分かる。しかしそれならば、勝家や長秀にはよく礼を言っておくがよい」

「はい。もちろん、そういたします」

「よし、下がってよい」

秀吉はかしこまって頭を下げると、そそくさとその場を去っていった。そのあと信長は、

「羽柴秀吉か。わっはっは、わっはっは」

と、また思い出したようにして大笑いした。

羽柴とはもちろん、丹羽長秀と柴田勝家の苗字の一字を、秀吉が勝手に借用してつけた名である。しかしこれで彼も、織田家の家臣団の中では、重臣の名にふさわしい名を名のることになったのだ。

羽柴秀吉――。果たして彼は、丹羽の知と、柴田の勇を兼ね備えた名将になれるかどうか。

信玄来襲の報らせに、信長は佐久間信盛を遠江に向かわせたが、自ら動くことはなかった。しかし足利義昭らの企てを知った以上、浅井攻めの囲みを解いて、いったん岐阜に帰ることにした。戦術の変更を余儀なくされたのだ。

一方遠江に向かった佐久間勢だったが、手兵僅か三千ということであれば、初めから武田勢と正面きって戦うという態勢ではなかった。信長はそのつもりでいたのだ。佐久間勢がそこに到着したとき、二俣城《ふたまた》はすでに武田方に落とされていた。武田勢はその勢いで、徳川家康の居城浜松城を目指してか、天竜川沿いにその西側を南下した。距離は七、八里（約三十キロ）ある。

ところが道半ばまで行った所で、武田勢は急に西に向きを変えたのだ。それが信玄の戦法だったのか。いったいどこへ向かうのか。浜松城でそれを知った家康は、これぞ好機とばかりに城から出て武田勢を追った。敗走する敵を後ろから襲いかかるのは、勝ち戦さの常套手段だった。

ところが、徳川勢の先頭が三方が原台地に差しかかった所で、武田方が反転して徳川方の前に立ちはだかったのだ。それも足軽勢が三百ばかりと。そして驚くのはこれからだった。その武田方の足軽どもが何をしたかというと、銘々が腰にぶら下げた大きな袋から小石をとり出して、徳川方の寄手に対して、その石を素早く投げてよこしてくるのだ。ところがその早さときたら、今までによほどの練習をしてきたものとみえて、雨あられという早さで、寄手の顔といわず頭にと飛んでくるので、徳川方の足軽陣もいくら陣笠を被っているとはいえ、当ったら大変な痛さだ。

これは弥生時代か縄文時代の戦法なのか、武田方は意表をつく手で出てきたのだ。さすがは山国《やま》の足軽どもか。この頃村の悪童たちは、川原に出てよく石合戦をしたものだ。しかしそれはあくまでも子供の話である。総大将の信玄が率いる武田勢が、こんなことをするのか。ところがじつは、大人の石合戦というのが、前にもあったのだ。

　この年から十年ほど前の永禄六年（一五六三）に、三河の国で一向一揆が起こった。そのとき家康がこれと戦って、その結果彼らを討ち破ってはいる。しかし一揆の執拗な抵抗にあって、家康側も苦戦した。そんなときに、一揆衆と松平（当時）勢との対戦が、矢矧《やはぎ》川の河川敷であったのだ。一揆衆がうまく、松平勢をそこに誘い出したのだろう。そして川を挟んで一揆衆が始めたのが、この石合戦だった。

　一揆衆は殆どが農民である。鍬や鎌はあっても、弓矢や鉄砲もない。そこで思いついた武器が、川原の石ころである。ところがそれが、意外と効き目があったのだ。武士たちも大いに手こずったのだろう。この日の合戦は引き分けに終ったのか。

　武田信玄がその日のことを知っていて、石合戦をやらせたとは思えない。いずれにしてもせこい話だ。しかしこの石合戦に面喰った徳川方は、脆《もろ》くも敵に背を向けて逃げだしたのだ。三方が原の台地にある細い道を逃げて行くとなると、慌てるのとで大混乱になる。しかも武田方は、その途中に伏兵を二、三百人置いていた。それが敗走する徳川方に襲いかかったのだ。しかもその中にいたのが家康だった。彼は味方の兵と敵兵との間で揉みくちゃにされ、命からがら、這々《ほうほう》の体《てい》で走って浜松の城に辿りついたのだ。そして門を堅く閉じた。家康はすんでのところで、討ちとられるところだったのだ。命拾いをした。

　家康は戦さ下手だった。自ら采配を振るって、大軍を指揮した経験は少ない。桶狭間の合戦のときには、今川義元の指示どおりに主戦場とは離れたところで動いていた。また姉川の合戦では、織田方の左翼として、その陣営のいちばん端にいた。信長の指示どおりに動いていたのだ。今度の合戦でも、信玄の動きが読めずに大敗している。そして信玄に対して正面から戦うことの自信がないから、信長に援軍を求めたのだった。

佐久間信盛は僅か三千の兵を率いてやってきた。彼らがそこに到着したときには、すでに戦いは終りかけていた。しかも信玄は、徳川勢を討ち破ったものの、浜松城まで追うことはなかった。そしてさらに、三方ヶ原から西へ一里ほど行ったところで軍勢を止めた。しかもそこで夜営することになった。なぜか。これが「三方ヶ原の合戦」の顚末である。

信盛は兵を纏めると岐阜に帰った。そして信長に、戦いの状況を報告した。それを聞いて信長は唸った。

(やはり信玄か甲斐の軍勢に、何かがあったのだ――)

彼は或る漠然としたものを予感した。

幕府と浅井、朝倉の滅亡

信長は息を吹き返した。しかも再び晴ばれとして、意気も上がっていた。彼が案じていたとおり、信玄の率いる武田勢の、尾張までへの侵攻の気配が、まったく無いことが確められたからである。

(やはり信玄には、何かがあったのだ)

彼は同じ言葉を呟いた。

三方ヶ原で徳川勢を討ち破ったあとの武田勢の動きは鈍かった。そこで信長は、いよいよ足利義昭討伐を策して、上洛することにした。表向きは義昭討伐とは言っていないが、心中では、今度こそ今までの決着をつけずにはおかないという、厳しいものがあった。

元亀四年（一五七三）三月二十五日、信長は岐阜を発った。そして京の手前逢坂《おおさか》に差しかかったとき、そこへ細川藤孝と荒木村重の二人が出迎へ、これ以降信長に従い、忠節を尽すことを申し出たのだ。これを聞いた信長の喜びようは、ひとどおりのものではなかった。

もっとも藤孝については、すでに誼《よし》みがあり、この頃では京方の武将としては、信長が最も信頼するに足る人物である。明智光秀とともに、洛中洛外におけるもろもろの情報を信長に提供できる、力のある武将だったのだ。

もう一人の荒木村重は、もともとは摂津の人間で、はじめ池田勝正の許にいたが、この頃になって信長に仕えるようになった新参者だった。有能な男だったので、信長はこの時から彼を重く用いることになった。二人の参陣は、彼らがすでに足利義昭に敵対していることを意味し、そういう面でも信長にとっては力強い味方を得たことになる。

京都に入った信長は、知恩院を宿舎とした。ところが義昭は、信長が京都奉行として任じていた村井貞勝の館を取り囲んで、気勢をあげたのだ。ここまでくれば、両者の戦いは始まったも同然だった。しかしそれでもなお、信長は我慢した。

信長の義昭に対する怒りの気持は、すでにはちきれていた。しかしここで義昭を殺害したとなれば、彼は将軍殺しの汚名を着ることになる。かつて松永久秀が、足利義輝を殺害したと同じことになり、その汚名は後世まで語り継がれることになる。さすがの信長も、そうはしたくなかった。

そこで信長は、京都の町家を少し焼き払ったあとに、義昭に和議を申し入れた。あくまでも下手に出たのだ。しかしこれが、将軍義昭に対する、彼の最後の儀礼的な対応だった。そしてこの和議が成らないことも承知していた。それでもなお最後の手段として、朝廷の力によって、和議のことを取り計らってもらうことを奏上したのだ。このことは義昭の側からも同じような意思表示があり、これですべての手続きが終り、いよいよ合戦の始まりということになる。

信長はそこまで手配すると、いったん都から退いて、近江の鯰江《なまずえ》の城に立て籠る六角義治を大軍でもって攻め落とした。そこで義昭が動きだすのを待ったのだ。その期待に沿うようにか、案の定、早速義昭が動きだした。七月三日、彼は三千七百の兵を引きつれ、都の南から、さらに宇治川の南に拡がる湿地帯にある真木島城《まきしまじょう》において挙兵した。

義昭はいったい、何を考えていたのだろう。場所も場所なら、軍勢も僅か三千余で、これで本当に、信長に勝てると思ったのだろうか。彼が各地の有力武将に乱発した御内書も、すべてがそこに届いているかどうかも分からない。ましてやそれを受け取った武将たちが、必ず義昭のいうとおりに挙兵するとは限らない。しかも武田にしろ毛利にしろ、遠国にいる連中ばかりだ。

信長は満を持して近江から都に入った。そして七月十八日に、一気に真木島城に襲いかかったのだ。戦いはあっけなくも、その日のうちに終った。義昭はしぶしぶ信長の前に出て、降伏を申し出た。信長は即座に首を刎ねたいところだったが、そうはしなかった。のみならず、「怨みに対して、恩で報いるのだ」と言ったとか。

ともかく彼は、義昭の嫡子を人質として預かり、羽柴秀吉に命じて、その身柄を河内の国の若江の城まで送り届けた。そこの城主は三好義継で、例の三好三人衆を後ろ楯としていた。信長はあえて敵対していた彼らの許に義昭を追放したのだ。あとはその方で面倒を見てくれということだ。足利尊氏により開府された室町幕府は、以来二百三十年余にしてここに滅びたのである。あっけない幕切れだった。

かつて鎌倉幕府の許で、執権として権勢をほしいままにした北条一族は、「天皇親政」を掲げる後醍醐天皇が起こした「元弘の乱」の末に滅びたのだが、その最期は鎌倉を舞台として、壮絶な戦いを繰り拡げてのものだった。

天皇方の新田義貞の軍勢に攻められ、北条一族とその郎党は、死を覚悟して必死になって応戦した。しかしすでに利あらず、北条高時を始めとする一族のことごとくが、鎌倉の谷《やつ》や寺院の燃えさかる火焔の中で、見事に腹掻き切ったのである。これが鎌倉武士の心意気だったのだ。

それと比べて、足利将軍家一族の末路を、なんと言うべきか。もちろんそこには、彼らを取り巻く周囲の事情もある。その点義昭は、貧乏くじを引かされたのか。しかし、本来足利一族を支える筈の細川藤孝など有力武将たちが、いち早く彼の許を去っていったことなどは、義昭個人の、人格の然《しか》らしめるところにあったということも、否定できないのだ。

それに北条氏滅亡のもとになった「元弘の乱」は、後醍醐天皇の強い意志によって引き起こされたものである。しかし今度の義昭追放に、帝（正親町天皇）がどれだけ関ったというのだろう。また直接武力でもって幕府を倒したのが、大国の守護や守護代でもない、義昭からすれば尾張の田舎侍にすぎない、織田信長という男にやられてしまったのだ。彼にとっては大きな屈辱だった。しかしそれが、時代の流れだったのだ。それにしてもその田舎侍である織田信長という男の力量には、計りしれないものがあり、世の人びとが今さらのように、彼に対して畏敬の念をもったのも事実である。

この頃、もう一人の登場人物の去就が気になっていた。それは武田信玄である。彼は遠江から三河に兵を出し、三方ヶ原では徳川勢を大いに討ち破った。そして敵対する勢力も将軍義昭もが、彼がその勢いをかって上洛するのではないかと思わしめた。ところがそのあと間もなく、彼の足が止まったのだ。三方ヶ原の戦いのあとに、三河の野田城を攻めているとき、彼は急に身体の不調に見舞われ、そこから本国に帰ろうとしていた矢先に、信濃の駒場で没したのである。それが五月十二日のことである。五十三歳の生涯だった。

信玄の死は遺言により、三年の間は秘匿するようにといわれたが、それはいずれ洩れることだった。ただ信長にしろ義昭にしろ、それを知ったのは、かなりあとの日のことになる。信長はともかくとして、信玄の上洛を期待していた義昭にとっては、なんとも空しい信玄の死だった。

ここに至って、信長の浅井、朝倉攻めが、背後の憂いもなく始められることになった。しかし信長は、両者を同時にという作戦はとらなかった。彼にはいまだに逡巡するものがあった。朝倉を攻めて、そのあとに浅井をと。長政の翻意を、このときになっても期待していたのである。

天正元年（一五七三）八月、信長はまず朝倉攻めにかかった。義昭追放から、ちょうど一か月のちのことである。朝倉義景《よしかげ》は、織田勢来襲の報らせにより、浅井一族との盟約を果たすため越前から南下して、小谷城の北、木之本あたりまで兵を出してきた。しかしそこは山添いの狭い道で、信長はそこを襲ったのだ。

小谷城を見張るために、虎御前山《とらごぜ》に嫡男信忠を置いた信長は、織田勢の総勢ともいうべき、佐久間、柴田、羽柴、丹羽、滝川という、錚々たる顔触れが率いる軍勢によって、朝倉勢をひとたまりもなく蹴散らしてしまった。義景は兵を纏めると、一目散に居城のある一乗ヶ谷に向かって逃げ帰ったのだ。

越前の国の、南北のほぼ中央の西寄りにある一乗ヶ谷の朝倉館は、戦国の世にあっては、必ずしも要害の地にあるとはいえない。周囲を小高い山に囲まれて、盆地の底にあるような所に、城郭ともいえない朝倉館がある。館《やかた》の周りには武家屋敷や町屋が建ち並んでいるものの、それほど広くはない。

義景から数代前の敏景の時代に造られた一乗ヶ谷の朝倉館と町並みは、城砦というよりも、むしろ都を真似たようなたたずまいを感じさせるが、それでは外敵の侵入を防ぐことはできない。

朝倉勢は逃げる途中で織田勢に追いつかれ、敦賀から木目《きのめ》峠も越され、一乗ヶ谷にも乱入された。義景はなおも山田庄にと逃れたが、頼みとしていた平泉寺の僧兵の裏切りにあい、前途を阻まれてついに切腹して果てたのだ。このとき、信長と同じ四十歳の生涯の終りだった。時に天正元年八月二十日のことである。

義景は決して凡庸な武将ではなかった。一度は足利義昭に頼られた人物でもある。しかし彼を擁して、上洛をするなどという気概はなかった。若い時に、上杉謙信の求めに応じて加賀あたりまでに出兵することもあったが、それ以上に覇を唱えることはなかった。

また今度、織田信長の出現によって、それに抵抗する浅井一族と誼《よし》みを結んだことも、越前と近江という隣国なればこその、断わりきれぬ絆によってのものだった。自分の許から去って行った義昭を擁して、全国に覇を唱えて立ち上がった信長とは、もともと人となりが違っていたのだ。

朝倉氏滅亡の報らせを、小谷城に立て籠った浅井久政、長政父子は、どんな気持で聞いたのだろう。彼らはまさに孤立無援の状態だった。そしてここまでに至った長政の本意は、どんなものだっただろう。彼にとって父久政の存在は、余りにも大きすぎたのか。そして久政は、それほどに自分の我を押し通したのか。

信長にはいまだに逡巡するものがあったが、一軍の将としては、もうそれは許されることではなかった。八月二十六日、彼は虎御前山に戻ると、翌二十七日には、羽柴秀吉に小谷城攻めの先陣をきらせた。そのさい秀吉には、或ることを言い含めた。秀吉はそれに頷くと、ただちに小谷城の本丸の北にある京極丸を、力ずくで攻めた。夕刻を過ぎた夜襲である。今までは手加減していたが、本気で攻めれば、備えは脆かった。そこにいた久政が、いち早く切腹した。この日のあることを、とうに覚悟していたのだろう。

そのあと秀吉は、いきりたった家来をいったん押しとどめた。それは信長からの言いつけにより、或ることを浅井方と交渉するためだった。信長の言いつけとは、長政の妻お市と、その女の子供三人の命を助け、織田方に送り返すというものである。長政はそれを聞くと、直ちに四人を呼び、その身柄を秀吉の手に渡した。いま父久政が亡きあと、それは許されることでもあり、長政にとってもそれを望んでいたからである。四人はあわただしく秀吉の陣中を通り、山を降りた。このとき、最愛の夫を残して去ってきたお市の胸中は、どんなだったろう。これが戦国の世の倣いか。それにしても非情な世である。

このあとの長政の戦いは、浅井一族の滅亡のための儀式めいたものだけだった。信長が京極丸に登りそこに陣取ると、そこから本丸での長政の最期の仕様《しよう》を見守った。やがて長政は、家来の侍とともに腹掻き切って果てたのだ。まだ二十八歳という若さだった。無念の最期だっただろう。はたして、父久政がそうさせたのか。

この浅井攻めでいちばん働いたのは羽柴秀吉である。信長はその功に報いるために、彼に浅井氏の領地の一部を与えた。これで琵琶湖を挟んで、西に明智光秀を、東に羽柴秀吉という有力武将を配したことにより、信長はやっと近江の国を自ら手中にすることができたのだ。


この浅井攻めについては、一つの付録があった。さきに信長が、京から岐阜へ帰るさい、近江と伊勢の国境の千早峠で、鉄砲で狙われたことがあったが、その狙撃犯人の杉谷善住坊《すぎたにぜんじゅぼう》が、琵琶湖の西、高島に隠れていることが分かった。そこでこれを捕えて、岐阜まで引っ張ってきたのだ。

善住坊は厳しい訊問を受けたが、信長を狙ったことは間違いない。そこで直ちに処刑されることになった。その方法たるや、まず土を掘って穴を作り、そこへ善住坊を立たせて周りに土を肩までかけて準備は整った。そして次には足軽が鋸《のこぎり》を持って、首を斬りにかかった。一度にではない。なるべくゆっくりと、少しずつ、皮から肉へと切り刻んでいくのだ。

善住坊は痛かっただろう。悲鳴ともつかぬ声をあげた。それは人間らしくなく、動物の、それも人間に害を及ぼすような、悪い動物の悲鳴だった。悲鳴は大きくなったり小さくなったり、やがて首の周りが血みどろになって、その頃には悲鳴も小さくなって、終りは首が前に落ちて処刑は終ったのだ。そのやり方は、信長が指示したのだろうか。それを残酷と言うべきか。

特に残酷かどうかは分からないが、この頃は合戦の場でもどこでも、これに似たような血なまぐさいことが行われていたのだ。例えば、戦いが終ったあと、有名な武将が討ち取られたとき、その首実験を勝った方の大将に供するとき、斬り取った首はそのまま、泥まみれ血まみれのままに、差し出すわけではない。

ではどうするかというと、十から二十の首が、城の天守閣の中の一か所に集められ、それを女ども、それは侍たちのお内儀《ないぎ》や娘たちが、五人も六人もと集って、その敵方の侍たちの首を奇麗に水で洗って、殿さまに差し出すのである。時によるとその仕事は夜にまで及び、そんなとき女たちは、その血の匂いのする首と同じ部屋で寝て、夜を過ごしたという。果たしてそれを残酷というのか。これが戦国の世の習わしだったのだ。

もう一つ。明けて天正二年（一五七四）元旦、信長の戦勝の祝いをかねて、岐阜城で酒宴が開かれた。盛大に行われたその会には、都や近隣の武将たちも参加して、大いに盛り上がった。やがてその宴も終りになりかけ、招待された客人たちが帰っていったあと、信長のお馬廻りだけが集った。とその席上に、思わぬものが引き出されたのである。

小姓衆によって恭《うやうや》しく膳の上に載せて運ばれてきたのは、なんと三つの人間の頭蓋骨だった。それは先きの合戦で討ちとった、浅井久政、長政父子と、朝倉義景のものだった。頭蓋骨は、漆塗りにした表面に金粉をかけ薄濃《はくだみ》にしたもので、それを肴にして、若者たちが改めて酒宴を始めたのである。それも信長の思いつきだったのか。なんともおぞましい光景である。

しかし信長にしろ若侍にしろ、これまでにさんざん手古ずらせてきた浅井、朝倉の首を、このようにして扱うのは、戦さの一つの掟でもあったのだ。さらに若侍たちにとっては、そこには疚《やま》しさも嫌悪感などさらさらなく、酒宴は大いに盛り上がったのだ。これが戦国の世の、見慣れた風景なのだ。

武田勢来攻

この頃、武田信玄死去の報らせは、信長のみならず諸方にも伝わっていた。信長はそれを聞いて、少なからず安堵した。今までも信玄の矛先が、直接尾張に向けられることはなかったが、信玄の名声と行動は、信長にとってはやはり気になるところだった。

そんな折、信玄の子の勝頼が突然軍勢を率いて動きだしたのだ。父信玄死去のことは、すでに知れている。となれば、いつまでも甲斐に閉じこもっている必要はない。勝頼は果敢に動いた。このとき、まだ二十八歳の若さだった。

天正二年（一五七四）一月、武田勢が東美濃の山中にある、明智城を攻めにかかった。そこから北東に約三里の地に岩村城があったが、そこはすでに、前年天正元年に武田方に落とされていたので、明智城は孤立無援の中にあった。このため明智城は、苦もなく武田方に落とされてしまったのだ。勝頼は、武田方の失地回復に意気が上がっていた。織田勢は殆ど援軍を送ることなく、岐阜に引き上げてしまった。

その数か月後に、今度は浜松の徳川家康から援軍の要請の使いが来た。浜松に近い高天神城《たかてんじんじょう》が、勝頼の軍勢に攻められているというのだ。それを聞いて信長は、思わず舌打ちをした。

「またか――」

彼はたしかに、その頼みに苛立っていた。しかも高天神城は、浜松城からは東に、僅か八里（約三十キロ）ほどの位置にある。なぜ家康はそこを自軍で守れないのか。

信長は家康を、戦さ下手《べた》だと思っている。動きも鈍いし、顔も侍らしくない。前回の三方ヶ原の戦いでもそうだった。武田勢に追われるへまをやっている。そして浜松城に逃げこんだのだ。そして今度は、遠くにいる信長に対して、気安く援軍を求めてきたのだ。

（家康め、俺を甘くみとるな）

そう思わざるをえなかった。

家康にはたしかに、そういう打算があった。姉川の戦いで、信長の要請により出陣したことは、大きな貸しを与えたと思っている。そうであれば今回のことも、何ら不都合はないと言いたいのだ。ところが信長は、ここにきてそうは思わず、家康に対しては、今までとは違う感じ方をもつようになったのだ。

高天神城を囲んだ武田勢は、二万余の大軍だった。城主の小笠原長忠はこの地方の地侍《じざむらい》で、始めは今川氏に属していた。その後三河から進出してきた徳川氏に従うようになり、この頃では浜松城を支えるために、堅固な城砦を構えて、徳川勢の一翼を担ってきたのだ。

しかし武田方の攻撃が始まると、家康はなぜか浜松から軍勢を繰り出すことはなかった。どうしてか。彼はさきの三方ヶ原の合戦の負け戦さに懲りていたのだ。信玄が死んだとはいえ、その子勝頼は、父にも増して荒々しい大将だった。それに武田勢は、そのままの勢力を保っている。

家康は臆病風に吹かれた。そこで考えついたのが、信長に援軍を頼むということだった。そうなれば徳川勢は戦さの場に出ることもなく、織田と武田勢が戦えばよいのだと。こんな旨い話はなかった。そして信長からは、援軍をさし向けるという返事もきている。そこで家康は、その到着をじっと待つことにした。高天神城へは、一兵の援軍を出すこともなかったのだ。

やがて信長の率いる織田勢は、浜松の西、今切《いまぎり》（浜名湖の太平洋への入口）まで来たところで、高天神城がすでに落城したことを報らされた。しかしこのとき、武田勢に対して家康が、なんの攻撃もなく浜松の城の中に閉じこもっていたことが分かったのだ。信長にはその意味が分からなかった。

信長はやむなく引き返した。そしてここまで来て、なんの得ることもなかったことに、憤然たる思いに怒りを押えかねた。

（家康はこの俺を、手玉にとったつもりでおるのか）

彼は激しい屈辱を感じて、家康のやり方を詰《なじ》った。

（奴を、もう信じることなどできない）

信長はそうまで思って、家康のとった狡猾な態度を、人間として卑しいものとしてみてとったのだ。

信長は思った。

（この荒《すさ》んだ戦国の世とはいえ、情のある人間や人情というものもあるのだ。銭勘定《ぜにかんじょう》だけで世の中を渡れると思っておるのか）

信長は芯からそう思った。そしてふと浅井長政のことを想ったのだ。

（あの男も可哀そうな奴だった。だから俺は、心から奴を憎んではいない。あの男には義も情《なさけ》もあったのだ。親父《おやじ》と市《いち》の間に立って、さぞ悩んだのだろう――。しかしやむをえなかった）

この世では、義理や人情では越えられぬものも、またあったのだ。

じつはこの前の年、天正元年（一五七三）十二月に、信長は正妻濃姫を亡くしていたのだ。天文十七年に、彼が十五歳のときに夫婦になってから二十五年間、二人の間にはとかくの噂もあったが、信長は濃姫を正妻として厚く遇してきた。濃姫とは斎藤道三の娘である。

二人の間に子はなく、そのことで信長は彼女を哀れんでもいた。そこで彼は、濃姫の死後、その肖像画二幅を、京都の画家に描かせている。そしてその賛《さん》を、京都五山の禅僧、策彦周良《さくげんしゅうりょう》に書かせているのである。これも彼が、情に厚い人間だったとうかがわせる譬《たと》えである。


さらにもう一つの譬えがある。信長は京都と美濃の間を繁く往来していたから、これは伊吹山の麓の山中《やまなか》という山里であった出来事である。

京への上り下りの道中で、信長がいつも目にするものがあった。それは一人の乞食だった。その乞食は体が悪く、その不自由な身を、いつも同じ場所に晒していたのだ。信長は、乞食というものは、所を定めずにさすらい歩くものだが、その男はなぜいつも同じ場所にいるのかと、村の者に問いただした。

そのわけは、この男の先祖の誰かが、昔この山中に宿をとった、あの常盤《ときわ》御前を殺したというのだ。常盤御前とは源義朝の妾で、義経の母となる女人である。ところがその報いで、後の世までその殺した者の子孫は、代々体に障《さわ》りがあるようになり、ああして乞食をしているのだという。その男のことを、村びとは、「山中《やまなか》の猿」と呼んでいるとも。

あるとき信長は、その乞食のことを想いだして、岐阜を発つときに木綿《もめん》二十反を用意して家来に持たせた。そして山中の里に入ったとき村びとを全員集めて、持参した木綿を渡して、この乞食のために小屋を建てたり食事をさせたりして、これからはよく面倒をみてやれと命じた。そしてその費用に当てるためにと、この木綿を持ってきたのだと言った。村びとは驚いたり喜んだりして、信長のその優しい気持を称えたという。彼の人間味を知る小話である。

長島の一向一揆征伐

天正元年の終りから翌二年の始めにかけて、再び各地における一向一揆の動きが活発になってきた。厄介なことである。浅井、朝倉一族の滅亡直後からのことだ。北伊勢や越前や尾張の長島など、それらの動きが、石山本願寺からの指令によるものだということは明らかだ。信長にとっても頭の痛いところだった。

石山本願寺のことはさておき、越前の一向一揆に対しては羽柴秀吉を向かわせた。そして長島の一揆には、信長自身が采配を振ることになった。ところが長島の一揆が、信長がこれほどの勢力を持つに至っても、なおそこに服従しないのには、彼らなりの理由と歴史があったからである。

長島の地は、尾張と伊勢の国境の、木曽川と長良川の川口附近にある。南北に幾つもの島があり、その中心に位置するのが長島で、周りの島を併せると、その長さは七、八里にも及ぶ。そしてその頃には、その中に五つ六つもの砦が築かれていたのだ。

両国の国境の地にあり、なおかつ島であるここを、初めに支配したのは南北朝時代以降は一色氏《いっしき》だった。一色氏は足利一門で三河の国の守護だったが、遠く離れたこの島を、いわゆる飛び地として支配していたのだ。ところがその勢力が弱くなると、その後は直接の支配者が度たび代っていった。そして尾張からも伊勢からも辺地にあるため、中央からの支配も弱く、したがって強制的な束縛を受けることもない状態だったのだ。そこへ目をつけたのが本願寺である。

この時代浄土真宗本願寺派は、その信者である民衆を煽《あお》って、その地方を支配する領主の館を襲い、物を略奪し侍や足軽を殺傷し、領土を拡げて財をなし、勝手気儘な行動により世の不評をかった。開祖親鸞の教えがそうだったのか、彼らの勢いには守護大名にも劣らぬものがあった。長島の支配者の隙を突き、そこに入ってきた一向宗の宗徒たちは、そこに住む民衆を脅迫して、一揆衆として仕立てたのである。

織田勢は五万余もの大軍。長島に立て籠もった一揆衆も二万余と数は多かったが、その中には尾張や伊勢だけではなく、近隣諸国から流浪してきた、不逞の輩や兇徒なども多く含まれていた。これに対して信長は、今までになく、織田勢を総動員しての陣容で臨んだのである。

そこに参陣した主な武将は、織田一族を始めとして、柴田、佐久間、池田、羽柴らと、そして海上には滝川一益《かずます》や九鬼嘉隆《くきよしたか》らを配しての大軍だった。まさに信長の面子《めんつ》をかけた戦いが、いままさに始まろうとしていたのである。

信長はこの戦いの前に、徳川家康などに手紙を送り、今度の長島攻めでは、一向衆を根切《ねぎ》りにするといってその決意を述べている。根切りとは、一人残らず皆殺しにするという意味である。そこには、今までの長島攻めで、幾度となく手痛い負け戦さをしてきたことへの無念さと、激しい復讐の思いが込められていたのだ。根切りにするという手紙の文面には、信長の並々ならぬ決意がみてとれるのである。

天正二年（一五七四）七月十三日、信長と信忠は岐阜を発ち、その日は津島に陣を張った。長島を、木曽川の上流と東側から攻めるだけでなく、島の西側の木曽川の対岸にも兵を渡し、さらに河口附近には九鬼水軍が船を並べて、島全体を包囲したのである。根切りの準備は完全に整った。

その頃には、島の住民は早くも兵粮《ひょうろう》攻めによる飢えにより絶望的になり、船を出し、やがて上陸しかかった織田勢に対して、遮二無二に突っ込んできた。死に物狂いだけに、その鋒《ほこさき》は鋭い。さすがの織田勢も、たじたじとなって応戦する。その内にも織田勢は、島の殆どに侵攻し、貧弱な砦を一つ一つ落としていった。そして九月二十九日になって、一揆衆は、織田勢に対してやっと全面降伏を申し出て、それが赦されるかにみえた。

織田方がそれを了承したのか、しないのか。一揆側は、それが認められたと思い込み、続々と舟に乗って、西側の対岸を目指して逃げていく。ところがそれを見て、織田方は陸からも水上からもと、いっせいに鉄砲で狙い撃ったのだ。舟の中には女も子供もいたが、信長による「根切り」の命令によって、ことごとく川の中に沈んでいったのだ。

ところがそんな中、織田方の激しい鉄砲による攻撃をかい潜って、何艘かの舟が対岸に向かって漕ぎだしていくのが見えた。鉄砲の弾が飛びかう中を、巧みに身を伏せているのは、まぎれもなく坊主どもだ。彼らは間もなく織田方の総攻撃が始まり、島じゅうの百姓たちが皆殺しにされる前に、自分たちはそこから旨く逃げおおせようとしたのだ。そしてその内の何人か、十何人かは、向こう岸に這い上がることができたのだ。

このあと織田勢は、島内にある幾つかの砦を襲い、そこに隠れていた百姓やその家族を引っ張り出して、信長の怒りのままに、悉《ことごと》くを斬り殺したり焼き殺したりしたのだ。中には手を合わせて許しを乞う百姓や女たちもいたが、すでに遅かった。信長が島じゅうに張りめぐらした柵の中で、彼らは本願寺の坊主にも見捨てられて、すべて根切りに遭ったのだ。その数二万余という。哀れにも残酷な話である。百姓や小侍たちの必死の抵抗により、織田方にも多く討たれたものがあったが、信長はともかくも、積年の怨みを晴らしたのだ。それも「根切り」というやり方で。

一方、島から逃げていった坊主どもはどうなったか。彼らの中にはもともとの石山本願寺の者もいて、多くは大坂へ逃げ帰ったのだ。この頃その砦には顕如《けんにょ》がいて、全国の真宗門徒を差配していたが、もちろん長島における、信長に対する抵抗も承知していたのだ。

命からがらそこに辿りついた長島の首謀者たちを迎えて、彼はなんと声をかけたのか。よくやったと言ったのか。あるいはその不様《ぶざま》な負けようを詰ったのか、それとも怒ったのか。いずれにしても彼らは、二万にもおよぶ信徒が皆殺しにされるその場面から、自分たちだけが逃れて大坂に帰ってきたのだ。しかし顕如は、信長に対して一矢《いっし》を報いたことに対して、その行為を大いに誉めたのかもしれない。開祖親鸞の教えとは、そのようなものだったのか。

長篠の合戦

明けて天正三年（一五七五）四月になって、浜松の家康からまたもや援軍要請の連絡があった。甲斐の武田勝頼が、またぞろ三河周辺に兵を出してきたというのだ。勝頼にはさきに高天神城《たかてんじんじょう》を陥れて、家康と徳川勢に対しては、何も怖れることはないという自信があったのだろう。それに戦さとなれば、おのずから西に向かうということになる。西とは、三河と美濃と尾張だ。

しかし今度の武田勢の出陣には、もっと大きな理由があった。その背後には、またもや足利義昭がいたのだ。彼の信長に対する復讐心には、ここに至っても並々ならぬものがあった。驚くべきその執念である。

義昭は信長に追放されたあとも、畿内あたりを彷徨《ほうこう》していたが、その周りには彼に同調する勢力が依然としてあった。それは彼らの、信長に対する反感の気持と同じものといってよい。そこで彼は、再び御内書なるものを発して、信長討伐の檄を全国に飛ばしたのだ。今は将軍ではないので御内書というのはおかしいが、それを出した当人も、またそれを受けとった地方武士も、義昭はいまだに将軍だと思っているのだから、それでよいのかもしれない。

勝頼はその御内書を受とって、大いに感激した。父信玄の許には、今までにそういうものは度たび届いただろうが、彼自身それを受け取るのは初めてだったので、その喜びようはひとしおのものがあった。その御内書には、上杉謙信と北条氏政の三人が和して、信長討伐の兵を挙げよと書いてある。

ところがそのとき、もう一つの報らせが勝頼の許に届いたのだ。差し出し人は三河の大須賀弥四郎という者で、そこの地侍《じざむらい》といっている。勝頼の家来に宛てたその男の手紙によると、男は徳川家康の配下にあるが、日頃から家康に対しては不満をもっている。そこでこのさい、武田方に与《く》みしたいというのだ。すなわち寝返りということである。

彼が言うには、いま家康は浜松にいて、岡崎の城は留守居だけがいて手薄になっている。岡崎城はもとより三河の中心にある。家康の出生地も岡崎城である。だからその岡崎城を乗っ取ってしまえば、家康には大きな痛手となる。岡崎城への手引きは自分がするというものだった。これは勝頼にとっても武田勢にとっても、思いがけない報らせだった。

都合のよいことに、岡崎は勝頼が上洛するための、その途中にある。そこを陥れば、徳川家康を討ち破り、信長を討伐するのと、二つのことが一度に出来ることになる。勝頼は手を打って喜んだ。そこでいよいよ、武田勢は信長討伐のための兵を挙げることになったのだ。

天正三年四月、武田勢二万余の大軍が甲斐の国古府中を発した。信濃の険しい山道を西に進み、遠江との国境にある青崩峠を越えて渋川に出た。そしてその辺りからは道を西にとり、三河の北部から岡崎を目指したのである。ところが先発隊が足助《あすけ》附近に辿りついた頃に、異変が起こった。大須賀某が計った岡崎攻めのことが洩れ、彼は捕えられて殺されたというのである。謀《はかりごと》はあっけなくも失敗に終った。

それを後方で聞いた勝頼はどうしたか。重臣たちは、折角ここまで来たのだから、このまま北に進み美濃に攻め込むようにと進言した。その道の東側には、すでに武田側が手中にしている明智や岩村の城もある。そうすれば徳川方と遭遇することもなく、上洛の道がとれるというのである。

しかしこれに対して、勝頼は承知しなかった。彼には別の考えがあったのだ。

「長篠城を攻める」

と言ったのだ。重臣たちはその言葉に驚いた。まさかと思って、声も出なかった。

しかしこの時になって突如として湧いた勝頼の思いには、熱く抑えがたいものがあった。それは父信玄が、二年前の天正元年に三方ヶ原の戦いに勝ったあと、三河の東部に進出して、豊川河畔にある野田城を攻めこれを陥れたことがあった。しかしその陣中で信玄は急な病に侵され、甲斐へ帰る途中、信濃の駒場で息を引きとったのである。

勝頼は今でも、あの辺りには父の怨霊がさまよっていると思っている。しかもこのとき、その近くの長篠城には、徳川方の奥平信昌が城主として入っていた。長篠城は野田城よりも重要な地点にある。勝頼はなにがなんでも、その長篠城を攻め落としたいと思った。それが父の怨みを晴らすことだと、強く自分に言い聞かせたのだ。

信長が家康から援軍の要請を受けたのは、武田勢が長篠城に向かって兵を進め、そこを取り囲もうとしている頃だった。その勢二万と聞いて、信長はそれがたんなる長篠城攻め、また浜松や岡崎攻めでないことを知った。そこで自らも進んで、軍勢を催す決心をした。

信長と息子信忠の麾下《きか》三万余という大軍は、武田勢を上回るものであることに、その意気込みが現われている。三河の東部の山の中の道を、武田方の隊列が延々と続いていくのを見た物見の報らせによっても、勝頼の気持がいかに逸《はや》っているかが分かる、この戦いの始まりだった。いよいよ武田方と、全面対決する様相を呈してきた。

長篠城は東から大野川、北西の方角から寒狭川が流れてきて、それが合流して豊川と名を変えて南の方角に下っていく、その三角の地点にある。川に面して崖がそそり立っていて、天然の要害の地にあるといってよい。さらに背後には、鳳来寺山の裾野が、深い森となって拡がっているので、そこに軍兵を入れるのは難《むつか》しい。小さな城とはいえ、守るに万全の構えを見せている。

このとき長篠城の守兵は約五百人。これで本当に武田方の攻撃を支えきれるのか。しかし弱冠二十一歳の城主奥平信昌はよく耐えた。部下をよく纏め、四月の下旬から始まった武田方の攻撃に対しては、籠城戦に持ちこんだ。その彼を元気づけたのは、間もなくやってくる徳川と織田勢の来援を信じていたからである。

徳川勢を支援する織田勢の足は早かった。五月十三日に岐阜を発って、十四日には岡崎に着いた。ここで徳川勢と合流しているから、家康はまだ長篠救援に向かっていないことになり、相変らず彼の動きは鈍い。いちいち信長の指示がないと動けないのか。しかしともかくも、十八日には長篠城西方約一里の地にまで到着した。

その間に、鳥居強右門《とりゐすねえもん》という豪の者が城を脱出、家康に長篠城の危急を訴えた。そこで織田勢が来援のためにすぐそこまで来ていることを知らされると、急ぎ城に帰った。ところがその外で武田方に捕らえられたのだ。そこで十字架に縛りつけられると、城内に向かっては「救援来たらず」と言えと脅されたが、彼は「織田の救援間近か」と城内に向けて叫んだので、ただちに槍で刺し殺されたのだ。世に名高い鳥居強右門の話は、この時のものである。

織田、徳川の連合軍は、いまや一体となって東に進み、これに対して武田勢は、長篠城を背にして西方へ主力を動かして、左右に拡がる丘陵地を背にして陣を敷いた。双方の間は一里足らずしかない。そこからは織田、徳川勢を見下ろすことになる。勝頼はその布陣を見て、武田方の優位を感じただろう。

一方の信長は、目の前に拡がる設楽ヶ原《したらがはら》を見て、武田方と対戦するには、ちょうどよい広さと地形だと見てとった。このあとすぐ、そこで繰り拡げられるであろう合戦の模様を想い浮べながら、すでに勝算我れにありと思っていさえした。しかしまた、武田の騎馬隊の突進をどう止めるかと、考えをめぐらせていた。

信長はこのとき、扇ではたと膝を打った。

「これだ」

思わず口をついて出た。そしてただちに秀吉を呼んだ。秀吉は飛んできて、信長の前に跪《ひざまず》いた。

「藤吉、もっと寄れ、これはそちと俺だけの話だ」

そのあと信長にしては珍らしくひそひそ話になり、二人とも時どき大きく頷き合っていた。いったい何が話し合われたのか。

話が終ると、秀吉は急いで自分の陣営に戻った。そしてすぐに一人の男を呼び出した。あの蜂須賀小六である。秀吉もまた信長がそうしたように、小六を自分の膝元に呼び寄せると、やはり同じようにひそひそ話をして、頷き合ったのである。そしてそのあと、小六もまた急いで秀吉の陣営から出ていった。いったい何が起きようとするのか。

信長も勝頼も、互いの陣営を遠くに望みながらも、戦さはまだ始まらなかった。勝頼の気持ちは逸っていたが、信長はそれをじっと我慢した。

（あと二日）

互いの陣立てがまだ整っていないこともあったが、彼はあと二日は我慢しなければならないと、固く自分を戒めた。

五月十九日の両軍の陣形は、設楽ヶ原のほぼ中央に、豊川に注ぐ南北に流れる連子川《れんじ》を挟んでいた。連子川は細い川で、徒歩でもなんなく渡れる。織田方はその小川の間近に、南北に長く陣を敷いた。これに対して武田方は、小高い丘が連らなった山裾近くに、これも南北に陣を敷いた。一見すると武田方に有利な陣形である。決戦は明日か明後日か。

とその夜になって、織田方の陣営で異変が起こった。各武将たちが布陣した後方で、時ならぬざわめきが起こったのだ。それは不穏なものではないが、たしかに大勢の男たちがうごめき、立ち働いているのだ。しかも男たちだけでなく、何か大きな物体が、陣営の後ろに運び込まれているのだ。その数の多さに、足軽たちもびっくりしている。

その物体とは、敵方が馬を飛ばして突進してくるのを防ぐ、馬防柵《ばぼうさく》と呼ぶもので、これが馬車に載せられて、後方から続々と運ばれてきたのだ。それを運んでいるのは、蜂須賀小六の手の者。なぜ彼らが今ここに。

じつはこれに似た場面は、前にもあった。それはあの洲股《すのまた》城築城の折に大いに働いたのが、この小六の一党だった。小六と秀吉とは、例の生駒屋敷以来の交き合いである。それに小六は、その時から、尾張や美濃や三河地方の土豪や、もっといかがわしい連中との繋《つな》ぎがあった。仕事はなんでもする。まっとうな商《あきない》のほかに運送や土木や、その他何もかもと。

信長はそれを思いだしたのだ。そして秀吉もすぐに手配したのだ。もっとも小六も、秀吉が行くところ、大抵はそこに従っていたから今回は都合がよかった。

織田、徳川方の陣形は、連子川を前にして、横一列に半里にも長く延びる。そしてその前面にこの馬防柵を、土に打ち込んで並べるというものだった。信長と秀吉、そして秀吉と小六が考えついたのが、この奇策だったのだ。

馬防柵備えつけの作業は、すぐに始まった。横一列に並んだ隊列の、すぐ前に馬防柵を立て、その前方三間《げん》（約五メートル）ほどに浅い堀を掘った。そして柵の後ろ側には、全面に鉄砲隊を配置したのだ。徳川勢と併わせると三千挺以上にもなるのか。信長が誇る鉄砲隊である。これで準備はすべて整った。

陣形のいちばん左翼、すなわち山寄りから、佐久間、蒲生《がもう》、羽柴、滝川らの諸将と、その後方に織田信忠。そして中央から右翼にかけては、徳川方の榊原康政や大久保忠世などが陣を敷いた。また信長自身は、全軍の中央後方に構えて、織田と武田勢の全軍を俯瞰することになった。

武田方の先鋒が徐々に山を降り、明五月二十一日がいよいよ決戦かと誰もが思っていたとき、夏の長い日が暮れて間もなく、織田方の中で動きがあった。信長が、家康の家来酒井忠次を呼び寄せ、織田、徳川勢の内二千ばかりの兵を与え、武田勢の南方から大きく迂回し、さらにその東側を北上して、長篠城を取り囲んでいた武田方を背後から襲撃する作戦を立て密かに送り出したのだ。そしてついに、五月二十一日の朝を迎えた。

まずその一番手をきったのは、酒井忠次の一隊だった。長篠城を包囲していた武田勢を、背後からいっせいに襲ったのだ。凄まじい喊声《かんせい》をあげて迫ってくる織田勢を見て、武田方は大いに慌てふためいて、長篠城の囲みを解くと何がなんだか分からずに、散り散りになって、逃げまどった。

その騒乱の声が聞こえたのか聞こえなかったのか、設楽ヶ原で初めて声をあげたのは、織田方の足軽連中だった。彼らは槍だけを持って小走りに向かっていき、武田方をけしかけた。それを見て武田方では、徳川勢の前面にいた山県昌景《やまがたまさかげ》の軍勢が、猛然と騎馬隊を従えて突っ込んできた。織田の足軽隊はそれに対して、素早く退いて馬防柵の中に逃げ込む。

その時である。馬防柵の中で構えていた織田方の鉄砲隊が、いっせいに撃ちかたを始めたのである。武田方の騎馬隊は、山県勢に続いて喊声をあげ、怒涛の勢いで織田方の陣営に迫ってきた。しかし織田方の鉄砲の音も凄まじかった。しかもその音は、間断なく轟音となって響き渡っているのだ。その間に、武田方の騎馬隊は、人も馬もばたばたと倒れていく。

（こんな筈ではなかった。）

武田方の騎馬隊の将といわず兵といわず、誰もがそう呟いた。鉄砲は続けさまに撃つことはできず、一度撃ったら、次の弾を撃つまでには、ある程度手間がかかる。しかし織田方の鉄砲は少しも休むことなく、撃ちずめに撃ってくる。これはいったい、どういうことだ。

だが武田方の騎馬隊の侍たちには、それを考えている暇はなかった。後方から総大将武田勝頼の下知の声が、たえず怒号となって聞こえてくるようだった。その声に押されて、侍大将たちが部下を叱咤して、気が狂ったように叫び続ける。そしてその侍も、「あっ」と声をあげて、その体が宙を舞って馬から落ちる。信長が考案した、鉄砲隊の三段構えの戦法は、見事に的中したのだ。

阿修羅《あしゅら》となった武田方の武将と侍たちは、織田方の鉄砲の前に次々と倒れていく。馬の死屍は大きく倒れ、武士たちの死屍はその間に累々と積み重ねられていく。その体から吹き出す血が、止めどもなく流れている。そこには名だたる武将や侍大将や、また唯の侍や足軽たちの区別はなかった。みんな等しく、たしかに死へと向かっていく形相だった。

しかしそれでもなお、武田方の騎馬隊の突進は続いた。後方に残っていた軍勢が、否応なく前に押し出され、次から次へと織田方の鉄砲に撃たれて倒れていく。負け戦さであることは、もうとうに決まっている。これ以上どうするのか。そう迷っている間にも、武田方は突っ込んでいく。そしてついに最後になりかけた頃に、武田方の重臣馬場信春の率いる軍勢が、猛然と織田の陣営に殺到したが、これもあえなく、馬防柵を越えることもなく、鉄砲隊に撃ち倒されてしまったのだ。

本陣にいた勝頼は、これ以上はどうすることもできずに、周りにいた重臣に促されて、やっと退くことを決めた。その伝令が前方に向かって走っていったが、兵を纏めて帰ってくる侍や足軽たちは少なかった。馬が横たわり、侍たちの死屍と旗竿が無残にも打ち捨てられている戦いの場に、立っているものは何もなかった。惨憺たる光景である。

この日、設楽ヶ原で斃れた武田方の兵士の数は、いったいどれだけになるのか。万を越えるのか。こんな戦さになると、誰が予想しただろう。兵だけではなく、武田方は多くの有力武将たちも失ったのだ。山県昌景、馬場信春、真田信綱らと。彼らはみな、先代信玄に従ってきた者ばかり。武田方はこの面でも多くのものを失ったのだ。

戦いは辰の刻（午前八時頃）から始まり、未の刻（午後二時頃）に終った。彼らにとっては、苛酷で惨めな時の流れだった。勝った織田方の兵ですら、その余りの惨たらしさに、言葉少なに、その戦いの場から去っていったのだ。

この戦いの勝敗の原因は何か、どこにあるのか。しかしここで多くを問う必要もないだろう。あえて言えば、信長の奇策と勝頼の若さの結果と言えるかもしれないが、武田側については、もっと複雑な原因があったのかもしれない。

五月二十五日に、信長は岐阜に帰った。内心では怖れていた武田勢を、思いのほか、これだけ見事に撃ち破った自分の手腕には満足した。しかしこれは多分に、相手の勝頼の若さにあったことも事実であると、彼は頷いた。武田の大軍を率いて馬上にある勝頼の、逸りに逸ったその気持が、手に取るようにみえていたのだ。

しかしこのとき、信長はもう一つ別の考えに捉われて、その気持ちは憮然としていた。それは怒りにも似ていた。

（あの家康という男、俺をなんと思っておるのか）

それはたしかに、家康への怒りの気持だった。

元亀三年十一月の三方ヶ原での合戦以来、徳川家康は、今度の合戦を含めて、三度も信長に援軍を要請している。そして信長は、その都度兵を出しているのだ。ところがその家康の戦いぶりとは！

信長にはどうにも腑に落ちないものがあった。

三方ヶ原の戦いは、徳川方のまったくの負け戦さだった。しかしこれは相手が信玄である。家康とは格が違う。彼は逃げ足早く浜松城へ逃げこんだのには、家康自身の戦さ下手が感じられた。信長は、彼が臆病なのかと思った。

つぎは高天神城の合戦だった。そのときも信長は、長駆遠江まで出向いている。ところがそこに着いたときには、すでに高天神城は、武田方によって落されたと聞いたのだ。しかも驚いたことに、浜松城にいた家康は、それを救うための援軍を、一兵も出さなかったというのだ。いったいこれは、どうしたことだ。

そしてつぎは、今回の長篠、設楽ヶ原の合戦である。ここでも家康は、長篠城救援の兵を出すことはなかった。そして織田勢が到着するのを、無策にも岡崎城で待っていたのだ。信長としては、いずれ武田方とは全面対決になると思っていたから、それはそれでよい。しかしいつの場合でも、家康は自ら戦うことなく、なるべく織田と武田を直接戦わせようとする気配さえ感じられると、信長は思った。

（あの男は、年の割に狡猾なところがある。三河衆とは、ああいう奴原《やつばら》か）

信長と家康とは、このころから盟友というよりも、主従の関係へと変っていく。家康を見下すことになったのだ。とはいえ、徳川勢が遠江にあることによって、やはり武田の残党と北条氏に対しては有効なことであり、信長はそのまま、家康に三河と遠江の統治を任せることにした。

第八章　安土城築城の夢

皇帝カエサルのこと

設楽ヶ原《したらがはら》の戦いがあった二か月後に、信長は上洛した。とそこへ、珍しくルイス・フロイスが訊ねてきた。

「しばらくお会いしていませんでしたが、ご健勝のこと、なによりでございます」

「ごけんしょうか」

信長は思わず吹きだした。

そう笑いながら、信長はこの日も機嫌がよかった。彼としても久しぶりに、フロイスに会いたいと思っていたところだった。

「このたびわたくしは、九州にいくことになりました」

「なに、九州に？」

「はい、それでお別れのごあいさつに――」

これはフロイスが属している、イエズス会の布教活動の一つとしてそう決まったのだ。

このあと信長はフロイスに対して、布教のことや教会を造るといっていた話がどうなったかを尋ねたが、あまり旨くもいっていない様子だった。これに対してフロイスは、先きの武田との戦いでの、信長の武勲について、都の人びとが誉めそやしていることを述べた。

「そこでわたくしが思いますには、その織田さまのご帰還をお祝いするのに、この国ではどうして、それを称える凱旋門などを造らないのかということです」

「がいせんもん?」

「はい。奥南蛮、つまりローマなどでは、皇帝や将軍が外国との戦いで勝って帰ったときには、人の背丈の十倍も二十倍もの高い、石造りの立派な門を都の入口に建てて、その英雄を迎えるのです。あの皇帝カエサルも、そうしたものです。それは当人にとっても、とても晴れがましいことだと思うのですが」

「がいせん門を潜って、都へ帰ってくるというのだな」

「はい」

フロイスは自分の言ったことが、キリシタンとしては、意に沿わないものであることを承知していた。しかし今、自分たちがこの権力者の庇護を受けている現実を知れば、それは世俗的な、素直な気持の現われだと思ったのだ。

信長はローマの皇帝が、軍勢を従えて都へ帰ってくる様を想い浮べた。そこには鎧兜に身を固めて、都大路を馬に乗って進んでいく自分の姿が、二重写しになって映っていた。フロイスによって語られる奥南蛮の都の風景に、信長はこの時も、憧れるようにして空《くう》を見つめていた。

「しかし我が国では、石で、そんな大きな門を造るという風習や習慣はないのだ、残念なことに」

たしかにそれは、不可能なことだ。フロイスもそう頷いた。

「しかし石でなく、木で造れるものもある」

信長は何かを思いだしたように、そう切りだした。

「何でしょう?」

「フロイスどの、少しこれへ」

信長は彼を手招いた。

「予はいま、大きなことを考えておる。それを言って聞かせようか」

フロイスはそう言われて、目を輝かせた。そしてそれにも増して、信長の目は屈託もなく明るく輝いていた。

「予はいま、あの安土の地に、岐阜のよりももっと大きく、壮大で美しい城を築こうと思っておる。そしてその頂上には天守を、つまり大天守閣を建てるのだ」

それは奥南蛮の宣教師に言って聞かせるには、思いがけない不用意な言葉だったかもしれない。フロイスは、こんなことを自分に向かって言ってよいのだろうかと、どこか危ういものを感じたのである。

「予は奥南蛮へは行ったこともなく、その景色も見たことはない。だから皇帝や将軍の城や館の中のことを、想像することもできない。しかし今度造るその天守閣は、五層にも七層にもなる大きなものだ。だから大きな部屋も造れる。予はその部屋を、ローマの皇帝の住居《すまい》に似せて、立派なものをと考えておるのだ」

信長の夢は大きく膨らんでいく。

「それがどんなものかを、フロイスどのに尋ねたいのだ」

途方もない話になった。そんなことを、フロイスがすぐに答えられる筈もない。

「わっはは、わっはっは」

信長はその困惑顔を見て、面白がって笑った。

「よい、よい」

相変らず機嫌はよかった。

「さて、その次だ」

今度は少し真顔になって、フロイスを見た。

「いつであったか、皇帝のなんとかという人物の話を聞いたが、その続きをやってほしい。あのローマの町を焼いたという皇帝とは、別の人物だ」

天守閣の話よりも、そのほうが話し易いとフロイスも思った。

「それは以前にもお話した、カエサルという皇帝です」

フロイスはカエサルについて、その時どこまで喋ったのか忘れてしまった。

「たしかにカエサルは、織田さまに似たところが沢山あります。いや、本当によく似ていると思うことがあるのです」

「会ったこともないのに、どうしてそんなことが分かるのだ。あのとき、千何百年も前の皇帝と言ったではないか」

「はい。しかしカエサルは、自分でも書物を書くほどの頭のよい皇帝でした。そして自分が出陣した外国との戦いの模様を、そのたびに書き留め、それを後世に残したのです。皇帝としては文武に秀《ひい》でた、すばらしい人物だったのです」

「自分で戦さをしながら書いた本が、後世にまで残ったと?」

信長は感に堪えぬ思いで、そのあとは言葉が続かなかった。

「そのカエサルが残した業績は、よほど大きなものであって、彼が書いた書物だけではなく、たとえば水道橋などという石造りの巨大な建造物なども、今に至るも残っているのです。彼は後世の人びとにも、大きな恩恵をもたらしたといえるのです」

「うむ。その水道橋なるものも、いま初めて聞いたぞ」

「しかもその水道橋の上を通る水路の水は、今でも人びとが、毎日の生活のために使っており、彼らは大へん助かっていると言っております」

「そんな昔に造ったものが、今でもみんなの生活に役立っていると?」

信長にとっては、それは想像もつかない建造物である。

(カエサルという男、俺とは比べものにならない、桁外れに大きいということか。勝負にもならんわい)

それだけではない。彼は今さらのように、奥南蛮、すなわちローマやポルトガルという国々の持つ文物の巨大さに、目も眩むような思いさえした。

「ただカエサルは――」

と言いかけて、フロイス急に口を噤《つぐ》んだ。この先を言うべきか、言うまいかと。

「なんだ。どうかしたのか」

「いいえ。ただカエサルは、その後元老院の建物の中で、議員たちの一味によって殺されてしまったのです。それも彼の仲間と思われる人びとによって。残念なことですが、これがローマのという国の成り立ちというか、その時代に、じっさいにあった出来事なのです」

「裏切りがあったということか」

「裏切りというか、暗殺というか――」

「それはカエサルの直接の部下の手によってではなく、議員とかという連中がやったことなのだな」

「はい。そのようです」

「そういうことは、この国でもよくあることだ」

「そうでしょうか」

「うん。いつの場合でも、油断できないということだ」

「――」

フロイスは信長の表情を読みとることもできずに、うつむいていた。

「予には、奥南蛮の、そのローマの政《まつりごと》の仕組みがよく分からん」

その言葉には、拘《こだわ》りのようなものはなく、信長がどこか他人事のように言っているようにも思われて、フロイスはほっとした。

このあと信長は、フロイスに対してはねぎらいの言葉をかけ、なにがしかの金子《きんす》を渡して帰してやった。

安土城築城のことは、信長にとってはそれほど隠すことでもなかった。初めて自分の手によって小牧山城を築き、それが稲葉山の頂上に岐阜城を、そして今度は安土の地に、安土城とも言うべき城を築くことによって、彼の夢は際限もなく拡がっていった。それに安土という場所は、信長の野望を充たすには絶好の位置にあったのだ。

（あそこから、京の都を睨みつけてやろう）

そうするには、またとない場所だったのだ。

ねねへの手紙

この頃は、信長の気持は穏やかだった。戦いの日々が続くこともあったが、寛《くつろ》ぎに憩うこともあった。そんなときふと、或《あ》る人物に手紙を書くことを思いたった。しかも相手は女人である。誰か。それは羽柴秀吉の妻ねねである。じつはねねからは、それより先に信長の許に手紙が届いていたのだ。そこに書いてあったのは、女として妻としての愚痴である。つまり夫秀吉の女癖が悪く、それを殿さまから叱ってほしいというのだった。

（藤吉め、やりおるな）

そう訴えるねねの顔を想い浮べると、信長は思わず笑ってしまった。

秀吉がねねと結婚したのは、信長があの小牧に城を築いて間もなくの頃だった。その婚礼の儀には、信長は祝いの品を届けている。信長に仕えて間もない家来に対して、彼がそこまでするということは、珍しいことだった。よほど二人が気に入っていたのだろう。

人には互いに、相性というものがある。理性とか、たんなる感情や感性を越えたものだ。人と人との間柄は微妙なもので、互いに、僅かなことで気持の行き違いがあると、それがもとで気に障ったり悪意をもったりする。しかし相性が合う者同志となると、それはなんでもなく、軽い笑いですますこともできるのだ。

信長と秀吉の間柄にも、そういうところがあった。しかもそれは、あの生駒屋敷で二人が初めて出逢った時以来のことで、信長は主人として彼を使い易く、秀吉もまた家来として仕え易く、時によると二人は、気易い態度で接することができたのだ。相性とは理屈では説明のできない、不思議なものである。

ねねは今までも、信長に対しては贈り物をしたり、ご機嫌伺いの手紙を出したりしていた。それも亭主のことを思えばこそのことで、しかし当の秀吉は、いちいちそれを知ることはなかっただろう。

そこで信長は、早速手紙を書いてやった。

おほせのごとく、こんどはこちのちへ、
はじめてこし、けさにいり、しうちゃく候
ことに、みやげ色々　うつくしさ
ゆめにもあまり　ふでにもつくしがたく候――

なんとも優しい語りかけである。ねねが土産ものをくれたことに対するお礼が、筆にもつくしがたしと、信長にしてはこの上もない誉めの言葉で綴られているのだ。

さらに、自分も今すぐそのお返しをすることはできないが、いつかそなたが来た折には、何か贈りたいと思っている、と述べている。また、そなたにいつか会ったとき、その顔が前よりも一層美しくなっているのには驚いた。ところがそのように美しいそなたに対して、藤吉めが悪態をついているというが、とんでもない話しだ。そなたのような良い女房は、あの男には勿体ないぐらいだ。とその肩をもっている。

そして結びには、しかしそうはいっても藤吉はそなたの亭主なのだから、優しく振る舞ってやれ。決してやきもちなど焼くではない。そこはひとつ我慢をして、面倒をみてやるのがよいとたしなめている。それにしても優しい信長の心遣いである。まるで自分の妹や娘に対する手紙である。

信長の心は、決して猛々しいだけではなく、荒《すさ》んでもいなかった。ただ戦国の世に生まれ、武将としての父信秀の薫陶もあって、少年時代から、彼も父以上の優れた武将になろうと欲した。その結果彼の心の内には、激しい闘争心と征服欲と、それにも増して邪悪なものに対する許しがたい正義感が芽生えて、それが大きくなっていったのだ。

しかし一方では、彼は平穏な日常生活と心の安らぎを求めてもいたのだ。厳しく慌しい戦いの合間をぬって、ルイス・フロイスに会ったり、また亭主には黙って信長の所に訊ねてくるねねとの会話には、なんとも屈託のないひとときを楽しんでいたのである。

それにしても、藤吉郎の女ぐせの悪さにやきもちを焼くねねの顔を想うと、思わず笑いだしたくなるような可笑しさがあって、信長はいつまでも一人笑いをしていた。

毛利勢来攻

安土城築城の工事は間もなく始められたが、完成は数年後のことになる。しかし信長はそれが待ちきれずに、その麓に建設される予定の城下町の用地に、早くも侍や足軽どもを入れて、自分もそこに移ったのだ。相変わらずの性急な彼の行動である。

しかし困るのは家来や足軽たちだった。岐阜に残してきた家族との二重生活になる。それで扶持《ふち》（給料）が増えるというあてはない。信長のいつもの強引なやり方である。足軽たちの不満の声が聞こえてくるようだ。

しかしこのことによって、信長が動き易くなったことも事実だ。京都へは近い。そこで早速、かねてからの石山本願寺討伐の計画を実行に移すことになった。天正四年（一五七六）四月になって、明智光秀と長岡（細川）藤孝、それに荒木村重らに対して、本願寺攻めの軍勢の配置を指示した。いよいよ織田勢の主力をそこに向けることになったのだ。越前や武田など、背後からの攻撃の怖れは、殆どなくなったからだ。それにしても本願寺の抵抗は執拗だった。

信長は、本願寺との戦いは、この辺りで決着をつけなければならないと思っている。今までは本願寺側と帝との関係を考慮して、とかく鋒《ほこさき》も鈍りがちだった。それに畿内には、暗に本願寺に味方する勢力もあった。ところが今では、長島の一向一揆の征伐と、設楽ヶ原《したらがはら》における武田方に対する織田方の大勝の結果、畿内以外で本願寺に与力する勢力も、徐々に少なくなっていった。それが信長にとっては強みとなった。

寄手《よせて》は、本願寺の砦を四方から取り囲んだ。しかしこの辺りの地形は、淀川の河口附近にあたるため川や水路が多く、大軍でもって包囲したつもりでも、抜け道はいくらでもある。籠城戦は、本願寺側にとっても、それほど苦にならない。それに外からの援護が、この時になってもあったのである。

そしてここに、本願寺側にとって、大きく頼りになる援軍が現われたのである。それは西国安芸《あき》の毛利輝元が率いる軍勢だった。これは明らかに、足利義昭による誘いに乗ったものだ。先きに信長により、一命だけは助けられて追放になった義昭だったが、彼は執念深く、いまだに信長追討の熱い情熱を胸に秘めて、あらゆる手を使っていたのだ。兄義輝とは、だいぶ性格が違う。

毛利の軍勢が、陸路をやってくるわけではない。海から八百隻もの船を漕いで、はるばる大坂までやってきたのだ。大船団といってよい。これに対して織田方は、三百隻の船団だった。そしてこの二つが、木津川の河口でぶつかったのだ。ところが毛利方は、船の数の上でも優勢だったが、織田方にはない新しい兵器を使用して、織田方を徹底的に討ち破ったのだ。毛利勢が使用した兵器とは、何だったのか。それは火薬を詰めこんだ手投げ弾で、鉄砲よりも破壊力のあるものだった。この模様は、あの「文永の役《えき》」や「弘安の役」を想い起こさせるものだ。元《げん》軍が九州の博多に大挙来襲して、鉄砲よりも大きな、大砲のような火器で、大いに鎌倉武士を悩ませた、あの戦いである。

これには織田勢もびっくりして、信長も目を剥《む》いて驚いたことだろう。織田方の大敗だった。毛利方は船によって運んできた大量の兵粮米や物資を、なんなく石山の砦の中に運び入れたのである。城兵たちは一息ついたのである。天正四年（一五七六）七月のことだった。

信長の受けた衝撃は大きかった。しかし彼は、すぐに気をとり直した。石山の砦は、いくら陸上から攻めても落ちないことを悟ると、毛利の水軍に対抗するための方策を練った。そこで考えついたのが――。彼は早速、志摩の九鬼嘉隆《くきよしたか》を呼んだ。そこで或る秘策を彼に授けたのだ。

九鬼とは、去る永禄十二年（一五六九）の伊勢攻めのさいに、信長に降った地元の武将だった。彼は今までの織田方にはなかった水軍、すなわち九鬼水軍を輩下に持っていたのである。ただ秘策といっても、信長から命じられたその案は、これは半年や一年で成果が現われるというものでもなかった。石山攻めは辛抱強く、骨の折れるものになってきた。

砦に立て籠る顕如《けんにょ》が強気なのは、その原因の一つとして、畿内から摂津や和泉《いずみ》にかけての地元の勢力が、信長よりも本願寺側に味方する傾向が強かったからである。その一人に、紀伊の畠山貞政という武将がいた。畠山氏は足利氏の一門で、南北朝時代以降、和泉から紀伊にかけて勢力を保っていた。

その貞政も、かねがね本願寺から誘いをかけられていた一人だった。その彼はこの時になって、紀伊雑賀《さいか》衆や根来《ねごろ》衆と計って、本願寺に味方して兵を挙げたのである。天正五年二月、信長は京都を発して、雑賀衆討伐のために淀川を渡った。雑賀の一揆衆が立て籠った砦など、石山の砦の比ではない。しかし彼らは鉄砲隊によって武装していたのである。しかもその首領の鈴木孫一の鉄砲の腕前は、名人と言われるほどのものだった。信長はそれを怖れて、大軍でもってそこを攻めたのだ。

滝川一益《かずます》や明智光秀の来襲を受けて、先ず驚いたのは根来衆だった。そこの僧兵の首領は、杉之坊というならず者だった。彼は信長による比叡山焼き討ちのことは知っている。畠山貞政に唆されて兵を挙げ、また自分たちには鉄砲隊があるといっても、とても勝てる相手ではない。まかり間違えば、山門と同じように皆殺しにされてしまう。そこで鈴木孫一の一党を裏切ったのだ。坊主は汚ない。

雑賀の鈴木孫一にしても、一人で織田の軍勢に立ち向かうことなど、出来るわけがない。そこであっさりと、手下の者と一緒に信長に降伏を申し入れたのだ。信長としても、それ以上に彼らを責める必要はない。要は石山の砦を支えている、ちょうど蟹の手と足を椀《も》ぎ取ってしまえばそれでよいのだ。それに鈴木孫一を始めとする、雑賀の鉄砲集団を味方に引き込むことができたのは、思いがけない収獲だった。雑賀と根来衆のことは、これでけりがついた。

この頃から信長は、岐阜を離れて安土や京都に居住することが多くなった。それこでかねてから新築していた、二条の新しい館に入ることにした。都にゆっくりと腰を落ち着けることにしたのである。そこからは、畿内やそれに続く西国の情勢が、今までよりはよく見えるようになった。

そんな折、越後の上杉謙信が、間もなく兵を率いて上洛するという噂さがたった。その噂さは前にもあったが、今度は謙信も本気らしい。信長もそれを聞いたが、その背後に本願寺の顕如や、今はどこにいるのかも分からない、足利義昭があることは容易に想像できた。信長は早速、柴田勝家に加賀に向かうように指示した。

ところがこのとき、信長の御膝元の畿内で、松永久秀、久通の父子が信長に背いて兵を挙げるという報らせがきた。しかも彼らの行動は早く、天王寺の砦を引き払って、いち早く大和の信貴山城に立て籠ったということである。信長は意表を突かれた。松永父子に、いったいどんな思惑があったのだろう。

久秀には、かねてから信長に対しては含むところが、たしかにあった。彼はもともとは、三好長慶《ながよし》の家来だった。長慶は将軍足利義輝と度たび戦さをし、また時により和を求めたりして、この頃畿内で目まぐるしく活躍した武将だった。武将といっても信長のように、地方からやってきたのとは違う。

久秀がその長慶に仕え、次第に頭角を現わし、やがて主家《しゅか》を乗っ取るに至ったいきさつは、彼としても後ろめたいところがあったが、戦国武将なら多くの者が、それに似たことはやったのだ。その後信貴山城に拠って、大和の国から畿内各地へと勢力を大きく拡げていった。彼にはそういう才覚があったのだ。

しかし時代が大きく変り、やがて尾張の田舎侍織田信長が足利義昭を擁して上洛するにおよんで、事態は急に変りつつあった。尾張から美濃へ、美濃から京へと攻め上ってきた信長と尾張勢の勢いは、久秀の予想を遥かに越えたものだった。自分たちが小さな勢力を相手に、下手な計りごとを企み、狭い地域で右往左往している戦い方とは全く違うやり方で、圧倒的な動きをした。久秀はその様を見て、これは到底相手にならないと思った。

多少のいきさつはあったが、久秀は信長に恭順の姿勢を見せた。一族のことを思えば、そうするのがよかった。しかしそのさい、信長が久秀に対した処遇は、苛酷とは言わないまでも、彼にとっては不満の残るものだった。大和の北部から畿内の各地を領していた彼に与えられた土地は、大和の国一国だけだった。

久秀の信長に対する不信と不満の気持は、すでにその頃からあったのか。しかしそれでもなお、彼は信長に服従し、度々の合戦にはそこに参陣している。それが一族のためだったからだ。しかしこうした態度を示しながらも、信長に対しては、どうしても赦せない気持を持ち続けていた。

久秀と信長では、いわゆる相性が合わなかったのだ。これはどうしようもない。相性があわないだけではなく、久秀は信長の人となりを蔑《さげす》んでいた。たとえば茶席などで、堺の商人の某《なにがし》という茶人が来て、茶の飲み方などを説明しても、信長にはそれが分かっていないのだと思うことがあった。事ほど左様に、彼はほかのことでも信長の教養の低さを密かに嘲笑していたのだ。それは久秀の持つ、歪んだ矜持《きょうじ》の現われだったのかもしれない。

謙信上洛の報らせを受け、久秀の心は俄かに動きだした。彼は謙信とは一度会ったことがある。謙信が越後から二度目の上洛の折、坂本で、久秀の主人三好長慶に代って彼の相手をしたのだ。特に好感をもったわけではないが、その時のことを想い出した。そして今、信長に対抗できるのは、この男しかないと思った。そのうえ今度は、信長が攻めきれていない石山本願寺の勢力と合力《ごうりき》しての戦いとなる。これほどの機会は、またとないと思ったからだ。

しかし翻ってみて、久秀のこの時の決断は、果して正しかっただろうか。だいいち彼は、息子二人を人質として信長の許に差し出してある。久秀の謀叛を知ったとき、信長はそれが信じられなかったが、それがたしかなものだと聞いて、二人の子供を六条河原に引き立ててその首を刎《は》ねたのだ。二人はまだ十三歳と十二歳の少年だった。それに肝腎の、上杉謙信の上洛の風聞などそのうちに立ち消えになってしまった。また当てにしていた毛利勢の陸路による援軍など、来る筈もなかったのだ。

久秀の子供二人が斬られた様を目の当たりにした都の人びとは、二人が信長の家来村井貞勝が助命の嘆願を勧めたのを断り、従容として、西を向いて手を合わせながら殺されたのを見て涙したという。なんとも哀れなことだった。人びとはこれを見て、信長の冷酷さを思っただろうが、それを承知した父の久秀のことを問うことはなかったのか。戦国の世と言わず、武士の世界とはこんなにも酷なものなのか。

天正五年（一五七七）十月、織田方は信忠を総大将に、羽柴、明智、丹羽らの率いる軍勢が信貴山《しぎさん》城を取り囲み、夜になって攻撃を開始した。松永久秀と久通父子が、いかに信長に対する謀叛の情熱をかりたてたとしても、砦の構えなどひとたまりもなかった。久秀は信長が欲しがったという「平蜘《ひらぐ》蛛《も》」という釜とともに、自ら火を放って自害したのだ。ここに松永一族は、一人の子供も残すことなく滅亡したのである。

一族を滅亡させてまで信長に反抗した久秀の気持とは、いったい何だったのか。打算だけだったら、こんなことはしない。それとも上杉の上洛と石山本願寺の勝利を、あくまでも信じたのだろうか。いや、そんな単純なものではない。やはり自分の人格のうえにたった、信長への矜恃だっただろうか。それとも、何とも説明がつけられない彼の情念だったのか。人間の本心、人間の心の内のことなど、誰も覗き見ることなどできないのか。

松永一族の滅亡により、畿内の情勢は石山本願寺を巡る戦い以外は、ほぼ鎮静に向かっていた。そこで信長の目は、おのずと西に向いていた。というよりも、次に目指すのは安芸の毛利一族だった。本願寺の砦に、軍船でもって押しかけてきた相手だった。

しかし信長の思惑はそれだけではない。毛利はもとより、西国全般を睨んでいる彼は次の手を考えていた。そこで先ず、羽柴秀吉に播磨への出兵を命じた。この頃織田の家中では、秀吉の活躍は目覚ましいものがあった。柴田勝家のように、ただ強いだけではない。また明智光秀のように、策略に長けているというだけでもない。信長は、秀吉にはその能力を大いに認めていたのだ。彼の本格的な中国攻めはここに始まったのだ。

中国地方は東西に細長く、その間に十数ヶ国の国がある。京都から西に向かうと、いちばん近い処、瀬戸内海沿いに播磨と備前がある。また北側の海寄りには丹後や但馬、因幡《いなば》の国々がある。この辺りまでは京に近いだけに、以前から室町幕府の権威が行き届き易い処だった。

その先には備中や備後など、北側には伯耆《ほうき》や出雲など。そしてさらにその西には安芸や周防、それに石見や長門などがあって、この辺りは毛利氏の本拠地だった。それぞれに古くからの名族や地侍が割拠して、戦国時代を生き抜いているのである。かつて将軍を弑虐《しいぎゃく》したことによって名をうった赤松一族は、遠く南北朝時代からの播磨の国の名族だった。またもう一つ古くからの名族に、尼子一族というのがある。

そして中国地方のいちばん奥に勢力をもっていたのが、毛利一族である。その一族は、元就《もとなり》の頃からこの地方で頭角を現わしてきた。彼は初め周防の大内氏の配下にあったが、次には陶氏《すえ》に属し、その陶晴賢《はるたか》を厳島の戦いで滅ぼすと、独立した。それが弘治元年（一五五五）十月のことだった。このとき信長は二十二歳。

元就には八、九人の男子がいたが、上の三人に、「三本の矢」の譬えで、兄弟が助け合うこと諭した逸話は後世に名高い。そのとおり隆元、元春、隆景《たかかげ》の兄弟は、それぞれの分をわきまえて一族の繁栄に心をくだいたのだ。長男の隆元は早く死んだので、その跡を子の輝元が継いだ。そして元春は吉川《きっかわ》家を、隆景は小早川家を継いで、共に若い輝元を支えていたのである。

播磨に向かった秀吉の軍勢は、たちまち国じゅうの地侍《じざむらい》や有力武将に対して、織田に服従するようにと説得したり、小さな部族と小競り合いののちに、これを攻め落としたりした。しかし多くは、秀吉個有の「人たらし」によって、彼らを味方に引き入れたのである。彼のやり方は、軍勢の動かし方も素早かった。播磨へ出兵以来五、六日ほどで、京都の信長に対して、十一月十日頃までには、播磨のことは決着がつくであろうという手紙を送っている。

秀吉の戦さは、必ずしも武力だけではないものがある。この地方の地侍にしても、西に毛利、東に織田という二大勢力の間にあって、自力での抵抗など先が見えており、いずれ織田か毛利に従うよりほかになかったのだ。秀吉はこの戦さの最中《さなか》に、小寺政職の家臣黒田官兵衛考高を、自分の陣営に迎えることになった。得難い人物である。

　京都にあった信長の行動も、また早かった。秀吉の播磨攻めに呼応するようにして、明智光秀と滝川一益をして、丹波に出兵させたのだ。ところが秀吉は、彼らの行く手の先にある但馬の国にも兵を出して、竹田城などを陥れている。秀吉の征服欲は、主人の信長に見習ったものか。そのあとはまた播磨に引き返して、七条城（上月城）を攻めている。とにかく秀吉は忙しく、よく動く。


　その半年後、信長の許に伊勢の九鬼嘉隆から、彼が待ちかねていた報らせが届いた。吉報といってよい。

　ちょうど二年前のこと、織田方の水軍は、石山本願寺の砦に兵粮米など応援物資を入れるため来攻した、毛利方の水軍によって手痛い敗北を喫したことがあった。そのとき信長は、毛利の水軍に対抗できるだけではなく、それを討ち破る新しい兵器の製造を、九鬼嘉隆に命じておいたのだ。それは一か月や二か月でできるものではない。しかしそれが、今やっと出来上がったのだ。

　信長は早速それを見に出かけた。その物体は、堺にまで来ているという。いったい何ものか。そこにあるのは余程のものとみえて、彼は都から近衛前久《さきひさ》などの公家たちも誘ったのだ。公家は武士たちの荒々しい戦さの場や、武器など人殺しの道具など見たこともないだろうと思い、また自分の武威をその目に見せてやろうと思ってのことだ。そこで信長が見たものとは――。

　堺の港に入っているその巨大な物体に、さすがの信長も、「あっ」と声を上げ、あとはしばらく、呆然としてその物体を見つめた。そこには今までに見たことも聞いたこともない、得体のしれない、しかし船であることに間違いないのであるが、その巨大な船が六艘も並んでいたのだ。

まずその大きさは、毛利水軍の船も大きかったが、何もかもがその二倍はあるだろう。船底から一番上に造られた建物の屋根までは、ゆうに二倍の高さだ。長さは十三、四間（二十五メートル）、幅は約七間（十三メートル）そして船縁《ふなべり》から上にある建物までは三層にもなるのだ。

一階には櫓《ろ》をこぐ水主《かこ》と、船の前方には大砲が備えつけてある。また二階には鉄砲隊が配置され、銃眼から外の敵兵を立ったまま狙い撃つ、また最上階は天守造りの櫓《やぐら》が造られているが、小型の大砲も配備されている。そしていちばん驚くのは、船全体が鉄板により被われているということだ。

これは、大海の波間から突然頭をもたげ上げて海上に姿を現わした、化け物である。まさに海の怪物だった。しかし紛《まぎ》れもなく、これが今、信長が手に入れた軍船だった。彼は小躍りしたいぐらいの気持ちになったが、それを押えて一人で船内に入った。公家などに見せるものではなかった。

信長は九鬼嘉隆の先導で、船の中をくまなく見て回った。それにしてもよく出来ている。彼は九鬼水軍の戦さ振りだけでなく、船を造るその技にも驚嘆した。そして嘉隆を始め主だった家来たちと、彼らに協力した滝川一益にも多額の黄金を与え、さらに二人の扶持《ふち》も増やしてやって、その労をねぎらったのだ。こうなればもう、毛利水軍との戦さを待つばかりだった。

天正六年（一五七八）十一月六日、毛利水軍は再び現われた。場所は前と同じ木津川の河口附近である。毛利方は村上水軍を主体とした船が六百艘もの大船団だった。そして彼らが正面に見たのは、巨大な六つの鉄の塊だったのだ。彼らも始めは、その物体に思わず見とれた。しかしそれが、水の上に浮かんでいるただの船だということに気付くと、いっせいに攻めかかった。

毛利方は前回と同じように火器も使った。しかしその火矢にも似た火器は、鉄板張りには全く通用しなかった。跳ね返された火玉が、しゅうしゅうという音をたてて水面に落ちていった。そしてその有様を見計らって、六隻の軍艦の大砲がいっせいに火を吹いたのだ。その轟音が兵卒たちの耳をつんざいた。毛利方の船は、次々と火に煽られて燃え上がる。その威力は目を覆うものがある。船団といっても中には小舟もある毛利方は、ひとたまりもなかった。ぐずぐずしていると、みんな沈められてしまう。

勝負はついた。毛利方はいっせいに河口から外に逃げていった。安芸まで辿りついた船が僅かだったというが、毛利水軍は壊滅的な打撃を受けたのだ。これで信長の石山攻めは容易になった。とはいえ、これからのことは、そう簡単にいきそうにもない。というのは、坊主は世俗のことにも長《た》けている。時により朝廷なり帝の権威を借りて、その宗派を大きくしてきたのだ。

（ならば、その帝の力を借りるのもよい。そういう手もあるのだ）

石山攻めが膠着状態になっている今、信長はそう考えるようになった。

荒木村重謀叛

ところがここで、思わぬことが起こったのだ。摂津に勢力を持っている荒木村重が、信長に謀叛を企てているという噂さがたったのだ。いきなり兵を挙げたということではないが、その動きが石山本願寺寄りになってきたというのだ。信長はその報らせを、直ちに信じることができなかつた。

村重はもともとの信長の家来ではない。摂津の茨木城主だったが、信長の畿内進出の頃から彼に服し、その後は織田方に参陣して、足利義昭が立て籠った宇治槇島城《まきしまじょう》攻めにも加わって、功を上げているのだ。その村重が、今になってなぜ――。

信長にはその意味が、咄嗟には分からなかった。ただ彼の支配地が、石山に近いということはある。それにまたしても、その背後に足利義昭がいるということも想像できる。しかしそれだけだろうか。彼は松永久秀のことを想い起こしてみた。自分に落ち度があるというのなら、それを村重に糾《ただ》してもよいとさえ思ったのだ。

ところがそこには、信長が余り気にも留めない事情が、村重の側にあったのだ。じつは彼の同族の中川清秀のその配下にあった小者が、石山合戦の最中に、密かに城中に米を送って銭を受け取っていたのだ。それを織田方の侍に見つかって、安土に訴えられたのだ。信長はそれを聞いたとき、これをいちいち罰するつもりはなかった。ところが村重は、大いに恐縮してしまったのだ。

彼は恐縮するだけではすまなかった。何しろ今までの信長のやり方を知っている。彼は自分への謀叛や裏切りに対しては、決してそれを許さなかった。敵将はもちろんのこと、部下や自分の親族に対しても厳しい罰を下していたのである。近い例が、松永一族に対するやりようだった。

一時は安土へ行って、信長に弁疏《べんそ》をしようとしたが、それを中川らが押しとどめた。いったん叛意を持った者が、信長が赦す筈がないと説得したのだ。まかり間違えば、安土へ着いた途端に斬られるか、そのうえ残った一族は皆殺しに遭うかもしれないという。その言葉に村重は怖じ気づいてしまったのだ。そして安土を赴くこともできずにもやもやとしている内に、村重謀叛の噂さが広まってしまったのだ。

この時の信長には、怒りにまかせて村重を成敗するという気持にはなれなかった。松永久秀に続いての、今度の村重の変節だった。信長はたしかに、謀叛や裏切りは絶対に許せないという気持は強かった。しかしそれはなにも自分だけではなく、一軍を率いる将たる者は誰でもそうだと思っているし、そうでなければ一族の存続はないと思っている。謀叛や裏切りに対して厳しくするのは、当然のことだった。

信長は村重を、重く用いていると自分では思っていた。だから今度のことがあっても、彼とは親しくしている、秀吉や細川藤孝に対してその慰留を働きかけたのだ。信長にしては珍しいことである。しかしそれでもなお、村重の心は変らなかった。

ここに至っては信長は決心した。もはや、そこまで頑なな村重の心中を察している暇などなかった。村重の勢力下にある摂津は、いま秀吉が毛利方と対峙している播磨との中間にある。謀叛したといってもなお躊躇してか、動きの遅い村重に対しては容赦なく攻めかかった。しかし村重も、勝手知った摂津の各地に出没して、この戦いは意外にも長びくことになったのだ。石山合戦の、二の舞いになりかねない気配になっていった。

安土城完成

天正七年（一五七九）五月、安土城がついに完成した。山頂に聳え立つ天守閣が、燦然《さんぜん》と輝いているのが見える。信長の夢が今ここに叶えられたのだ。

小牧山から岐阜城へ、岐阜からここ安土城にと、信長は自らの手によって城郭を築いてきた。自らの手というのは、それこそ何から何までを、自分の想い描いたとおりに作るということである。普請《ふしん》奉行を丹羽長秀に命じたものの、彼は細かい注文もつけたのだ。

山の高さは、岐阜の金華山の半分ぐらいか。しかし平地からいきなりそそり立つ姿は、登るに決して楽ではない。それに山道は勾配があり、曲りくねっている。山の中ほどからは主だった家来の屋敷が点在するが、それは場所がら、それほど大きくはない。羽柴秀吉の屋敷のすぐ上に信忠の屋敷があるが、そこはもう天守閣の真下になる。そしてその天守閣の横にあるのが、信長の屋敷である。

山城であるために、信長を始め主だった家来の居住空間は概して狭い。やむをえないことだ。彼が愛妾吉乃のために造ってやった小牧山の屋敷の方が、はるかにゆったりとしていた。そしてそこまで辿りつくと、七層の天守閣が、仰ぎ見るほどの高さに聳え立っているのだ。その壮大さを、何と譬えればよいのか。

建物は外観は黒板で五層だが、内部は七階になっている。各部屋は侍たちの溜まり場になっているが、信長の部屋には多彩な色が使われている。しかしそこは広いとはいえず、天守閣はあくまでも合戦用のものだ。しかし最上層の天守閣からの見晴らしはよい。三間（約五メートル半）四方の部屋はそれほど広くはなく、しかし周囲に巡らした勾欄《こうらん》に手をかけての眺望は素晴らしく、東西南北の景色がすべて眼下に見下ろせるのだ。

北側は断崖になっており、琵琶湖の水がすぐ下にまで波打っている。舟を出すことはできるが、船団を出すことはできない。しかし防備といい、街道を押えた場所といい、信長は十分に得心がいって満足した。天守閣からは、都は比叡の山並みのすぐ向こう側に見えるようだ。

しかし城郭や天守閣よりも、信長が最も意を用いたのは城下町だった。彼は城下に拡がる町並みや、町民や農民が往き来する風景を好んだ。そういう賑わいを見ていると、自然に顔がほころぶのだった。そういう城下町を、小牧山や岐阜でも作ってきたのだ。そこにこそ楽市楽座の賑わいがあったのだ。

ところが今度、安土城の麓に拡がる町並みの中で、今までにないものが一つ出現したのである。しかもそれは、信長の肝煎りによるものだった。いったい何か。それこそ、あのルイス・フロイスらによって懇願されていた、天主堂の建物だった。城下町としては、今まで誰も造ったことのないキリシタンの天主堂が、ここ安土の町並みに、突然出現したのだった。それは周囲のどの建物よりも高い塔をもっていて、辺りは少しばかり南蛮風の景色を見せていた。ただこの天主堂の出現については、不満を述べる者もあったが、信長は頓着しなかった。すべては彼の思いどおりだった。

町並みは京都の条理を真似て、整然とした区割りにした。そしてそこに住む人間の身分に応じて、彼らの住み分けも決めたのである。侍の中でも上級武士と下級武士、それに足軽と。町人にしても店を構える家と、そうでない家と。あとのただの町人にしても、町住まいが好きなのと田舎から出てきたのとでは、おのずからその場所も、自然に決まってくるのだ。そこまでは各々《おの》の好きなようにさせればよい。

町が出来上がると、地元だけではなく地方からもその噂さを聞いて集まってくる商人もいる。その頃には堺の商人も、この安土の地にやってきたのだ。城下町というのは、武士だけのものではない。そこには商人やただの町人や、百姓の姿もなければ成り立たないのだ。それに商いをするにも、徒ら《いたず》に関所を設けて税を取り立てるようでは、町の本当の賑わいが失われる。信長の町作りと楽市楽座の定めは、見事に成功したのだ。

次に信長が行ったことは、御馬揃え《おうまぞろ》という余興である。いや、これを余興というには、少し語弊があるかもしれない。つまり信長の家来の騎馬武者が、見物人の前を戦さささながらに走り抜け、その早さや勇ましさを競うものである。そこにはいろいろな趣向があって、それを見物人に見せて、ときにより拍手喝采を得ようというものである。しかもその見物人たるや、それは城下の町人たちのことを言う。だからこれはやはり余興なのだ。

信長は、自身が馬に乗るのが好きだった。戦国武将だったら、誰もがそうだとは言えない。馬に乗るのが不得手な大将もいるのだ。それに比べると信長は、子供の時から馬と相撲が得意でもあり大好きだった。だから馬には並々ならぬ愛着があった。若い時、平手政秀の息子が持っていた馬を、俺によこせと言って主従が不和になったり、設楽ヶ原《したらがはら》の戦いのあと、武田勝頼が乗り捨てていった名馬を自分のものにしたというから、自分が欲しいと思ったものは、何でもそうしてしまう。これは彼の悪い癖でもあったのか。

馬揃えには、信長自身も馬に乗った。足軽に沿道で爆竹を破裂させて、その硝煙と凄まじい破裂音の中を騎馬武者が疾走する。彼らは具足の上に派手な羽織や衣裳をひっかけ、喚声をあげながら馬に鞭を入れる。馬に乗っているのは、さすがに老将はいない。それは若武者がやることだ。信長もその一人か。四十六歳の若武者だった。

馬揃えは城下の大通りだけではなく、それだけでは飽きたらず、町なかにも入り込んでいく。やることがどこまでも子供じみている。その中に信長の姿もあった。見物人、いやまさに見物人と化した安土の町人たちは、我が殿のご乱心振りにやんやの拍手を送って、前代未聞のこの余興を楽しんだのだ。

しかしこの信長による破天荒な行事は、決して疎《おろ》そかにはできないことだ。まず第一に、城下の町人に、自ら率いる軍勢の武威を見せつけるに十分なものがある。爆竹を破裂させ、実戦さながらの姿を、彼らの目の当たりに展開させることは必要なことだったのだ。

次には、その強く逞しい軍勢によって、自分たちが護られていると思わせることも、大切なことだった。自分の率いる軍勢は、領民に見括《みくび》れてはならない。百姓といっても、時によると領主に反抗することもある。彼らを決して侮ってはならない。それは領主として、領民を支配するための一つの手段だった。それにしてもこの日は、痛快な一日だった。

さてこの次となると、これはもう相撲しかなかった。信長はここ安土では、何回も相撲を催している。そして回を増すごとに、そのやり方も変ってきた。小相撲だの大相撲だのといって、力士の格付けがあったりして、相撲一つ取るのもだんだん難しくなってきた。

おまけに信長の命令によって、若手の武将級の侍までが相撲を取らされることになったのだ。堀秀政や蒲生氏郷《がもううじさと》らが出たが、本職の相撲取りに投げ飛ばされるのだから、たまったものではない。信長はというと、それを笑って見ているだけだから楽なものだ。

そのうえ勝った力士には、数々の賞品までが出るのだ。太刀や脇差しや衣服などと。また武士並みに、百石もの扶持まで与えられるというのだから、これはもう信長の道楽も度が過ぎているというものだ。足軽など、戦さに出るよりも、裸になって褌《ふんどし》ひとつで相撲を取っていた方がよほどましだということにもなる。

信長はこの安土の地で相撲に興ずるということに、よほど心に晴れ晴れとしたものを感じていたのか。岐阜や京都でこれをやったということは聞いたこともない。この土地が本当に気に入っていたのだ。その折も折、彼は越後の上杉謙信が、上洛を前にして急に死んだということをここで聞いたのだ。人間の運命というものは、一寸先に何が起こるか分からない。

安土宗論

ところでここ安土では、信長の企みが一つあった。彼はかねてから、仏の教えを説く僧侶やその背後にある仏教界に対しては、或る偏見、とまでは言わないにしても、或る感じ方があった。その一つの結果が、山門の焼き討ちや、一向一揆に対する徹底的な討伐作戦である。

彼は子供の時から坊主が嫌いだった。子供心に、彼らが時として説く法話や、抹香臭い坊主姿に反撥を感じていたのだ。しかし大人ともなれば、それほど無分別なことも言っておれない。事実彼は、安土の城下に浄厳院《じょうごんいん》や西光寺《さいこうじ》などという寺院を建てさせている。

仏教界には数多くの宗派がある。その中でもこの頃は、法華信徒の動きが際立っていた。彼らの布教活動は活発で、時により過激になる。それに他宗派への対抗意識が強く、特にキリシタンに対しては、京都に建てられていた天主堂に火をかけて焼いてしまう暴挙に出てもいる。信長はその法華教の信徒を、かねがね嫌悪していた。

そこで彼は、或ることを企んだのだ。天正七年の五月のある日、城下の浄厳院に二人の僧侶を呼び出した。一人は浄土宗西光寺の貞安《じょうあん》聖誉と、もう一人は法華宗、つまり日蓮宗順妙寺の日珖《にっこう》である。そこで両者による宗論を行わせることになったのだ。ところがそれまでには少しいきさつがあった。

法華宗には威勢のいい僧侶が多い。そこで彼らは、この安土の地で、信長の前で浄土宗の僧侶との間で宗論を行いたいと申し出たのである。これは申し出などというものではなく、強訴である。今をときめく信長に対して強訴をするなど、法華宗の僧侶たちには余程自信があったのだろう。そして信長はそれを許したのだ。

そうしたからには、信長にも考えがあった。

（このさいあの連中を、手厳しく懲らしめてやらなければならない）と。

当日の用意はできた。彼は家来の堀秀政らに立会人になることを命じ、さらに判者として南禅寺の景秀鉄叟《けいしゅうてっそう》が呼ばれ、その補佐として因果居士なる者がつけられた。この男が曲者だった。そこまでやれば、勝負はすでに決まっていた。因果居士という名の怪し気なこの僧は、堀秀政と打ち合わせをして、その場に臨んだ。

両者の問答は、二た時（四時間）以上にわたって行われた。しかし法華宗の阿弥陀と浄土宗の阿弥陀は、一つの実体であるかどうなのかと、どこか屁理屈の応酬めいた、埒《らち》の明かないものになっていった。そのうちに浄土宗側が、釈迦が説いた妙《みょう》と称する文字の意味が分かるかと問いただしたところ、法華宗側が答えに詰《つま》った。そこで浄土宗側の説教者は団扇を振りかざして「法華宗の長老日珖、妙の文字に屈す」大声で宣言して、この宗論は終ったのだ。法華宗の負けである。

彼らはその場で、着ていた袈裟を剥ぎ取られ、集まっていた見物人から殴られたりして、ひどい目にあった。そのうえ、信長からはきつい仕置きを受けたのだ。彼らは三か条にわたる詫び証文を書かされ、それに署名する羽目になった。今回の宗論では法華宗が負けたことを認め、今後は他宗を誹謗しないと約束させられた。信長による初めからの企みは、万事旨くいったのだ。

じつはこのとき、日珖の出身地堺からは、多くの有力者が彼の応援に駈けつけていたのだ。信長はかねてより、堺の商人や町人には含むところがあって、心の中では敵対していたのだ。しかもこの機を捉えて、宗論の場には何千という軍勢を出して取り囲んでいたのである。彼らは飛んで火に入る夏の虫だった。

信長から三か条の詫び証文を書かされたとき、日珖らはどうすることもできなかった。何千という軍勢に囲まれていては、助命を乞うのがやっとだった。それでも信長は、何人かの者を斬罪に処している。そのうえ後日、京都の法華宗の寺々から、二万六千両もの大金を収めさせたのだから、この一種の宗教戦争は、信長の思いがけない勝利に終ったわけだ。堺の町人や商人や、それに日頃信長に目通りを許されている茶人までもが、改めて彼に怖れをいだいたのだ。

第九章　風雲急を告げる

家康謀叛か

安土での宗論があったその直後、信長にとって信じがたい報らせが届いた。それは浜松の徳川家康の辺りからのものだった。辺りというのは、家康本人からのものではない。

家康の長男に、信康というのがいた。幼名を竹千代といい、この時はまだ二十一歳の青年だった。三歳の幼児の時に信長の娘五徳と婚約している。政略結婚とはいいえ、頼りない夫婦が出来上がったものだ。元亀元年（一五七〇）に十一歳で元服しているから、大人になるのも早かった。その時に岡崎城主になったのだから、当然彼を補佐する家来がいた。筆頭格は平岩親吉だった。

信長の許に届いた報らせというのは、この信康が、近習の侍と計って武田勝頼に内通していたことが発覚したというのである。この報らせが誰から届いたかは不明である。しかしこのことは、まぎれもない事実だった。家康はそれを知らなかったというが、それは分からない。とにかく周りの人間はその事実を知っていたのだ。

信康の母は築山《つきやま》殿といって、家康の正室である。このときは息子と一緒に岡崎城にいた。母親とはいえ責任はある。彼女は弁明のために、浜松の家康の許に向かう途中、遠江《とおとうみ》の富塚という処で、何かによって殺害されたのだ。口封じされたのか。浜松城の手前僅か一里の地点である。家康の指示であるという疑いはもたれる。信康も家来によって謹慎させられた。

信長が初めその報らせを聞いたとき、先ず疑ったのは家康だった。彼には疑われるだけの十分なものがあった。それは元亀三年から天正三年（一五七五）にかけての、三方ヶ原や高天神城《たかてんじんじょう》、それに設楽ヶ原《したらがはら》の合戦における、三度にわたる彼の信長への援軍要請にある。自らはろくに戦いもせず、安易に自分を呼びつけるとも見える態度に、信長は内心穏やかではなかった。彼はそのとき以来、家康を盟友とは思わなくなった。たんなる家来である。

とはいえ信長にとっては、三河と遠江、それに今では駿河にも勢力を伸ばしつつある家康の存在は大きなものがある。その勢いを失ったとはいえ甲斐の武田や相模の北条氏を抑えるには、やはり家康の力が必要だったのだ。しかし面白くない。

信康やその家来たちが企んだことが、どんなものかは分からない。しかし家康が、それを知らないということは信じられないし、有りえないことだ。家康もその企みなり計画の一部を知っていただろう。知っていてそれを見て見ぬ振りをしていたのだろうと、信長は思ったのだ。

（その証拠に、彼奴《あやつ》はこの頃、武田の家来どもを自分の手下にしているということではないか）

事実武田の家中では、信玄から勝頼の時代になってから、そこから離反する部族が増えているという。甲斐はもともとは小国だった。それを信玄が周りの部族を従えて強国になったのだ。有名武将といっても、各地から集められた者が多い。勝頼にしても生母は諏訪氏だ。彼もはじめは、諏訪四郎と名乗っていたぐらいだ。

そういう武田氏の内情を見ていたのが、家康だった。彼は言葉巧みにそういう氏族を誘って、自分の陣営に引き入れた。そこに何らかの思惑があるのは当然である。果たして彼の思惑とは何か。戦術に長けた武田武士を加え、さらに徳川勢を強大なものにする。そこまでは誰でも考える。しかしその先はどうするのか。その先は――。

（その先は、俺に刃向かうということか。そのために勝頼と結ぼうということか）

信長はここまできて、あらぬことを考えていた。家康謀叛などということは、万が一にも考えられないことだ。しかし利に聡《さと》い男のこと、あの無表情で、心の中では何を考えているのか分からない家康の顔を想い浮かべるだけでも、信長は苛立ってくるのだ。

信長は家康に、信康を殺せと命じた。今や信長と家康は、主従の間柄に変った。信長はその家康に、我が子を殺せと命じたのだ。厳しい措置だ。しかし謀叛をはたらいた者に対する措置が厳しいのは、当然のことだった。家康からは信長の許に、弁疎《べんそ》のための使者が来たが、彼はこれをはねつけた。

謹慎していた信康は岡崎城を出て、遠江の二俣城に移され、そこで切腹させられた。彼は素行の面でとかくの噂さがあったが、家康にとっては、いずれ家督を継がせることも考えていた息子である。しかし今の信長に対しては、抗すべくもなかったのだ。二人の間に、深いわだかまりの気持が残ったのは事実だ。

次は荒木村重と石山本願寺だった。

村重が信長に叛意を見せたのは、昨年の十月のことだった。それが一年近くたっても、まだ彼を成敗できない。どうしてか。村重が戦さ上手ということもあるが、そこには畿内特有の複雑な勢力関係があったのだ。そのうえこの辺りに多い、キリシタン大名も関わってくるのだ。それは荒木村重が、それなりに実力のある武将であることの証明でもある。

しかし信長は、そんな悠長なことはいっておれなかった。明智光秀には丹波を、羽柴秀吉には播磨を確実に攻め落とさせ、その周りで村重に味方する勢力を、次々と潰していった。天正七年（一五七九）九月、村重が立て籠もっていた伊丹城はついに落ちた。そのさい彼の妻や子供や一族などは、ことごとく斬られたり焼き殺されたのだ。信長のいつもの手法だったが、彼を裏切ったものの、それが末路だった。村重もそれを承知していた筈である。ところが当の村重は、このとき一人城から逃れて、何処《いずこ》ともなく姿を消したという。何があったか分からない。

この一連の合戦では、その周辺に在った古くからの名族や氏族の栄枯盛衰があった。先ず出雲の名族尼子《あまご》一族が、勝久の代になって、信長の援助もあって出雲一帯に勢力を持つことができたが、隣国の毛利氏に攻められて、この時についに滅亡した。そのあと、名将山中幸盛（鹿介《しかのすけ》）も、毛利方によって殺害されたのである。

また播磨の三木城主別所長治は、はじめは織田方に味方していたが、秀吉には抵抗して城に立て籠った。そして二年にもわたる籠城戦の末に自害したのである。一族は播磨の守護赤松氏の末裔を名乗っていた。

一方このとき、羽柴秀吉によって登用された人物も何人かいた。黒田官兵衛もその一人だったが、小西行長も秀吉に見い出された人物だ。彼はもともと堺の商人の息子で、そのうえキリシタンときている。初め備前岡山の宇喜多直家に仕えていたのが、秀吉の配下となったのだ。後日秀吉を支える、有力武将になっていく。

石山本願寺明け渡し

明けて天正八年（一五八〇）三月になって、信長はいよいよ、最後の石山本願寺攻めへの策を練った。武力によってはなかなか落ちないので、以前から考えていたとおり、ここは帝《みかど》の権威を借りるしかないと思った。帝にとっても、平素は関わらないようにしている政《まつりごと》の場への、出番ということになる。

この際、信長と和平を結ぶようにとの勅使が本願寺に行き、帝の意を伝えると、顕如《けんにょ》側はあっさりとこれを受け入れた。渡りに船だった。攻めているのは信長の方だった。本願寺の砦がいくら堅固だといっても、織田方が降参を申し出ることはない。毛利からの援軍も援助物資も、今は殆ど届かない。このままあと一年もたったら、信徒たちは飢え死にしてしまう。それにもう飽きた、と顕如は思った。

両者の交渉は早速始められた。本願寺側は顕如を始めすべての者が砦を出て、それを織田方に明け渡し、信長もすべての者を赦免すると約束した。顕如は山門焼き討ちの二の舞いになることを怖れ、信長もまた、畿内全域が平穏になることを望んだのだ。元亀元年から始まった両者の抗争は、ここに終りを見ることになった。じつに十一年にも及ぶ戦いだった。安堵感は本願寺側に強くあっただろう。

このとき顕如の息子教如《きょうにょ》（光寿）が、信長との和議に不満をとなえ、砦を出て紀伊の雑賀に行きなおも抵抗を試みようとしたが、すでに大勢は決していた。石山本願寺の城は火にかけられ灰燼と帰した。すべてが終ったのだ。

ところがこのあと、意外なことが起こった。信長によって、佐久間信盛父子が高野山に追放されたというのだ。佐久間信盛とは、つい今しがたまで、石山本願寺攻めの指揮をとっていた武将である。しかも彼は織田の家中にあっては、柴田勝家や丹羽長秀らと肩を並べていた重臣だったのだ。信長はいったい、どんな理由で彼を追放処分にしたのか。

信長にも或る後ろめたさがあった。このため彼は、その理由をくどくどと述べている。しかし一口で言うと、彼は信盛との相性が悪かったのだ。それも昔からだ。これはどうしようもないところがあった。

信盛は信秀の時代からの家臣で、信長よりも年上だった。実力もあり戦功もある。それは誰もが認めるところである。本願寺攻めのさいには、たしかに不手際もあった。しかしそれは、信長が直接指揮をしても同じことだった。じつは信盛が勝家や長秀と違うところは、彼が信長に対して一言申す態度にあったのだ。

信盛から見ると、信長の合戦のやり方は、いつも気持ばかりが逸《はや》って、悪く言えば稚拙な場面が見られる。勝家や長秀の場合信長に対して助言はしても、あからさまにその誤りを指摘することはない。しかし信盛はそうすることがあったのだ。しかもほかの重臣の目の前でそれをやったのだ。そう指摘された信長は、それを自覚しているので、返す言葉がない。すると怒りが内に留った。それが積り積ったらどうなるのか。

人間は誰でもそうだが、一度受けた屈辱はなかなか忘れられないものだ。信長の場合、特にそれがひどい。いつかはその仕返しをしてやろうと思っている。今度の信盛追放のことは、ちょうどそういう時機にあったからだ。そういう時機とは、荒木村重を滅ぼし、石山本願寺の一党を追い落とし、信長が畿内一帯をほぼ制圧したこの時機である。

しかも彼は、佐久間父子だけではなく、この時は林通勝《みちかつ》なども追放に処しているのである。彼も信秀の頃からの家臣である。しかし信長の若い時に、一時柴田勝家らと弟信行を擁していたことがあり、それが元での処置となったのか。勝家は赦されたが、通勝は結局赦されなかったのだ。やはり相性が悪かったのか。信長はどこまでも執念深い。

この報らせは方々に届いて、心当たりのある者は眉をひそめた。明智光秀なども、信長に口出しをして叱責されたことがある。また織田の家臣ではないが、徳川家康なども、息子信康の信長への裏切り行為は、いつまでも赦されるものでないと覚悟をしていた。その矢先きの今度の出来事だった。

京都の日々

信長が足利義昭を擁して上洛したのは、永禄十一年（一五六八）のこと。天正八年のこの年は、それから十二年が経っている。その間洛中において小競り合い程度のものはあったが、大きな合戦はない。そこに住む民衆が喜んだのは言うまでもない。信長もこの頃では、京都に居ることの方が多くなった。そして忙しかった。その理由は戦さではなく、多事にわたっていろいろなことがあったからだ。

安土で行った馬揃えを、彼はこの京都でも行った。京都のことなら明智光秀がよかろうということで、催しのいっさいを彼に任せた。光秀はそれに応えた。かつては将軍家に一番近かった自分である。その自分が信長の指名を受けるのは当然だと言わぬばかりに、彼は意気込んだ。

催しは安土のときよりも盛大に、そして派手なものになった。信長は以前フロイスから贈られたビロードのマントを着て、頭にポルトガル風の、周りに幅広い庇のついた黒い帽子を被って人びとの前に登場した。その珍奇な姿に、彼らは初めは唖然としていたが、やがて爆竹のけたたましい破裂音の中に、信長が馬に鞭を入れて走り出すと、見物人はやんやの拍手を送ってどよめいたのである。

そのあとは安土の時と同じように、元気の良い若侍たちが、我れも我れもとばかりに猛然と駈け出したのだ。中には槍を小脇にかかえて、実践さながらの表情で駈け抜けていくのもある。織田勢の勢いのあるところを、京都の町衆や民衆に見せつけるには、十分なものがあった。

この時、山内一豊《やまのうちかずとよ》という軽輩の侍の妻が、夫の有事の時にと貯めておいた金子《しんす》により、その高額な価により誰も買い手がつかなかった駿馬《しゅんめ》を買い求め、それが信長の目にとまり、彼が大いに称讃したという「山内一豊の妻」の美談は、この時のものである。


その次に信長がやったことは、相変わらずの鷹狩りだった。これは彼の闘争本能をかき立てるものだった。また武士として戦いの掛け引きや、自分の体を鍛えるためにも、これは必要だった。信長は若い頃からこれが好きだった。野や山に、鷹が獲物を追って飛翔する姿に、彼は自分の姿を重ね合わせていた。

合戦の終り、帰り道に狩りをすることもあったが、彼はなぜか、遠く三河の一色《いっしき》にまで出掛けて鷹狩りをすることもあった。ここは彼が初陣のとき、戦いの終りに民家に火を放った場所でもある。そこまで行って鷹狩りをするとは、いったいどんな思いがあったのか。

また彼は、政を行うものとして、民衆の生活振りにも気を配った。その中でも楽市楽座に関わるものとして、道路や橋の建設に力を注いだのだ。信長は、百姓はともかくとして、民衆を一か所に留めておくということは、その活力を徒《いたず》らに奪うものだと思っている。道は気ままに、往ったり来たりするものでなければならない。彼はそう思っている。

信長に限らず、このことは他《ほか》の大名でもやっている。そこで彼は、ルイス・フロイスから聞いた、ローマの街道のことを想い出した。石畳みの道に、笠松の並木を植えたという、あれである。日本には笠松はない。そのかわり、松や柳を植えればよい。夏の日差しを凌ぐほどのことはできないが、それでも少しは木陰の下を歩ける。

道の幅は三間から三間半（約七メートル）ぐらいにした。これなら牛車でも擦れ違うことができる。信長はそんな景色に想いを馳せた。また道は、造るだけですむものではない。たえず掃除などをする必要がある。これは決めた日に、周りの住民が行うことになる。そういう賦役を住民に課すことも必要だった。

この時代、武士の間では茶を楽しむ風潮が拡がっていた。そのいきさつを、ここで語ることはない。信長も茶を飲むのが好きだった。小牧山や岐阜に居た頃には、館の縁側に出て、一人でゆっくりと茶を飲んだものだ。飲み方の作法があるのかないのか。そんなことに拘《こだ》わる必要はない。ただ庭を眺めながら、寛いだ気分で飲んでいるだけで、気が休まるのだ。ところが都へ出てきてからは、そうはいかない。彼にはそれが少し煩わしくなってきた。

それは堺の町衆との交渉から始まる。永禄十一年に信長が足利義昭を擁して上洛したあと、彼は三好三人衆を追って摂津にまで兵を進めた。これを機として、その後堺の町衆とはいろいろないきさつがあって、最初は強がりを見せていた彼らも、ついには信長の力の前に屈することになったのだ。そして彼らは信長の前に平伏して、世辞を言ったり物を贈ったりしたのだ、心ならずも。

今井宗久や千利休らの茶人が、信長の許にやってきたのはこのあとのことである。彼らは茶の湯の接待だけではなく、茶壺や茶碗などの、いわゆる名器の多くを信長に贈り、彼の機嫌を執り成した。そこは堺の商人である。強い者には頭を垂れ、いずれそこから利益を得ようとする魂胆である。

信長にしても、あえてこれを拒む必要もない。自分の方が力が上であるから、貢ぎ物のようにそれを受け取っておけばよい。中には珍しいものもあった。しかし信長には、それに対する鑑識眼はあまりない。だがそれは、茶人と称する男たちに尋ねればよい。彼らは得意になってそれを説明し、よく喋る。信長は興味あり気に、その話を「ふむ、ふむ」と頷きながら聞いている。

そのうちに彼は、ふと面白いことに気がついた。彼の許にその名器なるものを届けた茶人は、それは大変価値のあるもので、とても金銭では評価できないものだと説明する。そこで信長は、心の中ではたと手を打ったのだ。

（これは、使える）と。

値が付けられないほどの高価なものなら、自分がその値をつけてやると、思ったのだ。

じつはこの頃、信長には一つの悩みがあった。それは戦いのあとなどで、手柄をたてた武将なり侍に与える恩賞に使うものが、手許にあるものでは徐々に少なくなってきている。大名などに与える領地などはすでにない。それに名のある太刀や刀といっても、この頃では余り有難がらない。彼らはそんなものは、いくらでも持っている。そこで考えたのが、堺の町衆などが持ってきた、茶碗などの珍品を与えるという方法である。

これは妙案だった。値がつけられないようなものなら、信長が勝手に値をつければよいのだ。いや彼がそうする前に、堺の商人たちが、すでに値をつり上げたものを、信長の前に持ってくる。それどころか彼らは、世間に向かっては、その品物を高価なもののように吹聴しているから、その値は際限もなく上がっていく。信長はそれを、功ある家来に授ければよいのだ。

だいたい名器などという陶器の類の物の価値を、信長は信用していない。太刀《たち》や刀などの名刀は、刀匠が精魂を傾けて作ったものだ。しかし茶碗などは、いくら名人が作ったものだとしても、火加減などで、思ったものはできない。殆どがその時の偶然に頼っていると、信長は思っている。だいたい刃金《はがね》から作られたものと土塊《つちくれ》から作られたものでは、品格が違うと、へんなこじつけかたをしている。茶碗などは、その手触りが自分に合っているのが、一番良いと思っている人間なのだ。

それと茶を飲むについては、信長にはもっと気になることがあった。それはあの茶室というものだ。世に茶人と称する人間たちは、なにゆえにあのようなものを、考えついたのだろうと信長は思うのだ。あの狭い空間に人を閉じ込める行為には、どこかその人間の心を強いるところがある。しかし信長は、今ではこれに従っている。そしてあれこれと、考えを巡らしているのだ。

その結果信長は、これはいつの頃か、誰かは知らぬが考案した、巧妙な戦術の一つだと思うようになった。或いは仕掛けられた罠と言ってもよい。あの狭い空間に人を閉じこめ、その心を奪い、屁理屈でもって己れの考えを説き伏せるまでに至るいきさつは、まさに武士による合戦さながらの舞台である。

また別の日には、そこは密かな語らいの場にも使われる。密かな語らいとはいろいろである。そこは密会の場所となりうる。誰かを裏切ること、謀叛を企むこと、罠に落とし入れることなど、多様なことが話し合われる。その内容が外に洩れることは少ないだろう。文字どおりの密室だから。もっと極端な話、そこに出席した相手が、稀には殺害されることもある。これは謀殺である。もちろん茶室には、刀剣類を携えては入れない。そういう決まりになっている。しかしその気になれば、四、五人の侍をその周りに伏せておくことはできる。茶室は戦いの場でもあった。信長にとっても、堺の茶人にしても、狙われるのは誰か——。いずれにしても、茶器の類は、この頃の信長にとっては貴重な軍資金の一つになったのだ。そのために彼は、さかんにその召し上げや徴発を行って、財をなしていったのだ。

天正九年（一五八一）二月の或る日、宣教師のバリニャーノが、信長の館に訪ねてきた。ルイス・フロイスも一緒にやってきた。暫く九州に行っていたのが、また都に戻ってきたというのだ。信長は二人を、喜んで迎え入れた。彼はヴァリニャーノとは初対面だったが、一見してその人格を見てとった。

ヴァリニャーノはイタリア人で、イエズス会の東インド巡察師として日本へやってきたのだ。いわばフロイスたちの上司だったのだ。彼はポルトガル人やエスパニア人と違って、肌の色はやや浅黒かった。しかし長身で、その聡明そうな目付きと、しばらくたってからの信長との会話では、その話しぶりや所作には上品さと威厳があって、信長は思わず感嘆して、その表情にしばらく見とれてしまうぐらいだった。

またこの時ヴァリニャーノは、信長への贈り物として数多くの品物を携えてきた。箱型のオルガンや金張りの王の椅子、それに時計など。今までに信長が見たこともない、豪華で珍しいものばかりだった。椅子はともかくとして、オルガンや時計など、手で触れてみても、例えばオルガンの弾き方や時計の見方など、どう理解してよいか、分からないものばかりだった。

しかしそれは確実に、彼らの技術や考え方が、日本人には全く理解のできない、優れたものばかりであることを痛感させられたのだ。これだけのものを見せつけられては、信長がどんに想いを巡らせても、奥南蛮というイタリアやポルトガルのことなど、何もたしかには想像できないのと同じだった。それだけに彼は奥南蛮への想いは、はかない夢のようなものであり、しかしその夢見を、大いに楽しんだのだ。

ヴァリニャーノは、さらにもう一つ珍しいものを持参していた。もう一つと言ったが、それは一人の人間だった。その人間を、彼は信長の前に差し出したのだ。信長はその姿形《すがたかたち》を見て、びっくりした。それは全身が牛のように黒く、齢は二十六、七の大男だった。体が黒いといっても真っ黒ではない。その男は奥南蛮とは違う、アラブのカフィール人（アフガニスタンの一部）ということで、身分はヴァリニャーノたちの使用人ということだった。

信長はその肌の黒さが信じられず、なおもしげしげとその男を見つめた。そしてこれには何かが塗ってあるのだと思い、いつかフロイスから貰ったシャボン（石けん）で洗ってみてはと思い、家来に彼をたらいの中に入れ、裸にして水をかけ、そしてそのシャボンでごしごしと洗わせたのだ。

その大男はたらいの中で、くすぐったさに、悲鳴に似た笑い声を上げたので、傍らで見ていた信長もヴァリニャーノも、声を出して笑ってしまった。信長は、いくら洗っても落ちないその男の肌の黒さに、やっと得心がいってその大男を解放してやった。

ヴァリニャーノが信長を訪れた用件は、もちろん、キリスト教をこの京都で布教するのに、もっと便宜を計ってもらいたいというところにあった。信長もそれを十分承知している。しかし彼の威勢がいくら強いといっても、長い歴史をもつ仏教界の、その一端にしろそう簡単に崩せるものでもなかった。彼は一応の努力はすると言って、彼らを帰らせたのだ。

また別の日に、信長はルイス・フロイスの案内で、京都の町なかにある、天主堂を見にいくことになった。そこは土地が狭く建物も窮屈な感じだった。周りの住民の理解が得られず、土地も買えなかったのだ。四条通の北、周囲に大きな建物はないが町なかにある。

建物は教会の上に修道院を置いたもので、三層になっている。日本の寺院とは、それだけでも造り方が違う。信長は外から見て、その異様さに興味を持ちながらも中に入った。内部は外の造りと同じように、質素で粗末なものだった。日本の寺院のように、金に飽かせた豪華さはない。それに抹香臭さもない。ただ何とはなしの、微かな香りが漂っている。

正面に僅かな空間があって、天井附近からか、明かりが差しているようでもある。その空間の正面に、信長は磔刑《たっけい》のキリスト像を見たのだ。ほかの教会ではその大きさはいろいろあるだろうと思いながら、彼はそこにある小さなその彫刻に思わず見とれた。腰に布を纏っただけで、上半身裸体で、両手を拡げて十字架上にあるその男が、本当にキリスト教の教えを、今では世界じゅうに拡げることになったその本人なのかと。以前にも感じたことのある、不思議な思いをもったのだ。そして彼は今さらのように、仏教の祖となった釈迦の死に際の模様を想い浮かべるのだった。

（これが殉教というのか）

いつかも呟いた言葉を、また口にした。痩せていかにもみすぼらしいその男に、それほどの力があるとは思えなかった。

彼の死にようは、日本の仏僧のように、自ら悟りを得たとして、人びとの目には大往生をしたとして、のちの世に至るまでも称えられる死に方をしたわけではない。しかしたしかに、彼の死にようは、のちの世の人びとに、大きな影響を及ぼしながら今に至っているのである。

それは日本にやってきた、多くの宣教師の情熱的な布教活動を見れば分かる。彼らは奥南蛮から、想像もつかないほど遠いこの日本にやってきて、懸命になって、その痩せてみすぼらしい男が説いた教えを、情熱的に説いて回っているのである。彼らは果たして、無事に祖国へ帰ることができるのか。望郷の想いはつねにあるだろう。しかしそれがどこまで叶えられるのか。もし彼らが異国で命を失うことになれば、それこそ殉教死ということになるのか。

信長は、キリストの磔刑の像を前にして、そこに額《ぬか》ずく彼ら宣教師の姿に、まさに殉教を見たのである。

帝に譲位を迫る

信長が岐阜で「天下布武《ふぶ》」を唱えたのは、永禄十年（一五六七）のこと。あれから十四年が経っている。彼の野望はどこまで達せられたか。

十数年の歳月の間には、多くの氏族の栄枯盛衰があった。信長が世に出始めた頃、東国から北国にかけては、名だたる氏族や武将たちが在世していた。今川義元、武田信玄、上杉謙信ら。しかし彼らはすでに亡い。義元はともかくとして、信玄は五十三歳、謙信は四十九歳だった。信長は四十八歳となった今、まだ死を考えるつもりはない。とはいえ、突然の死の訪れはあるかもしれない。戦いの場に出る以上、それは避けることはできないのだ。

信長は近ごろ、家督を子の信忠に譲ろうと思うことがある。自分の子ながら、立派に成長したと思う。毛利輝元などは元就《もとなり》の孫である。歳月は容赦なく過ぎていく。しかしまだ死を考えるのは早い。彼は自分がやり残したこと、というよりも、自分がやりたいと思っていたことが、どれほど成就したかと、不満に思うこともあった。

京に来て、今まで自分が考えていたことが、思いのほか成らなかったことが幾つかあった。中でも帝、つまり朝廷勢力が意外としたたかなのには、内心怪訝に思うほどに驚いたのだ。こんな筈ではなかったと、ついいまいましくなる。

（帝は老獪なお方だ）

と、愚痴も出る。

たしかに、信長が相手とした朝廷勢力は、したたかだった。何の武器も持たず、素手で権力を握っている。将軍家などは、生半《なまなか》武力があったために、かえって謀叛人の餌食になる。足利義輝などはよい例だ。ところが帝とか朝廷というのは、どんなことがあっても、まるで化け物のようにしてそこに在るのだ。そこには得体の知れない、不思議さがある。どこか鵺《ぬえ》のような、捕らえどころがなく、定かでない姿をしていると信長は思った。

足利義昭が将軍になったあと、帝は信長に副将軍になるようにと勧めたが、彼はこれに対して返辞もしなかった。その程度のことは眼中になかったのだ。帝はその後も信長に対しては、しかるべき官位の昇叙を勧めたが、これも無視した。

しかし彼はその頃になって、帝の権威ぶった所業が、いろいろの場面で結構意味があり気《げ》に働くものだということに気がついたのだ。それは帝が発する、勅命とか勅書というものだった。彼はそれを左程のものとは思ってはいないのだが、たとえば地方の武士や、畿内辺りの有力者という古い仕来たりの中にいる人間にとっては、これは効き目があった。信長はそれを利用することに決めたのだ。そしてそれに報いるために、彼は御所の修理や造営などを、積極的に行なってもきた。

しかしそのようなことで、信長の帝に対する感じ方が変ったということではない。帝にしてもそうだ。ところがここに一つ、両者の間で厄介な出来事が持ち上がっていたのである。それはここ何年にも及ぶ、朝廷すなわち帝と信長の対立と確執の末の、妥協を知らない出来事だった。

帝による信長への執拗な工作の一つに、彼の配下にある武将、それも有力武将に対する接近と懐柔があったのだ。そしてその標的にされたのが明智光秀である。天正七年（一五七九）七月のことだから、もう二年前のことになる。光秀が、朝廷が持つ丹波の山口庄が、地侍の宇津某によって押領されているのを討って、これを回復するという出来事があった。当時丹波の国は、光秀が支配するところであったので彼の行為は別にとりたてて言うほどのことでもない。

ところがその功に対して帝が、鎧や馬などを光秀に贈って、その功を賞したのである。これも小さなことだったが、それを聞いた信長は面白くなかった。だいたい武将に対して賞を与えるなど、主人の信長がやることである。しかしそれを行ったということには、帝の強い意図が感じられる。

光秀が信長配下の武将でありながら、やや特別な立場にあることは周知のとおりである。帝もそれを知っている。光秀は会議などで、ともすると朝廷寄り、というか京都寄りの発言をすることがまま見られる。信長はそれを不快に思うし、他の武将たちも彼を白い目で見る。帝の狙いはそこにあった。

光秀を信長から離反させるというところまではいかない。しかし自分に内応させることは出来ると、思っただろう。

光秀は信長にとっても、有力武将の一人だった。京都のことにもよく通じている。これはほかの武将にはないことだ。このために、帝のことを問い詰めたり、折檻をするなどということもできない。思いあまって彼が考えたことは、帝に直接譲位を迫ることだった。そのことによって、帝が持っている権威を奪うことができる。これは臣下としては、許されることの出来ない行為である。しかし信長は意を決して、これを行ったのである。

譲位の交渉はこの数年間、双方によって何回も行われてきた。しかし帝の意志は固く、それに応じることはない。ところが帝にしても、自分の考えだけを押し通すこともできない。天正九年三月になって帝は、信長を左大臣に就けるようと提案したのだ。ここまでくれば、これが両者の最大の妥協点のようにも見えた。さて信長はどう答えたか。

帝がかたくなだったが、信長の態度も一貫していた。彼は帝が、子の誠仁《これひと》親王に譲位するなら受けてもよい、つまり帝の譲位後に左大臣の位を拝命したいと返辞をした。朝廷ではそれを受けて会議を催し、これまた帝の意志どおりにこれを拒否したのだ。その使いが安土城に届いたのが、四月二十四日のことである。両者の思惑は全く相反したものになり、交渉は破談した。あとに残ったのは何か。

帝の意志も固かったが、この時は信長の仕返しを怖れた。しかも極度に。かっては平清盛の例もある。また承久の乱の例もある。また北条高時による後醍醐天皇に対する例もある。皇位はいつも安泰であるとは限らない。武家の権力が強い時もあるのだ。その結果天皇や上皇や法皇は、何人もが遠い島に配流となり、そこで没する運命を辿ったのだ。信長がそれと同じようなことをするのではないかという怖れは、この頃から帝を苛《さいな》むことになったのだ。

武田氏滅亡と夢のあと

信長は心機一転を計った。帝のことは捨て置いて、次の策に出たのだ。それは再び、自分が持つ武力を誇示することだった。

天下布武を唱えながら、この頃の織田の勢力図はそれほど大きくはない。上杉勢と接する越中から能登にかけては、佐々成政と前田利家を置いた。そしてその背後の越前には柴田勝家を配し、これで北国の備えは万全である。

東国の三河や遠江の先にある駿河は、いまだに武田や北条や徳川の勢力が絡み合って、やや不安定な状態にある。また南信濃や甲斐にかけては、依然として武田勝頼の勢力下にある。勝頼は相変らずの戦さ好きだった。この頃でも、盛んに美濃の東部に出没している。

ついで尾張と美濃、それに伊勢にかけては、織田一族の直轄領といってよい。伊勢は南北に長く、信長は南に次男の信雄《のぶかつ》を、北に三男の信孝を置いた。ところがこの信雄が、信長に無断で伊勢の西部伊賀に出兵して、こともあろうに、そこの地侍《じざむらい》の手兵による待ち伏せをくって大敗してしまったのだ。信雄の戦さ下手もあったが、この地区の地侍のしたたかな戦さぶりもあったのだ。

この伊賀と、北側に隣接している近江の甲賀地区は、地形も狭隘《きょうあい》なうえに地侍が点在していて、他とはやや違った趣きをもった地区である。信長の武将滝川一益《かずます》は、この甲賀の出身とされているが、その出自ははっきりしない。のちに徳川家康によって、多くが抱えられることになる忍の者は、この伊賀の出身である。

その報らせを聞いた信長は怒った。自分の許しもなく兵を出したこともさることながら、我が子の無能ぶりに腹が立ったのだ。そして信雄のその態度を責めて、場合によったら親子の縁を切るとまで書いた、厳しい叱責の手紙を信雄宛てに送ったのだ。それが天正七年九月のことである。

その後伊賀のことは、そのままになっていた。信長にとっては、石山本願寺攻めの方に多くの兵を割《さ》いたからである。そしてその戦いも終ると、改めて伊賀攻めにかかった。信長自身は出陣しなかったが、再び信雄を総大将として、四万余の大軍で攻めかかったのだ。

丹羽、滝川の軍勢のほかに、大和からは新たに筒井順慶《じゅんけい》などの軍勢を動員しての、ものものしさだった。戦いは血みどろの激しいものとなり、信長からの指令もあり、伊賀の住人は侍といわず坊主といわず、ことごとくが首を刎《は》ねられ斬り殺された。伊賀のことはここに終ったのだ。

目を転じて西方に向けると、ここではかねてからの中国攻めに向かっていた、羽柴秀吉の活躍が目立っている。彼が初めて播磨に出兵したのは、天正六年（一五七八）の十月のことである。この頃から信長の中国攻めが始まる。明智光秀が丹波を攻めたのも、このあとである。

秀吉の播磨攻めは迅速だった。今は荒木村重の勢力も無く、また別所長治も亡い。彼は次第に毛利方の前衛の軍勢と向かい合うことになる。彼の播磨での在陣は思いのほか長くなったが、その間に幸運もあった。毛利方の有力武将だった宇喜多直家が、秀吉側に従くことになったのだ。彼は間もなく没することになるが、その子秀家がその跡を継ぐ。秀吉にとっては、毛利攻めが一段と有利になっていく、きっかけとなったのだ。

中国攻めは山陽道からだけではない。山陰道には細川藤孝や明智光秀が、丹波から丹後へと兵を進めていた。こうして信長による天下布武の勢いは、西へ西へと伸びていく。そしてその先にあるのは何か。四国や九州は勿論のこと、さらにその先にあるのは――信長はその前途を、あくまでも明るく見ていた。

ところが信長にとっては、一つ気になることもあった。それはこの頃の武田の動きである。設楽ヶ原の合戦のあと、武田の軍勢は大きな痛手を受けて甲斐に引き上げていった。大将としての勝頼の資質が問われ、少なからずの武将がその許を離れていった。そんなとき、武田側に、信玄の養子として入れられていた信長の子於坊《おぼう》が、勝頼によって送り返されてきたのだ。

父信玄の養子となれば、勝頼とは義兄弟になる。しかし今は、織田と武田は敵対している。そんなとき、於坊は武田によって殺害されても文句は言えない。しかし勝頼はそうはしなかった。義弟に当たる於坊を丁寧に、信長の許に送り返してきたのだ。どこかそこには、勝頼の人柄を偲ばせる律儀さが見られるのだ。

信長は喜んだ。我が子といっても、彼はその顔も見たこともないかもしれない。信雄や信孝よりもまだ下の弟だ。彼はその於坊に勝長という名を与え、そのうえ犬山城主にしてやったのだ。その勝長が安土へ来て、初めて父信長と対面したのである。信長の喜びようは、ひととおりではなかった。天正九年（一五八一）十一月のことである。

於坊を織田に返したからには、勝頼にも覚悟はあった。再び織田と対決する日も早い。明けて天正十年の二月に、信濃の木曽義昌が織田方に通じてきた。木曽一族はあの木曽義仲の後裔を称し、これ以前に信玄の配下になっていたが、その厳しい処遇に叛旗をひるがえしたのだ。勝頼は早速二万の大軍で、木曽谷に兵を進めたのだ。そこで信長は信忠に命じて、木曽から伊奈にかけての山岳地帯で、武田勢を追い落としにかかった。

信長は今度の武田との戦さでは、或る決意を秘めていた。それはたんに武田を攻めるだけではなく、その南部に勢力を伸ばしつつある、徳川家康の勢力を封じ込めるという考えもあったのだ。彼は決して、家康自身も関わったと思われる、信康の武田への内通の件を忘れることはなかった。

それに近ごろでは、家康は盛んに武田の家臣団への切り崩しの工作を始めている。かつては信玄が最も信用していた重臣、穴山梅雪までを自分の陣営に招き入れているのだ。彼の得意な戦術である戦わずして利を得《う》る、というやり方は、信長が最も嫌うところである。

信忠の率いる軍勢は、先ず岩村から木曽谷に入り、北上して鳥居峠に至り、そこから南下した。甲斐の国はすぐ先にある。織田方は次々と武田方の砦を討ち破り、高遠城をも陥れると、勝頼らが立て籠もる新府《しんぷ》へと迫った。その頃には信長も安土から出陣し、武田一族の最期を見届けようとする。

その日はきた。三月十一日、勝頼は次々と届く味方の負け戦さの報らせに、ついに追いつめられて、その夫人や子供たちを伴って、駒飼《こがっこ》の山中に逃げ込んだ。しかしそこで、織田方の滝川一益の手の者に見つけられ、四十余人ことごとくが自害して果てたのだ。凄惨というか、これが名門武田一族の最期だった。このとき勝頼は三十六歳。あっけない人生の終りだった。これを天目山《てんもくさん》の戦いと言う。

このあと信長は、武田の残党に追い討ちをかけながら、甲府から東海道に出て、富士山を眺めながら安土に帰ったのである。勝った者と敗者とを分けたあとの景色は非情なものである。しかしこれが、戦国の世の現実だった。あとは何をか言わんや、である。

この戦いでは、信長は甲斐の国一国を支配することになった。隣国の徳川家康の介入を、厳しく封じたのである。このあと甲斐の統治を河尻秀隆に任せ、特に功績のあった滝川一益に信濃などの小さな領土を与えただけだった。それが一益の不満となった。

信長は或る夜、夢を見た。夢を見るのは毎晩といってよい。しかしその夜見た夢は、不思議な夢だった。夢の中の出来事は、たいてい目が覚めた途端に忘れてしまうものだが、その夜見た夢の場面は、はっきりと想いだすことができた。

まず男が五、六人、一人で立っている信長を取り巻いていた。彼らは何かを喋っているのだが、はっきりとは分からない。穏やかな話し振りで、信長にしてもその口調は静かだった。場所は日本ではない。信長が見たこともない、それが奥南蛮のローマなのかポルトガルなのか、とにかく外国の、それも大きな白い石造りの建物の中だった。

その大きな建物は天井が高く、上の方から陽の明かりが差してきて、それはたしかに昼の明るさである。ところが五、六人の男たちは銘々、膝の下ぐらいまでに届くマント、それはいつかフロイスから贈られたマントと同じような、白く長いマントを着ているのだ。そしてその男たちは、奥南蛮の人間なのだが、どうしてかその中に、一人か二人、日本人の顔も見えるのだ。

こんな不思議な場面はない筈なのだが、信長自身はなぜか、不思議とも想っていない。そのうえ、ぼそぼそと男たちと会話をしているのだ。会話というよりも、たしかに言い争いをしているようなのだ。しかし身の危険を感じているわけでもない。

ところがそのうちに、信長のすぐ前に立っていた男が、マントの中に隠し持っていた、長さが一尺

（三十センチ）ほどの短剣を取り出して、いきなり信長の腹を刺したのだ。一瞬信長はよろめいたが、倒れることはなく、まだそのままの姿で立っているのだ。それに腹を刺されたといっても、何の痛みもなく血も出ていない。なんとも不思議な光景である。

信長と男たちがなおもそのままの恰好で立っている。と次には、建物の正面にある扉が大きく開いて、外にいた群衆が大勢ぞろぞろとした足どりで入ってきたのだ。その数二、三十人ばかりか。しかしここでも、信長の周りの男たちと同じように、話し声とか叫び声というものが、全く聞こえてこない、不思議な景色が広がっている。

群衆は部屋の壁沿いに、離れた所から信長と男たちを見守っている。だが大した関心もないようだ。それにその辺りは、なにか霞がかかったように茫としている。信長たちがいる空間とは、別の空間がそこにあって、これもまた怪しげな風景である。

信長と男たちは、なおも立ってまま睨み合っていたが、少しずつ相手の腕を掴み合ったり押し合ったりしている。そして口を開けたり閉じたりしているが声は聞こえない。そのとき、

「お前もか」

という声を誰かが口に出したのだ。はじめてのことだった。ただ誰がそう言ったのかは分からない。ところがそのあと急に、男たちの輪が乱れて、なんとなく辺りがざわざわとして、男たちも一人二人と信長の目の前から去っていくようだった。その中には日本人と思われる顔もあったが、信長が一度も見たことのない顔だった。夢はそこで終った。

目が覚めると、信長はしばらく胡座《あぐら》をかいたままの姿勢で床の上にいたが、やがて立ち上がって、いつもの朝の生活を始めた。そして廊下を歩きながら、いま見た夢のことをぼんやりと考え、その場

面をもう一度想い出してみた。しかし彼は、自分が短剣で刺されたという夢を不快なものと思わず、また不吉なものとも感じなかった。夢などたわいないものだと、いつも思っている。

しかし、いま見終った夢には因《もと》があると思った。それはいつか、ルイス・フロイスから聞いたローマの皇帝、あのローマを焼いたネロではなく、もう一人の皇帝が殺害されたあの場面が頭にあって、それがどこかにこびりついていて、あんな夢を見たのだろうと考えた。

信長はキリシタンが言うところの復活や、坊主の説く来世のことを信じることはない。だから夢の中の話も全く信じないし、それが多少不快なものであっても、意に介することはない。ただ今朝の夢の中で、誰かが「お前もか」と言ったのには、多少気になるところがあった。フロイスもそれを話してくれなかった。しかしそれもこれも、夢の中の話である。辺りが明るくなるにつれ、信長の気持もいつものとおり、晴れ晴れとしたものになっていった。

別の日、堺の千利休《せんのりきゅう》が安土にやってきた。信長が何日か前に招いておいたのだ。この日はささやかな茶会を催すことになっている。利休のほかにもう一人茶人が従《つ》いてきたが、あと数人は供の者だった。

堺は町人の町でもあり、そこには多くの茶人もいる。彼らは町人と茶人の両方の顔を持っているわけだ。そして信長に対して好意をもっているのもあれば、敵意をもっているのもある。そういう色合いは信長が上洛以来のもので、二つの勢力はともに、一筋縄ではいかない連中ばかりである。信長は決して油断はしない。

ところで利休はどうなのか。詳《つまび》らかではないが、彼は源氏の後裔を称している。清和源氏の中の、新田一族から里見氏にと続く系譜である。漠然としたそういう血の流れを、彼はどこまで自覚したのか分からないが、武士の末裔という矜恃《きょうじ》はたしかにあった。信長に対してもそれはある。

彼にはまた、もちろん堺の商人としての、信長への対し方があった。しかしこの頃、最も信長に近かったのは今井宗久《そうきゅう》である。信長が上洛して間もなく、堺に対して多額の矢銭を課したとき、町衆たちはこれに強く反撥した。しかしその時、信長に従うようにと彼らを説得し、そして後日、改めて信長に和を求めて町衆を纏めたのが宗久だった。

そのとき、利休が積極的に信長に働きかけたことはない。しかしその名は信長にも知られるようになり、やがて信長は、何人かの茶人の一人として利休を迎えることになったのだ。そこにはなんとなく、二人の相性の良さがあったのかもしれない。それは勿論、信長と秀吉との間にもある相性とは、また別のものである。

反面利休には、どちらかといえば一種の気難しさがあった。それを癖の強い人間というのだろうか。他人《ひと》によってはそれを嫌い、また人によっては、そこに或る魅力を感じるものもいた。信長はというと、それを上から見下ろして、面白がってみていた。

また利休に限らず茶人には、或る特異な性格のようなものが見られる、と信長は思っている。利休にしてもそうだが、自分が持っている知恵というか知識を、他人にひけらかすところがある。しかもそれとなく、というやり方で。そしてもう一つは、時により口には出さないが、相手を見下だしている態度が見えるのだ。相手には気付かれないと思っているが、信長にはそれが見える。彼はしばしばそれを目にしても、べつに不快と思わずに赦しているのだ。

この日利休は、風呂敷包を二つ持ってきた。ひととおりの作法で茶を飲み、しばらくの会話のあと、彼は改まってもう一つの包を解《ほど》いて、箱に入った茶碗をとり出した。

「これを――」

と言って差し出された茶碗を、信長は手にとった。井戸形の、口縁《こうえん》が少し外に反った、高台の低い茶碗だった。色は薄く無地の、形は素直だった。

信長はその茶碗を左手の掌《てのひら》に載せ、右手で回しながらやがてその手を止めた。そして、

「これは土岐《とき》か」

と尋ねた。

「とき?」

利休は一瞬その言葉の意味が分からなかったが、すぐに慌てて答えた。

「いいえ、土岐ではございませぬ。土岐という焼物などございませぬ」

彼は明らかにうろたえ、顔から血の気が引いた。信長はその利休の顔をじっと見つめながら、茶碗を下に置いた。

「これは安南茶碗と申しまして、先日わたくしが、さるところから手に入れたもの。それを殿さまに――」

「もう、よい。下がれ」

「ははあ――」

利休は茶席の作法も何もなく、慌ててその茶碗を風呂敷に包むと、深々と何度も頭を下げて、そこから立ち去った。

土岐とは美濃の土岐のこと。そこは明智一族の出身地である。信長は利休に謎をかけたのだ。そし

て彼の、取り乱した慌てぶりを見たのだ。

信長は部下の武将に対して、自分の許しなく、茶会を催すことをきつく戒めていた。その場が、謀議の席になることを怖れたからである。光秀と利休の間で、そのようなことがあったとは、噂さにも聞いたことがない。またそれを問いつめることなど、出来ることではない。ただそれを、何となく感じたのだ。これは誰にも口外することではなかった。

利休は、ほうほうの体で安土をあとにした。あの場での一瞬、信長の表情に或る凄味を感じたのである。すんでのところで、斬られると思った。そして息も絶え絶えに堺に帰ったのである。

信長は西へ行く

信長は再び西を見据えた。行き先はまだ遠い。たんに中国や四国のことではない。それは遥かに遠いところにある。

甲斐に武田氏を滅ぼしたあと、信長は中国の毛利との全面対決に力を注ぐことができた。ところがここに、四国土佐の長宗我部《ちょうそかべ》一族の台頭が、彼の気持を少なからず煩わすことになったのだ。土佐の国の土豪に過ぎなかった彼らは、当主国親の頃から次第に力をつけ、国内に割拠する地侍を次々に攻めて、これを従えていった。そして子の元親の時代になって、ほぼ土佐の国を統一したのである。それが元亀二年（一五七一）のことである。その勢いには侮りがたいものがあった。

そこで信長は、三男の神戸（織田）信孝を、四国攻めの大将として向かわせることになったのだ。この頃播磨では、依然として羽柴秀吉が毛利勢と向かい合っていた。信長は中国と四国にと、いよいよ大がかりな戦さを始めようとしていたのである。信孝の出陣は、天正十年五月七日のことである。信長が東国での戦さが終って安土へ帰り着いてから、二十日も経っていない、慌ただしさの中でのことだった。

播磨に兵を進めていた羽柴勢の勢いは強く、秀吉は姫路に拠点を置きながらも、さらに西へ進み、備前を席捲すると備中との国境を目の前にした。そこまで来ると、毛利方もやっと主力の軍勢を前に押し出してきた。毛利輝元の叔父小早川隆景《たかかげ》の率いる毛利勢が、頑強な構えで羽柴方の前に立ちはだかったのだ。

備前と備中との国境の西寄りに、高松城というのがある。そこの城主は清水宗治《むねはる》という。小早川隆景配下の有力武将である。その高松城に羽柴勢が攻めかかったのだ。この城は、毛利方の「境目七城」と言われる城の一つで、平地にある平城《ひら》である。というよりも沼城だったのだ。毛利方が重要視しているだけあって、秀吉もこれを攻めあぐんでいた。

そこで秀吉は、安土の信長に援軍を要請したのである。彼は信長に対して如才がなかった。心の中では、毛利勢を自分一人でも攻めきれると思っている。しかしそれでは、総大将としての信長の出陣の機会を逸することになる。彼はその機をうかがっていたのだ。今が信長にお出ましを願う時だと。

信長にしても、それは考えていた。瀕死の状態にあった武田を討つのとは、わけが違う。中国地方を征服するということは、強敵毛利を、この手で討ち破るということでなければならない。ちょうど四国では、都合よく長宗我部が突っ掛かってきた。毛利と長宗我部を相手の二正面から敵の攻撃を受けることになるが、信長はそれをちょうどよいと思っていた。

出陣をいつにするか。信長はその先のことにも考えを巡らした。中国と四国の先には九州がある。

これもそのあとに征服出来るだろう。そしてそのあとは――。ここまできて、信長の考えは、はたと止まった。

（この先は、一気に奥南蛮まで――）

信長は今でも、奥南蛮への夢を見続けていた。パリニャーニやフロイスから聞いたその地のことは、いつも頭の中にある。

ローマの闘技場。そこはいつも民衆が集まって、祭のような催しものを見ながら喚声をあげている。街は石造りの家々が建ち並び、そこに住んでいる人びとは屈託がなく、明るい笑顔を見せている。その町なかでひときわ目立つのは天主堂の建物だ。いつか都で見たものとは比較にならない、石造りの立派なものだろう。建物の天井は高く、そこからは後光のような陽が差しているのだろう。そして正面の祭壇には、十字架上に縛られ、苦痛に顔を歪めるあの男の像があるのだ。それを磔刑のキリスト像という。

街から外へ出ると、そこは郊外だ。しかしそこには、日本ほどの緑はないとバリニャーニは言った。郊外の景色は、日本の方が緑や花ばなが多く美しいのかもしれない。だが信長は、ローマの景色も見たいし、そこに立ってみたいと思う。ローマからは広い道が各地に通じて、その街道沿いには笠松が並木として植えられているという。笠松は日本にはないが、そこでもまた、日本とは違った風景が拡がっているのだ。

またローマの皇帝は、いろいろなものを民衆のために造ったという。その一つが水道橋というものだ。水道橋は町と町とを繋ぐ石造りの、見上げるような高さにある頑丈なものだ。そしてそこを、その名のとおり水が流れている。人びとの飲み水や、畠の作物や庭の木々にも、水はなくてはならぬものだ。皇帝は自分だけのものではなく、そういう民衆のためにも、いろいろなことを行っているのだ。

さらにまた、信長はその国の皇帝とか王といわれる人物にも会ってみたいと思った。ただ会うというようなものではなく、それを謁見というのか会見というのか。しかしそれはどうでもよい。とにかくそういう人物と会って話がしてみたいと思うのだ。

ローマやポルトガルは、果てしもなく遠い所にある。おいそれと行けるような所ではない。しかしフロイスたちは、その遠い国からやって来たではないか。決して不可能なことではない。また夢でもない。やろうと思えば必ず出来ることである。

信長の夢は際限もなく拡がっていく。それはまるで、青年のような他愛のなさかもしれない。しかしそれはたしかに、若さの現われなのだ。信長はまだ若い。今年で四十九歳だ。このとき信長の夢は、ローマの碧空を見るような晴れやかなものだった。

家康と光秀と本能寺

その慌ただしさの中にあって、このとき徳川家康が安土を訪れることが決まった。信長か家康か、どちらが言いだしたのかは分からないが、両者の思惑は一致した。家康には、さきの武田攻めのあとに、信長から改めて遠江と駿河の国を拝領したことへの、御礼の挨拶という意味が込められていた。拝領という言い方はおかしいが、両者の地位は今やそのようになっていた。

またそのさい家康は、穴山梅雪《あなやまばいせつ》（信君）を伴って行きたいと申し出ていた。梅雪とは武田の旧家臣で、信玄の最も近いところにいた男だ。彼の母は信玄の姉で、妻は信玄の娘という間柄である。その彼はいま、家康の家来になっている。

一方、家康を招いた信長の側にも、ある思惑があった。彼は家康が安土に至る街道に、新しく橋を架けたりして、その道筋を整備して、家康一行を歓迎するような様子を見せた。しかしこれは見せかけだった。彼は決して、例の一件を忘れていなかった。だが安土に来る家康に、それを今さら問い質《ただ》すのも大人げないと思っている。それに家康が駿河に勢力をもっているからこそ、信長にとっては東国に対する備えができているというものだ。この度家康を賓客《ひんきゃく》として迎え入れるには、やはり厚いもてなしをもってしなければならない。信長側には、そういう事情があったのだ。ではどうすればよいのか。

家康の一行は、軍勢を引き連れてというような大袈裟なものではない。せいぜい家康の身辺を警固する程度の人数である。主だった家来といっても、石川数正と酒井忠次と、それに穴山梅雪ぐらいだ。家康が自分の身を守るということでは、これでは心もとない。しかしこれ以上の軍勢となると、信長が不快に思うだろう。家康一行の道中は、極めて心細いものだった。

信長にはまた、別の考えがあった。家康主従が不安げに街道を進んでいるのを承知して、彼の考えというか一つの案は、これは他人《ひと》が知ったら、思わず息をのむほどの恐ろしいものだった。それは街道の途中で、家康を謀殺するというものである。一瞬、信長の頭の中を過《よ》ぎった企みだったが、さすがにその実行とまではいかなかった。ただ家康にしても、或る胸騒ぎとしてそれを感じたのか。

ともかくも一行は、五月十四日には近江の番場宿に辿り着いた。ここには佐和山城がある。丹羽長秀の居城である。長秀は摂津の方面に出陣していたので、彼が麓に建ててあった館に泊った。そして翌五月十五日にそこを発って安土に着いた。

家康はほっとした。安土にいる以上、いずれにしても信長の懐《ふところ》にあるわけだが、そこでは招かれた賓客だから、それなりの待遇を受けることになる。宿舎から見上げると、安土城の天守閣が、威厳と、ある美しさをもって聳え立っている。家康は、さすが織田どのと思って、素直に感嘆の声をあげた。

安土での家康らに対する接待のことは、明智光秀にと命じられていた。このため光秀は、八方手を尽して、京や堺にとその食材を求めに人を走らせたのである。ところがその二日後の五月十七日になって、光秀が家康の処に来て、自分は急に安土の地を離れることになったと、詫びともつかぬ別れの挨拶に来たのだ。信長によって、備中への出兵を命じられたからというのだ。光秀はそれをいかにも残念がって、無念の表情が顔に出ていた。

たしかにころ頃、中国地方における戦況には慌ただしいものがあった。それに四国に対しても、信長は信孝に対して出兵を命じたばかりである。この時の家康の来訪は、都合の悪い時機になってしまった。それに光秀への出兵命令のようなことは、いつでもあることだ。

家康と光秀とは、ここにはからずも二人だけの時を過した。今までに、殆どないことだった。別れの挨拶の慌ただしさの中にも、二人には互いに相通じるものがあった。性格も似ているところがある。二人決して他人《ひと》に好かれるような性格ではない。しかし二人は、それこそ相性がよかったのだろう。二人の話しぶりには、なぜか互いに相手を慰め合うような雰囲気さえあった。慰め合うとは、いったい何を言うのだろう。二人だけの話はこのあと暫く続いたが、余り長くなってはと気付き、二人とも相手の目の奥を覗き見るような眼差《まなざ》しを秘めて別れたのである。

信長の、家康に対する歓待は五月二十日まで続いた。接待の席には梅雪も同席させて、信長は機嫌がよかった。みんなで膳を並べて食事をしたほどである。家康はそれを見て、信長が自分に対して他意がないことを、やっと感じるようになった。それにしても彼は、光秀のことが案じられて、気もそぞろになるときがあった。

翌五月二十一日、家康一行は安土を出発して都に着いた。そのさい信長から、京都からは大坂や堺、それに奈良を観て帰るのがよいであろうと、親切にも勧められたのだ。その言葉どおり、一行はその後はそういう道順をとることになる。

ところがその夜から、家康の動きが急に慌ただしくなってきた。安土にいたときとは人が違ったように、動きが気ぜわしくなってきたのだ。陽が暮れかかるころになって、彼は人をやって、或る男を呼んだのだ。男は間もなくやってきた。茶屋四郎次郎という町人風の男だった。体付きや風采までが家康に似ていた。

茶屋家というのは京都の商人で、茶屋四郎次郎というのは家号のような苗字なのだ。彼は若いときから三河や尾張にも出向き、徳川家にも出入りしていた。家康とも親しく、二人は特別な間柄にあったといってよい。彼は町人といっても、裏では何をやっているかも分からない、いかがわしいところもあったのだ。財力もあり、家康にとっては、心強い後援者といってもよい存在にあった。

「安土はいかがでしたか」

顔を合わせるなり茶屋が尋ねた。その間の事情を、彼は承知していたのだろう。しかも明智光秀のことまでを。しかし家康は、それを語ろうともしなかった。そしてすぐに顔を寄せ合うと、あとはひそひそ話になった。

茶屋は間もなく帰っていった。辺りをうかがいながら、来たときとは少し用心をした素振りを見せながら。家康が泊まった宿舎の周辺には、なんとなく不穏な空気が漂いはじめていた。

信長から中国出兵を命じられた明智光秀は、五月十八日に坂本の居城に到着した。それから七、八日の間、彼は軍備を整えるために忙しかった。今度の陣立てでは、細川忠興《ただおき》や池田恒興《つねおき》、それにこの頃織田勢の中に組み入れられた筒井順慶の軍勢もその組下に入ることになっている。彼らとの打ち合わせもしなければならない。

そして五月二十六日には、光秀は坂本を発って、もう一つの居城である丹波の亀山（亀岡）城に向かった。ここは彼が、天正五年の丹波出兵の折に、急いで築かせた城である。交通の要衝の地にある。光秀はその日のうちに城に入った。

翌五月二十七日、光秀は何を思ったのか、城から出て、そこから東北に二里ばかりの地にある愛宕山に登った。小高い険しい山だ。頂上までは馬では行けない。そこには白雲寺という寺がある。そしてその寺の境内には勝軍地蔵がある。光秀は今になって、そこを目指したのだ。そこで何を祈願したのか。

その翌日の二十八日に、光秀は西坊《にしのぼう》で連歌《れんが》の会を開いた。こういうことは、誰もがやることではない。彼は文人でもある。それに京都の文人との付き合いも幅広くある。都の近くにいるときには、こうした催しもしばしばあったのだろう。織田の家中でも、ほかの武将にはないものを持っている。

会は、光秀の発句で始まった。

ときは今あめが下知る五月かな

とすると、西坊行祐がそれに続けた。

水上《みなかみ》まさる庭のまつ山

と。ときとは、梅雨の頃のこの時のことではない。また土岐の茶碗のことでもない。ときとは、美濃の土岐。つまり土岐一族の明智のことをいう。これは自然に出た句か。それとも光秀の、格別な想いのこもった句か。

翌五月二十八日、光秀は亀山の城に帰った。

一方、信長から大和や堺への遊覧を勧められた家康の一行はどうしたか。彼は茶屋四郎次郎を呼び寄せたあと、数日を経て堺に向かった。大坂へ行くつもりも、このあと奈良を観るなどという気持もなかった。

あの夜の出来事のあと、茶屋の手下の者が、一度堺を往き来した。家康たちはその町なかに、何軒かに分かれて宿泊した。今井宗久や千利休の家ではない。家康自身も知らない男の屋敷だった。彼はそこで、京都の茶屋からの、或る報らせを待った。日にちはいつとは決まっていない。漠然としていたが、とにかく或る日がくるのを待ったのだ。

二十九日は、この月が閏月《うるうづき》だったので、五月の終りの日だった。信長はいよいよ毛利勢討伐のために、中国へ向けて出陣するために安土を発った。安土には蒲生賢秀ら近衆の者たちを残して、自らは小姓など側近の者二、三十人ばかりを従えて京都に向かった。少し不用心な行動だった。しかし今度の毛利攻めでは、近江から西にある武将たちの、ほぼ全員が出陣することになる。一番近い処にいた明智光秀も、すでに居城の亀山に在って、出陣するばかりの態勢にある。

信長は京都の治安については、全く安心していた。四年ほど前の夏に、彼は京都の祇園会《ぎおんえ》を見物している。そのとき人混みの中を、馬回り衆や小姓衆を数十人従えただけで、そのうえ彼らには、弓や長巻《ながまき》などの武具を持つなと命じて出掛けたのである。信長はそれほどに、自分が支配する京都の治安を信じきっていた。それに京都のことは、京都所司代村井貞勝に任せてある。

その夜は、いつものように本能寺に泊った。無用心とは思わぬ信長の行動だった。そして翌日の六月一日には、公家や京都在住の有力者や堺衆をも招いての大茶会となり、大いに盛り上がった。信長は中国への出陣を六月四日と決めていた。それまでの僅かな寛ぎの時である。その夜信長は上機嫌だった。夜は次第に更けていく。

六月二日の明け方近く、京都の西の辺りが急にざわつき始めた。ただならぬ数の軍勢が、隊を整えて市中の方に向かっている。よく見るとそれは明智の軍勢だった。彼らがなぜ、今頃京都に向かうのか。本来なら中国路を進んでいる筈である。これは思わぬ騒ぎが始まることになる。

そう思う間もなく、その明智勢はすでに桂川を渡った。一体どこへ。やがて彼らは、侍大将の下知により、いっせいに走り出した。「目指すは信長の宿舎本能寺――」次には喊声《かんせい》があがり、一隊はまたたく間に本能寺を取り囲んだ。

そこまで迫って足軽の何人かが塀によじ登った。そしてすかさず本堂に向けて火矢を放った。続いて鉄砲隊の何人かも、容赦なく撃ち込んだ。ここにいよいよ戦いが始まった。寄せ手は一万三千。夏の朝はとうに明けていた。

信長は飛び起きた。夢うつつのうちに、足軽どもが喧嘩でも始めたのかと思ったが、そうではなく、すぐに、これはただならぬことが起きたのだと覚った。

「蘭丸っ」

彼は叫んだ。それより早く、小姓の森蘭丸が飛びこんできた。

「殿っ、明智どのご謀反の様子っ」

「何っ、光秀が謀反だと！」

信長には咄嗟に、その意味が分からなかった。光秀一人ではない。彼一人で、そんなことができるわけがないと思う。

（やはり帝に唆されたのか）

しかしそれ以上問答している暇はない。

信長は戸の隙間から外をうかがうと、もうそこには明智の侍が右往左往しているのが見える。鉄砲や火矢の飛ぶ音もする。彼は素早く弓を取り、乱入してきた侍たちに向けて矢を射かけたが、すぐにそれを投げ捨て槍を手にした。そのうちに本堂に火がかけられ、その煙が廊下を這うようにして吹き出してくる。やがて本堂の階段を駈け上がろうとする侍が、槍で信長の腕を突いた。血が飛び散ったとき、彼は自分の最期を知った。

（光秀のことだ。手抜かりはあるまい）

と知ると、彼は裏の納戸に入り、戸を閉めた。それでも煙が入ってくる。明智の手の者にかかることはない。それに自分の亡骸《なきがら》を彼らの前に晒すこともないと思いながらも、次第に煙によって息苦しくなってくる。一刻の猶予もならない。彼はそこに座して短刀を抜いた。そして肩を落として一息ついて顔を上げた。次第に意識が薄くなっていく。そのとき彼の瞼には、幼い日に見た優しい母の面影が写っていた。

「母うえ――」

信長は安土に残してきた母の名を呼んだ。それが彼の最後の言葉だった。享年四十九歳。

明智の一隊は、信忠のいる妙覚寺にも向かった。そこへ京都所司代の村井貞勝父子が急いで来て、信長がすでに自害したことを伝え、信忠に早く二条の新御所に立て籠ることを勧めた。そこはこのとき、帝の皇太子誠仁《これひと》親王の御所だったが、信忠は親王に御所に移るようにとお願いして、そのあと明智勢に応戦した。しかし大軍の前に力尽き、信忠も自害して果てたのだ。信長父子を一朝にして殺害した光秀の謀叛とは、いったい何だったのか。信忠はこのとき二十六歳。余りにも早いその最期だった。

堺にいた家康はどうしたのか。彼は前夜から、一睡もしていない。茶屋四郎次郎からの報らせは、昨夜のうちに来ると思っていた。だから寝ずに待っていたのだ。昨夜のことは分かっていた。あとはその結果だけを知りたかったのだ。それがとうとう朝になってしまった。

彼はいてもたってもいられず、宿舎を出た。そして京都への道をとった。ところが間もなくして、向こうからやってくる茶屋と出逢ったのだ。茶屋は家康の顔を見るなり、わずかに笑みを洩らした。

しかしその表情は固かった。そして家康に近づくなり、顔を寄せて言った。

「明智どのは上々の首尾でした。おまけに信忠どのも――」

「信忠どのまでも――」

茶屋はにんまりと笑うと、あとは小声で家康を促した。

二人は堺の町に入り、家康はすぐに旅支度を整えた。これはかねてからの打ち合わせどおりだった。この分なら午前《ひるまえ》には大和に入ることもできる。もはや長居は無用だった。茶屋の動きは手際よく、家康主従やそれを警固する彼の手下の者たちが、目立たぬようにと、その前後や周囲を固めたのだ。

一行は大和から伊賀へ、そして伊賀から伊勢への険しい道のりを、茶屋が手配した地元の、地侍ともつかぬ怪しげな男たちに守られて、伊勢の海の湊まで辿りつくことができたのだ。

その途中で、穴山梅雪が行方不明になった。家康にとっては、もう用のない人間だった。その意を汲んで茶屋が処分したのかもしれないが、家康はそのことを尋ねようともせず、茶屋もまた話すこともなかったのだ。梅雪にとっては、それが主家を裏切った者の、成れの果てのこととなったのだ。

（万事がうまくいった）

伊勢の海を見下ろすところまで来て、家康は独り、得心がいった笑みを浮かべた。

もう一人の男千利休はどうしたか。だが彼は、家康ほどには当日のことは知らなかった。知らされていなかったのだ。しかし薄々は、そのことを感じてはいた。堺の町なかの、家康とは別の場所で、彼は都での変事の報らせを待っていた。そしてその事実を知ったのだ。その途端、彼は激しい震えを起こして座りこんでしまった。家の戸を固く閉めると、そのまま何日も外へ出ることはなかった。

利休もたしかに信長を怨んでいた。しかし直接手を貸すなどということは、出来るわけがない。それだけの魂胆もない。せいぜいが茶席を催すことぐらいだ。しかしこれは、誰もが出来るということでもない。利休など茶人しかできないことでもある。彼はそれを利用した。いや結果として、彼は逆に利用されたのかもしれない。

二人の客人が、そこで何が話し合われたかということを、利休は知らない。しかし人を選ぶことはできる。利休はそれを選んだのだ。そして裏切りと謀叛の手助けをしたのだ。それどころか、彼自身がその張本人だったのかもしれない。

利休は本能寺の変に、自分がどれだけ関わったということを、自覚しただろうか。しかし反対に、自分は計られたと思ったのか。いずれにしろ、暫くは自責の念に苛《さいな》まれることになる。信長父子が、亡き者になったのは間違いないのだから。

＊　＊　＊

西に向かって歩いていた信長の道は、二つとも閉ざされた。一つは中国から四国、九州へかけての道。そしてもう一つは、奥南蛮のローマやポルトガルへかけての道。前のは、より現実的な道だった。しかもあと少しで実現可能な道でもあったのだ。

中国や四国、九州を従えて、彼は天下統一を夢見た。しかしそれは征服というような、武力でもってそれらの地を我が物にするという意味ではない。彼はかって楽市楽座を用いたように、その地でもそうしたかったのだ。そして民衆の屈託のない笑顔を見たかったのだ。その国の支配者となって、財を蓄え、商人の往来を禁じ、自らの子孫を殖やすだけという考えなど、全くなかったのだ。

二つ目の道である奥南蛮への夢は、これはまさに夢だけで終ってしまった。彼は夢多き人間だったのか。いや死ぬまで夢多き若者だったのだ。ローマやポルトガルの町並みを、憧れ見るような彼の目は、明るく輝いていたのだ。それが果されることがなかった今、それでも信長の夢は消えることはない。そう思いたい。

明智光秀の軍勢は、本能寺の変のあと、一部が安土へ向かった。そこには留守を預っていた織田方の侍たちのほかに、信長の縁者も多くいた。変の報らせを聞いて、彼らは女子供を急《せ》かして美濃や伊勢へと逃れさせた。その中に一人の女人がいた。それは信長の生母土田《どた》御前の、今は年老いた姿だった。彼女は運よく蒲生一族に助けられて、近江から伊勢へ、そして信長の弟信包《のぶかね》の居城伊勢安濃津城に落ちつくことができた。その後彼女は、いつまで生きたことか。

いまその城下にある四天王寺（津市）の境内の奥の一隅に、彼女の墓が、或る気品を具えた姿でたっている。

（完）

参考文献

『前野家文書 武功夜話』一巻、二巻、補巻　吉田蒼生訳注　新人物往来社
『フロイス 日本史』五畿内篇Ⅰ、五畿内篇Ⅱ、五畿内篇Ⅲ、松田毅一、川崎桃太訳　中央公論社
『日本の歴史 天下統一』林屋辰三郎著　中央公論社
『国史大辞典』国史大辞典編集委員会　吉川弘文館
『戦国人名事典』阿部猛・西村圭子編　新人物往来社
『角川日本地名大辞典（23）愛知県』角川日本地名大辞典編纂委員会　角川書店
『戦国の風景』西ヶ谷恭弘著　東京堂出版
『巡察師ヴァリニャーノと日本』ヴィットリオ・ヴォルピ著／原田和夫訳　一藝社
『証言 本能寺の変』藤田達生著　八木書店
『信長と天皇』今谷明著　講談社学術文庫
『信長の比叡山焼討ち』岩崎七郎著　新人物往来社
『織田信長の尾張時代』横山住雄著　戎光祥出版
『武功夜話で読む信長、秀吉ものがたり』阿部一彦　風媒社
『カエサル』長谷川博隆著　講談社学術文庫
『ネロ』秀村欣二著　中公新書
『歴史群像シリーズ「織田信長」』学研

参考文献

『現代語訳 信長公記』太田牛一著・中川太古訳　新人物往来社
『国史跡 岐阜城跡』岐阜市教育委員会
『江南市文化財マップ』江南市教育委員会（愛知県）ほか

著者紹介

永峯 清成（ながみね きよなり）

名古屋市在住。

著書 『上杉謙信』（ＰＨＰ研究所）『楠木一族』『北畠親房』『新田義貞』『ヒットラー我が生涯』『ヒットラーの通った道』（以上、新人物往来社）『スペイン奥の細道』『カルメン紀行』『スペイン ホセ・マリア伝説』『「講談社の絵本」の時代』（以上、彩流社）『ハポンさんになった侍』（栄光出版社）ほか。

信長《のぶなが》は西《にし》へ行《い》く

第 1 刷発行 2017 年 2 月 15 日

著 者● 永峯清成

発行人● 茂山 和也

発行所● 株式会社 アルファベータブックス

〒 102-0072 東京都千代田区飯田橋 2-14-5 定谷ビル

電話 03-3239-1850 Fax 03-3239-1851 E-mail alpha-beta@ab-books.co.jp

装丁●佐々木 正見

印刷●株式会社 エーヴィスシステムズ 製本●株式会社 難波製本

定価はダストジャケットに表示してあります。

ISBN 978-4-86598-027-1 C0093